KB098016

사소한 취향

• 이 도서는 2022년 한국문화예술위원회의 아르코문학창작기금(발간지원) 사업에 선정되어 발간되었습니다.

사소한 취향

김학찬 소설

교유서가

차례

우리집 강아지

모든 형들은 개새끼다. 나는 동생이니까 이런 말을 할 수 있다. 형을 개로 만들면 아버지도 개가 되고, 나도 개일 수밖에 없지만, 할 말은 해야 한다.

억울하지만, 연역법이란 겨우 이런 것에 불과하다.

개를 비하할 의도는 없다. 나는 뽀삐를 나보다 더 사랑한다. 내 밥은 굶을지언정 뽀삐 사료는 챙겨줬고 한 달 동안 세수를 하지 않으면서도 개 샴푸는 매주 꺼냈다. 담배는 사흘만 참아도 눈물이 났지만 뽀삐가 식욕이 없어 보이면 담뱃값을 아껴가며 간식도 샀다. 이래 봐야 뽀삐는 형이 내 이름을 부르면 내가 미처 고개를 돌리기도 전에 달려갔다. 형이 머리를 한번 쓰다듬어주는 것만으로도 뽀삐는 바닥까지 꼬리를 치며 헥헥거렸다.

형이 뽀삐와 내 이름을 헷갈리는 건 아니겠지. 그게 아니라면 형이 나를 뽀삐라고 부르는 행동을, 뽀삐가 내 이름에 반응하는 이유를 설명할 방법이 없다. 그래도, 그럴 리가.

형은 발로 부드럽게 뽀삐를 쓰다듬었다.

형과 뽀삐 둘 다, 웃고 있었다.

"동생이 형을 욕하는 건 스스로의 얼굴에 똥칠을 하는 셈이다."

뽀삐 똥을 치우면서 아버지에게 잔소리를 듣고 싶지는 않았다. 이판사판理判事判, 동귀어진同歸於盡으로 얼굴에 똥칠을 하고 돌아다니면 동네 사람들이 형을 보면서도 수군거리겠지만, 형을 욕하기 위해 내 얼굴에 똥칠을 할 수는 없었으니, 아버지의 잔소리가 옳을 때도 있었다.

형이 형인 이유는 동생보다 단지 먼저 태어났기 때문이다. 먼저 태어났다는 이유로 형은 모든 권리가 천부적으로 주어진 것처럼 굴었다. 아버지에게 일러봐야 피해 의식이라고, 형과 아버지는 너를 사랑한다고 했다. 나는 아버지가 얼마나 형에 대해 아는 게 없는지 알 수 있었다.

아버지는 나에 대해서도 아무것도 몰랐다.

*

형 동생은 우연이다. 현명해서 먼저 태어난 것도 아니고 멍청해서 뒤늦게 나온 것도 아니다. 시간의 선택을 받아놓고 윗사람인양 구는 것처럼 꼴사나운 일도 없다. 먼저 태어나는 것은 아버지의 민감성과 어머니의 주기에 따른 결과일 뿐이다. 아니면 그날의 분위기나, 음식이나, 한 잔 더 마신 술이나, 한 잔 덜 마신 술 때문이다. 아버지의 불능이나 타이밍에 따라서 형은 형이 아닐 수 있고 나도 내가 아닐 수 있었다.

그러나 먼저 된 자로서 나중 되고 나중 된 자로서 먼저 될 자가 많으니라.

아멘, 신께서 동생들에게 보내는 위로구나. 책상에 성경 말씀을 붙일 때까지는 진심으로 형을 싫어하지 않았다. 형에게 가질 진심 따위도 없었다. 형은 형이고 나는 나다. 많은 것을 바란 것도 아니다. 그저 귀찮게 굴지만 않으면 좋았다.

제발 형이 개새끼가 되게 해주세요.

신에게 기도를 해도 소원은 이루어지지 않았다. 형이 얼굴에 똥칠을 하고 매일 동네를 뛰어다니며 오줌을 싸는 일은 없었다. 백 원 내던 헌금을 이백 원으로 올려봤지만 마찬가지였다. 신은 장남이거나, 외동이라서 차남의 고충을 모르는 모양이다.

형은 뽀삐한테도 하지 않는 짓을 나한테 시켰다. 동물 학대나 아동 학대 둘 중 하나는 확실한 행동이었다. 지금이라도 공소 시효를 알아봐야겠지만, 아무래도 같이 법정에 서는 일은 내키지 않으니, 다른 방법을 찾는 수밖에. 아버지는 모르는 모양인지, 알면서도 크게 야단치지 않는 모양인지, 형제끼리 그럴 수도 있다고 했다. 그리고 목을 음, 가다듬고 열 손가락 깨물어 안 아픈 손가락 없다는 훈화를 시작했다. 자기 손가락이 물려도 그런 말 할 수 있을까. 나는 아버지의 손을 세게 물 기회만 엿봤다. 아버지는 이를 악물고 버틸 것 같았다.

무수한 생체 실험이 있었다. 형은 콘센트에 젓가락을 집어넣어 보라고 꼬셨다. 망설이는 나에게 자신을 믿으라고, 혹시라도 잘못되면 책임지겠다고 했다. 무엇을 어떻게 책임진다는 말인지 알 수 없었다. 대신 죽어주겠다는 말은 아니니 대신 살아가겠다는 뜻일까. 책임을 진다는 말은 잘못될 줄 알고 있었다는 뜻이 아닐까.

부탁은 귀찮다고 들어주는 게 아닌데 자꾸 귀찮게 구는 게 싫어서 젓가락을 꽂았다. 어렸다. 궁금하기도 했다. 꽂기만 하면 뜨거워지는, 소리가 나오는, 힘차게 돌아가는, 그런 것들을 가능하게 하는, 콘센트 구멍은 유혹적이었다.

어깨까지 감전되어 덜덜 떨면서 형을 쳐다봤을 때, 형은 망설이고 있었다. 마치 카메라가 위에서 내려다보는 것처럼 그

광경이 보였다. 시야가 또 바뀌었다. 형의 눈으로 나를 내려다 볼 수 있었다. 벽에 달라붙은 내 얼굴은 비둘기처럼 푸드득거리고 있었다.

비굴해 보였다.

"역시."

형은 발로 차주려다가, 허공에서 천천히 발을 멈췄다. 그리고 두꺼비집으로 걸어갔다. 두꺼비집 앞에서도 형은 망설이는 것 같았다. 형은 하는 수 없다는 듯 차단기를 내렸다. 아직까지 이유 없이 어깨가 뻐근한 날이면 고개를 끄덕이며 나를 바라보던 형의 얼굴과 떨던 내 얼굴이 겹쳐서 떠오른다. 아직까지 감전의 후유증이 있는 모양이다.

'형만 한 아우 없다.'

이 속담은 먼저 태어난 형들이 만들어서 동생들에게 세뇌시킨 게 분명하다. 좋아하는 속담은 없어도 듣기 싫은 속담은 많다. 무릇 속담이란, 겨우 한 문장에 세상의 통찰을 집약시킨 것처럼 위장하고, 오랜 시간의 지혜인 것처럼 포장한 뒤, 편의에 따라 사람들을 후려갈기려고 존재하는 것이다. 형만 한 아우 없다는 속담은 언제 들어도 어깨에서부터 발바닥으로 기운이 빨리는 느낌이다. 사람들은 형제와 관련된 속담이라면 이것 외에는 쉽게 떠올리질 못한다. 속담은 형들의 것이다. 동생에게 유리한 속담은 형들의 손에 말살되었다.

형만 한 아우 없다는 말을 들을 때마다 반드시 형보다 오래 살아남아 되갚아 주겠다고 다짐했다. 조금이라도 오래 사는 쪽이 이기는 법이다. 오는 순서를 조정할 수는 없어도 가는 순서를 바꿀 수는 있다. 교사들은 형으로만 태어났는지 학교에서도 형만 한 아우 없다는 말을 자주 들었다. 초등학생 때부터 형은 금이 간 유리창 같은 인간이었다. 얼굴에 금이라도 있는지 교사들은 쉽게 그런 학생들을 알아봤다. 형을 아는 교사들은 나를 보면서 고개를 갸웃거렸다. 똑같이 생겼는데 어딘가 다르다고 했다. 칭찬처럼 들리지 않았다. 나는 형과 달리 누구를 놀라게 하는 법도 없고, 관심을 끌지도 않으며, 적당한 관계를 적절하게 맺기만 했다. 나는 깨지지 않으려 애쓰는 유리창이었다. 제발 형이 나를 깨뜨리지 않기만을 기도했다.

아버지는 형을 대견해했다. 크게 될 녀석이라고, 애가 애 같지 않다며 자랑했다. 십오 년 전에 마지막으로 본, 이제는 얼굴도 잘 기억나지 않는 작은삼촌은 애는 애 같아야 하는 거 아닌가 하고 중얼거렸다가, 어색하게 웃으며 아버지의 눈길 아래로 고개를 끄덕였다. 어느 순간부터 아버지는 형에게 간섭하지 않았다. 전부 믿는다고 했지만, 어쩐지, 어차피 어쩔 수 없다는 체념같이 보이기도 했다. 물론 나는 아무것도 모르는 아버지의 안목을 믿지 않았고, 형은 아버지가 그러거나 말거나 신경도 쓰지 않았다.

나는 형에 대해서 당연히 잘 알았다. 결정적인 사건은 파브르 덕분에 일어났다. 곤충에 몰두하던 형은 에프킬라의 효과에 감동했다. 파브르가 그러라고 곤충기를 썼을 리 없을 것 같은데 형은 파브르 악령에 빙의된 모양인지 집에 나오는 모든 곤충과 다족류에게 집착적으로 에프킬라를 실험했다. 형을 보며 관심과 애정은 다르다는 것을 배웠다. 형은 놀이터에 나가다가도 다시 돌아와 에프킬라를 챙겼다. 용돈을 죄다 에프킬라를 사는 데 썼다. 없으면 훔쳐 왔다. 라이터를 켜서 에프킬라를 화염 방사기로도 썼다. 에프킬라에 축축하게 젖어 오그라드는 거미를, 불타오르며 뛰어다니는 귀뚜라미를 보며 즐거워했다. 동네 다족류들에게 소문이 났다. 마침내 나 말고는 대낮에 형 주변에 어슬렁거리는 생물이라고는 없었다.

아버지가 술김에 뽀삐를 사 오기 며칠 전이었다.

"앗, 모기다."

형은 재빨리 내 입에 에프킬라를 살포했다. 형이 삼십 분 전부터 에프킬라 통을 쥐고 주변을 맴도는 것을 보고도 피하지 못했다. 기껏해야 머리통에 뿌릴 줄 알았고, 에프킬라와 입을 연결시키지 못했고, 느끼하고 맵고 쓴 에프킬라 맛을 참고 화장실로 뛰어야 했다. 등 뒤에서 충분히 에프킬라를 뿌리지 못해 안타까워하는 마음의 소리가 들렸다. 감전 사고 이후 불규칙하게나마 잠깐잠깐 형의 마음을 읽을 수 있었으니까, 모함이나 착각은 아니다. 형이 모기라고 외치기 전, 앗모기다앗모기다앗모기다 하는 어색한 목소리를 머릿속으로 스무 번도 넘게 들었다. 생생하게 들었다. 듣고도 알지 못한 죄, 상상력이 부족한 죄를 화장실에서 치렀다. 구역질을 하면서도 형의 시선을 느낄 수 있었다.

모기가 살아 있을 수가 없던 새해의 눈 오는 날 오후, 화장실에서 에프킬라 냄새가 나는 똥을 누면서 입술을 물었다.

새해 결심을 했다. 철저하게 거리를 두기로 했다. 형은 하루아침에 노예 해방 선언을 들은 남부 백인 같은 얼굴이었다. 어이가 없다는 표정과 장난치냐는 비웃음이 반반이었다. 자유를 값싸게 파는 곳은 없었고, 아버지는 어떻게 해야 할지 모르는 흑인 집사같이, 조용히 잠자코 있었다. 차라리 한 번 더 콘센트에 젓가락을 집어넣고 에프킬라를 통째 마시며 버틸지언정, 형과 나는 남남이라고, 방 안에 테이프로 선을 그어놓고 남북 전쟁을 치렀다. 형은 딱 사십 일 동안 온갖 방법을 동원하더니 씩 웃었다. 항명과 거역이란 정당하게 요구하는 쪽에서도 피가 마르는 일이었다. 형의 인내심이 하루만큼만 더 길었다면, 뽀삐가 마침 우리집에 오지 않았다면, 나는 형에게 잡아먹히고 없을 것이다.

"알았어. 기다리지 뭐."

뭘 기다리겠다는 말인지는 모르겠지만 역시 같은 인간으로 취급해줄 생각은 없었던 모양이다. 이후로 형은 동생이라고는 처음부터 없는 양 굴었다.

그리고 이제야 형이 돌아왔다.

*

나는 형이 돌아오기 열흘 전 집에서 쫓겨났다.

퇴근한 아버지는 자신의 퇴직을 걱정했다. 퇴직이라도 걱정하는 아버지가 부러웠다. 취직을 해야 퇴직을 할 수 있었으니까. 어느 쪽이 불행한지 고민하고 싶지는 않았다. 서로 불행을 나열하며 은근히 주고받는 위로는 달갑잖았고 그냥 내가 행복한 편이 나았다.

취직과 퇴직을 상상하며 원서만 쓰다 보니 깨달은 바가 있었다.

다른 길도 많다.

취직은 답이 아닐 수도 있다.

아버지를 위로할 겸, 준비한 브리핑을 시작했다. 대학에 다니면서 배운 것이라고는 없는 것을 없어 보이지 않게 만드는 것밖에 없었다.

"일본에서는 생산 가능 연령 인구가 줄어들어 구인난이 심각합니다. 우리는 대체로 일본을 뒤따라갑니다. 각종 연구소에서도 앞으로는 일할 사람이 부족할 거라는 전망을 내놓고 있습니다."

"신문에서 봤다. 그래서?"

"때를 기다릴 줄 아는 것도 군자가 아니겠습니까?"

열흘 동안 피시방에서 살아보니 확실히 행복하지 않았다.

아르바이트생은 등산 스틱을 들고 "장한 우리 군자 여기 있냐!"라고 외치는 아버지에게 군자가 누구냐고 되물었다. 아버지는 퇴근길에 호시탐탐 주변 피시방을 탐문하고 다녔는데, 잠깐 화장실에 다녀오지 않았다면 형보다 오래 살려고 했던 계획이 틀어질 뻔했다.

삼시 세끼 라면을 먹었다. 라면만 먹으니까 변비가 생기거나 설사가 났다. 변비와 설사를 반복하는데도 뱃살이 두툼해졌다. 차라리 참치로 태어났으면 좋았을걸.

아침은 국물이 있는 신라면, 점심은 짜장면을 먹는 아르바이트생이 부러워서 짜파게티, 저녁은 배를 채우기 위해 통통한 너구리. 어디서 너구리 한 마리 몰고 가면 농심에 입사할 수 있으려나. 모니터 화면에 다크서클 선명한 너구리가 비쳤다. 뱃살 때문에 너구리보다 판다처럼 보이기도 했다. 너구리라고 우겨보려고 해도 먼저 서류 심사에 붙어야 했다. 닥치는 대로 원서를 쓰다 보니 어디에 지원했는지 기억도 나지 않았다. 판다가 너구리보다 몸값이 비싸지 않을까, 일본보다는 중국으로 가봐야 하나, 중국에서 사칭하다 들키면 사형이라는데, 나는 오래 살아야 하는데.

평소에도 아버지가 늦게 돌아오는 날은 술 취한 날이었고, 야근이 있는 날이었고, 야근이 있으면서 술 취한 날이었다. 열 시가 넘으면 나는 동네 피시방에서 잘 준비를 하고 집을 나갔다. 맥심 믹스 커피를 입에 달고 자기소개서를 썼다. '언제나 사랑과 격려를 아끼지 않는 따뜻한 아버지는 저에게 항상 정직한 사람이 되라고…….' 형 이야기는 한 줄도 쓰지 않았다.

절치부심, 어떤 회사에도 낼 수 있는 자기소개서 백오십 장을 썼다. 열흘 만에 몸무게가 사 킬로 늘었다. 이백 장을 채우려고 했지만 유난히 뽀삐 생각이 났다. 밥은 잘 먹고 있는지. 야근에 시달리는 아버지가 산책까지 시켜주기는 힘들 텐데. 뽀삐 걱정에 어쩔 수 없이 조용히 하산했다.

형이 내 침대에 누워 있었다. 양말 한쪽만 신고, 팬티 속에 손을 넣고.

*

"잘 지냈어?"

환청인 줄 알았다. 취직을 못하다 보니까 환청까지 들렸다. 괜찮아, 이 정도는 예상한 거니까, 예상한 만큼은 견딜 수 있어. 환상이 보이는 건 아니잖아. 그런데 괜찮다는 말조차 환청은 아니겠지?

환상이 아니었다.

뽀삐는 배를 뒤집고 헥헥거리며 웃고 있었다.

"야, 형 안 반가워?"

까딱까딱, 마치 발가락이 떠드는 것 같았다. 형이 엄지발가락이라면, 가능한 얼굴 보지 않고 살게, 나는 새끼발가락이고 싶었다. 하지만 나는 어쩔 수 없이 검지발가락으로 태어났다.

비비적, 비비적.

폴, 폴.

먼지 내려앉는 소리가 들렸다.

"잘 살았어?"

형은 모처럼 봐도 전혀 반갑지 않았다. 반갑지 않았지만 반가운 척해주는 편이 나았다. 똑같은 유전자끼리 이렇게 비굴해도 되나 싶었지만 형과 엮이느니 적당히 들어주고 마는 편이 나았다. 형은 만족한 듯 이번에는 오른발로 왼발 양말을 벗겨냈다. 이번에는 왼쪽 발가락을 계속 까딱거리고, 비벼댔다. 침대 시트에 발가락 사이에서 떨어진 까맣고 둥근 양말 먼지가 수북했다. 산소계 표백제를 수북하게 넣고 시트를 삶아버려야지. 돈을 벌면 시트부터 바꿔야겠다.

형이 집을 나간 이유는 궁금하지 않았다. 다시 돌아온 이유도 궁금하지 않았다.

걱정은 들었다. 이제 집을 안 나가면 어쩌지? 언제 내 침대에서 일어날 거지?

형은 예상하지 못한 일을 예상할 수 없는 방식으로 태연하게 행동할 줄 알았다. 그런 일을 하면서 생기는 피곤을 느끼지 않는 모양이었다. 따지고 보면 이상하기만 할 뿐이지 특별할 것은 없는 행동이었지만, 이상한 것과 특별한 것은 겉보기에 비슷했고, 아버지를 제외하면, 대부분의 사람들은 그런 형을 상대할 때 생기는 손해를 감당할 생각이 없었다. 똥이 더러워서 피하지 무서워서 피하냐는 속담은 형을 두고는 쓸모가 있었다.

"논다며?"

"피곤해 보인다, 좀 자. 우리는 다음에 봐도 되겠지?"

"앉아, 거기."

"뽀삐 산책시켜야 하는데."

"아까 내가 했어."

형은 발가락에서 더이상 아무것도 떨어질 게 없자 허리를 일으켰다. 형의 얼굴이 갑자기 내 얼굴에 훅, 다가왔다. 나도 모르게 허리를 뒤로 뺐다.

어떻게 이렇게 닮을 수가 있을까.

유전이란 아무래도 달가울 수가 없다.

아버지는 형을 따라가거나, 다시 피시방에 가서 살거나, 둘 중 하나를 선택하라고 했다. 그래도 형이 있어서 다행이라고, 너는 참 든든하겠다고, 동생은 이래서 좋다고 했다.

"돈 벌러 가자."

형은 중학교 때 인근 초·중·고·대학교 졸업식과 입학식 시즌이 되면 꽃을 떼다 팔았다. 학교를 빼먹어 가면서까지 꽃을 팔았는데, 꽃을 싸게 떼는 일까지는 어렵지 않았지만 사나흘 전부터 자리다툼을 벌여가면서 장사를 하는 것은 아무나 할 수 없었다. 계획보다 당연히 실행이 어려운 것 같지만 실행보다 계획이 더 쉽지 않았다. 군고구마도 팔았고, 붕어빵도 팔았고, 어디서 타코야끼 틀을 구해 오기도 했다. 직접 종이봉투에 군고구마와 붕어빵을 담는 일은 처음 몇 번만 하고 점퍼를 껴입은 친구들에게 넘겼다.

"꽃 팔게?"

"따라와."

뽀삐가 현관까지 따라 나왔다.

깨갱, 깽깽. 뽀삐는 분명 슬퍼 보였다.

*

슬프게도 형은 군대를 안 갔다.

형에게도 신체검사 통지서는 날아왔다. 아무리 기다려도 입영 통지서는 끝내 오지 않았다. 차라리 아버지의 재입대 통지서가 날아오는 쪽이 빠를 것 같았는데, 아버지는 민방위 훈련까지 오래전에 끝냈다.

아버지의 재입대도 나쁘진 않았지만 그런 일은 없었다. 기피와 비리는 아무에게나 일어날 만큼 만만한 것이 아니라서 군대를 두 번 가는 일은 아버지 따위에게는 일어나지도 않았다. 아버지는 형이 왜 면제인지 끝내 물어보지 않았다. 아버지가 물어보지 않는 것을 내가 물어본다고 형이 대답해줄 리 없었다.

상병 때, 형사들이 우리 내무반을 찾아와서 형을 병역 기피자로 잡아가는 꿈을 꿨다. 그런데 꿈속에서 영창에 들어간 것은 나였다. 아무리 항변해도 병역 기피자는 나고, 형은 이미 복무 중이라고 했다. 아무리 꿈은 다 개꿈이라지만.

달콤 쌉싸름한 꿈도 그게 전부였다. 후임들은 잠든 내가 웃고 우는 모습이 신기했고, 무엇보다 웃을 줄 안다는 사실에 충격을 받았다. 나는 꿈이 아쉽고 찝찝해서 후임들을 모아다가 두들겼다. 일주일 정도 패니까 기분이 나아졌다. 형은 내가 전역하고 나서 한참이 지나도 잡혀가지 않았다. 혹시 병무청에서 누락했나 싶어서 슬그머니 신고도 해봤지만 소용이 없었다.

꿈은 꿈이었다.

세상 모든 것을 참을 수 있어도 형이 군대를 가지 않는 것만은 견디기 어려웠다. 다른 문제는 몰라도 군대만큼은 공평하게 억울해야만 납득할 수 있었다. 빈부 격차와 남북 분단까지는 납득할 수 있어도 형의 면제만은 용납하기 어려웠다.

내 용납 따위는 아무 상관도 없었다. 주기적으로 병무청에 민원과 항의 편지를 반복해 보내도 달라지지 않았다.

“귀찮다.”

분명히 익명으로 신고했는데, 어느 날 피곤해 보이는 형이 들어와 딱 한 마디를 남기고 열두 시간을 자다가 나갔다. 병무청 앞에서 재수사를 촉구하는 일인 시위를 할까. 지나가다 본 일인 시위는 하나같이 외롭고 힘들어 보였다. 외롭고 힘든 일은 하고 싶지 않았다.

형은 잠깐씩 집에 들어오는 때를 제외하고는 중국을 오가며 보따리 장사를, 동남아에서는 관광 가이드를 했다고 한다. 보따리 장사와 관광 가이드는 위장이고 본업은 마약 밀매라는 소문이 돌았다. 아무도 마약 중독자가 된 일이 없는데도 동네 사람들은 멀리서 형을 보면 귓속말을 했다. 형이 나에게 마약을 권한 적은 없고, 나는 마약을 살 돈이 없고, 설마 아무리 마약 중독자라도 동생과 가족에게 마약을 권할 리는 없겠지라는 생각과, 그걸 구분할 줄 모르니까 마약에 중독되는 것일지도 모르지라는 고민과, 형이 주는 건 아무것도 먹지 말아야지라는 다짐 사이에, 다른 소문이 들렸다. 막상 필리핀에서 형을 만나 보니 성실하게 가이드를 하고 있더라고 했다. 지나치게 성실해 보여서 믿음이 가지 않았다는 말도 뒤따랐고, 다른 사람과 착각했을 거라는 말에 동네 사람들은 고개를 끄덕였다. 아니다. 마약 중독자와 달리 마약 중개상은 믿음직하고, 성실해야 한다. 부지런히 마약을 팔아야 하니까. 내 반박 덕분에 형에 대한 혐의는 사라지지 않았다.

소문은 당연히 믿을 수 없다. 소문이라고 다 허황된 것은 아니지만 나는 형에 대한 소문의 진실을 구분할 수 없었다. 내가 아는 한 형은 꽃 장사를 했다. 내가 들은 바로는 형은 친구들과 붕어빵을 판 적이 있다. 재미 삼아 한 일인지 어떤지는 모르겠다. 형은 자신에게 유리한 것은 지나치게 과장했고, 불리한 것은 철저하게 웃어넘기거나 침묵했다. 소문의 진위는 아무도 몰랐다. 진위를 따질 만큼의 관심도 없었다.

내가 모르는데 아무것도 모르는 아버지가 알 리도 없었다.

나는 형이 만든 회사에 취직했다.

*

F는 어디에도 없습니다.

회사 이름은 에프킬라였다. 유치하다고 웃는데 갑자기 에프킬라 맛이 나는 것 같았다. 글쓰기 컨설팅 회사라고 광고했지만 사실 대행 회사였다. 왜 하는 일과 이름이 다르냐고 묻자 형은 이름처럼 사는 사람이 어디 있냐고, 삼성이 왜 삼성이고 현대는 왜 현대냐고, 이 정도면 정직한 거라고 했다.

"야, 아버지가 걱정하더라."

"전화도 해?"

"내 회사에서도 쫓겨나면 갈아 마시겠다고 하던데."

아버지는 건강하지 않으면 퇴직당한다고 믿었고, 야근에서 건강을 지키기 위해서 녹즙기를 샀고, 사 놓고 네다섯 번 정도

당근만 갈아대다가 어디 있는지도 모를 녹즙기였으니, 그런 곳에 들어가기는 억울했다. 녹즙기는 짜봐야 별것 나올 것 같지도 않은 것들만 꾹꾹 짰다. 녹즙기와 무관하게 내 배는 갈수록 푹신해지는 것 같았다. 형은 살 좀 빼라며 손가락으로 정확하게 배꼽을 찔렀다. 배 위에 떨어진 담뱃재가 바닥으로 날렸다. 형의 배도 찔러주고 싶었지만 너무나도 하얀 와이셔츠 때문에, 와이셔츠 속으로 비치는 빨래판 같은 근육 때문에 손이 움츠러들었다. 모르는 사람이 보면 우리 두 사람이 형제같이 보일 수가 없었다. 형은 탄탄했고, 나는 살쪘다.

이게 다 라면 때문이었다.

이제 라면은 그만 먹고 싶었다. 아무리 오동통해도 너구리는 너구리였다. 너구리를 자꾸 먹다간 너구리가 될 것 같았다. 무엇보다 지겨웠다. 라면을 떠나기 위해서는 형의 손을 잠깐 잡아야 했다.

"형제 좋다는 게 뭐겠어? 맡은 일만 잘 쳐내. 나머진 알아서 하고."

맡은 일을 잘하고도 알아서 해야 할 일이 또 있다고?

형은 집까지 나를 태워주고 잠깐 들어왔다 나갔다. 형은 애교를 부리는 뽀삐를 보며 정장 윗도리에서 지갑을 꺼내 만 원짜리를 뿌렸다. 이미 연습이라도 한 것처럼, 부채꼴로 만 원짜리를 샤르륵 뽑아서, 한번에 뿌리고 사라졌다.

뽀삐는 정신없이 돈을 물어 자기 집으로 날랐다.

뽀삐는 돈을 자기 집에 깔고 누웠다. 간식을 들고 가도 가까이 다가갈 낌새만 보이면 잽싸게 바로 앉아서 으르렁거렸다. 그거 내 돈이야, 인마. 내 선금이라고. 개 껌을 흔들어보고 고무공도 던져봤지만 뽀삐는 개수작하지 말라는 얼굴로 짖었다. 하긴, 뽀삐가 돈을 물고 나갈 것도 아니고, 나간다고 해서 돈으로 뭔가를 사 올 것도 아니니까, 꺼낼 기회를 노리면 되겠지.

알았어. 기다리지 뭐.

무엇이던 쓸 수 있다

표어는 사무실 문 앞에도, 각자의 컴퓨터 앞에도, 심지어 화장실 소변기 앞에도 붙어 있었다. '무엇이던'에서 요도가 막히는 기분이 들었다. 더 힘차게 아랫배에 힘을 줬다. '던'을 '든'으로 고치고 싶었다. 저번 달에는 '막히는 순간이 뚫리는 순간이다'가 붙어 있었다. 쓸 수 있고 뚫리기만 하면 뭐라도 괜찮았다.

"그냥 다운 받은 리포트? 그런 건 공장에서 찍어낸 거나 마찬가지잖냐. 표절 검사를 하는 프로그램에도 걸리고. 우리 회사 리포트는 수제잖아. 고객의 신뢰로 먹고살지. 한 번 리포트를 산 고객은 반드시 다시 오게 되어 있어."

"언제까지?"

"졸업할 때까지."

"왜, 취업 준비도 대신해주지 그래?"

"역시, 내 동생. 자본금만 쌓이면 새 라인을 추가하려고. 직장인들 회사 일을 대신해주는 라인을."

일은 금방 손에 익었다. 어떤 글이라도 만들어낼 수 있었다. 돈만 준다면. 월급 앞에서 윤리와 이유는 모호했다. 경계를 아슬아슬하게 넘나들었다. 모든 것은 적당히 조합할 수 있었고 최고가 될 필요는 없었다. 최고가 될 이유도 없었다. 최고가 되어서도 안 되었다. 적당히, 모든 것은 적당히 들키지 않을 정도로만 하는 게 이 일의 요령이었다.

이 달의 표어가 바뀌었다. 베스트 상품평에서 뽑았다. 매달 좋은 후기를 남긴 고객에게 무료 이용권을 한 장씩 줬다.

마치 제가 쓴 줄 알았잖아요

단어를 계속 바꾸고 어순을 끊임없이 조정해라. 붕어빵 뒤집듯 단어와 문장을 계속 뒤집어라. 잘 쓴 리포트를 조심해라. 나쁜 리포트는 잡히지 않지만 잘 쓴 리포트는 걸린다. 좋은 것을 훔치면 모두가 다 안다. 좋은 것은 다른 학생들도 베껴 오니까. 자신이 가져온 게 얼마나 좋은지 알아보질 못하니까. 독특한 표현은 지우고 진부하게 채워라.

"상위 일 퍼센트를 제외하면 다 비슷해."

"상위 일 퍼센트는?"

"상위 일 퍼센트가 여기 오겠어?"

내가 쓴 자기소개서는 남의 자기소개서가 되었고, 남의 자기소개서는 고등학생 자기소개서의 원자재였다. 다른 사람의 일대기가 또다른 사람의 이력으로 탈바꿈했다. 여기서 조금, 저기서 조금. 조금씩 가져오면 들킬 수가 없었다. 욕심이 문제였다. 조금만 먹으면 문제되지 않았다. 조금 더 마음을 작고, 적게, 작은 모양으로 품으면 넘어갈 수 있었다.

피시방에서 먹은 라면이 헛되지 않았다.

현금으로만 받았다. 세금과 국민연금과 건강 보험료를 내지 않으니 월급에 흠집이 없었다. 형은 돈이 들어오는 대로 찾아서 비밀 금고에 현금을 쌓았다. 사무실에서는 하루 종일 키보드 두드리는 소리만 났다. 타닥타닥타닥타닥, 키보드 소리와 돈뭉치 소리가 같아서, 비밀 금고에 돈이 쌓이는 소리도 타닥타닥타닥타닥이었다. 겉으로는 작은 동네 도서관처럼 보이는 회사였지만 단순 조립 공장하고 다르지 않았다. 뛰는 만큼 돈이 들어온다고 믿었다.

직원들은 대부분 나 같은 사람들이었다. 출석하고 리포트 쓰고 그럭저럭 성실하게 답을 채우지만, 딱히 결점이 있는 것도 아니지만, 특별한 것도 없고, 운도 없는. 치명적인 약점은 없으면서도 자신의 약점이 무엇인지 모르는 사람들이었다. 대학을 졸업하고도 여전히 리포트를 쓰고 발표를 준비하고 있으니 누구보다 대학 교육을 잘 써먹는 셈이었다.

"이 일 문제없지?"

"누가 널 고발하겠어? 너는 어디까지나 도와주는 거야. 주제, 자료, 초고까지. 활용은 고객의 몫이지."

대학이고 교수고 학생이고 학부모고 우리가 필요했다. 졸업장이 필요한 사람, 자식 대학 공부까지는 시키고 싶은 부모, 직장이 없어지기를 바라지 않는 교수. 필요한 것을 도와주겠다는 것뿐이었다. 애초에 돈은 돈대로 다 받으면서 대학 평가조차 신경쓰지 않는 학교들이 더 나빴다. 아무도 학위를 인정하지 않으면서, 학위가 없으면 무시를 하고, 학위 장사라는 것을 알면서도, 어쩔 수 없이 학위를 사려는 사람은 많으니까, 이 일을 하는 사람들의 잘못은 조금 줄어드는 것 같았다. 형이 들려준 말인지 내 생각인지 헷갈렸지만, 나는 이 내용을 대학교 일학년 교양 과제로 세 번 이상 바꿔 팔았다.

초등학생에게까지 의뢰가 들어올 무렵, 다른 제안이 들어왔다.

*

형을 좋아하는 직원들은 없었다.

물론, 지구에는, 아시아에는, 한국에는 형을 좋아하는 사람이 있을 수 없다는 것도 확신할 수 있다. 아버지는 빼고.

나는 직원들과 원만하게 지냈다. 처지가 비슷했다. 나는 언제나 적당한 사람이었다. 출근하면 점심 식사를 같이 고민했고, 같이 점심을 먹었고, 저녁 또한 같이 먹는 날이 더 많았다. 먹는 것도 크게 다르지 않았고, 모자라는 천 원을 누군가가 더 냈고, 같이 나눠 먹었다. 밥 먹을 시간도 없다면 햄버거를 사다 줬다. 시간에 쫓겨 저마다의 키보드를 두들기더라도 굶지는 않았다. 같이 밥을 입에 넣는다는 것만으로도 동지애를 충분히 느꼈다.

우리라는 말은 싫지만, 직원들은 우리가 형제라고 상상하지 못했다. 나는 그들의 상상력 부족을 그저 내가 살이 쪄서라고 믿고 싶었다.

"사장이 하는 일이 뭐가 있어요?"

한 명이 말했다. 처음에는 단순한 불만이었는데, 불만이 쌓이기 시작했고, 걷잡을 수 없는 불만이 남았다. 한 명이 말하면 두 명이 동조했다.

"순 개새끼죠."

처음 형을 개새끼라고 부른 사람은 나에게 동의를 구하는 눈빛을 보내왔다. 약속한 것도 아닌데 어느새 다들 형을 아지라고 불렀다. 점심 때 아지가 사무실에 왔다 갔어요. 기분 안 좋아 보이던데. 조금 전에 아지가 공지 사항을 올렸네요. 아지가 또?

아지라고 부를수록 조금 더 분위기는 달라졌고, 모두가 동조하고 모두가 일어설 때는, 마침내, 올 수밖에 없었다.

그러니까, 만국의 프롤레타리아들이여,
단결 외에는 답이 없다.

*

부모를 선택할 수 없듯이 형제를 선택할 수는 없다. 대신 부모를 죽일 수는 없지만 싫은 형제를 죽일 수는 있다. 카인이 일가족 살인마라는 이야기는 없듯이. 살인을 할 수밖에 없다면 형제를 죽여야 했다. 기록된 최초의 살해가 타인에게 한 것이 아니라 형제라는 것은 가장 죽이고 싶은 사람은 타인도, 부모도 아닌, 형제라는 말이었다.

창세기의 저자는 알고 있었다.

부모는 최소한 나를 키워주기라도 했는데. 어차피 부모가 가고 나면 형제간에 꼭 얼굴 보고 사는 것도 아니고, 일 년에 한 번도 안 볼 수 있고, 그러다 보면 오 년에 한 번도 안 만나고, 차라리 안 보는 게 마음 편하다 싶고. 장례를 치를 때에나 도움이 될까. 아니다. 부모의 장례식 발인이 끝나기도 전에, 이왕이면, 하는 김에, 형제의 입관까지 깔끔하게 치르고 싶을 수도 있다. 어차피 상조회에서 알아서 다 해주니까.

카인은 죄인이다. 우리는 누구나 카인의 자식이다. 최초의 살인자를 비난하면서도 죄인의 자식들은 은연중 카인을 옹호한다. 아무도 진심으로 카인을 원망하거나 미워할 수 없다. 살아남아야 되갚아줄 수 있다. 카인이 아벨을 죽이고 싶었던 것만큼이나, 아벨도 카인을 죽이고 싶었을 것이다. 형제니까, 그럴 수밖에 없다.

카인이 아벨보다 빨랐을 뿐이다.

이제 아벨이 카인을 죽여야 했다. 새로운 성경을 만들어야 했다. 만드는 방법은 형이 보여줬다. 성경이건 불경이건 힌두교 경전이건, 필요하면 만들 수 있었다. 적당히 섞으면, 시간과 돈만 많으면 못 만들 것도 없었다.

동생인 것도 억울한데. 아벨은 카인을 죽이고 카인이 되고, 카인은 아벨이 되는 것도 괜찮아 보였다. 새로운 아벨이 되기로 했다. 직원들과 모든 자료를 복사해서 함께 다른 회사를 차렸다. 분배 구조를 바꾸고 형의 회사 자료는 복구할 수 없도록 철저하게 삭제했다. 나는 직원들 몰래 형의 금고를 털었다. 새로운 아벨이 되기로 한 이상 마음은 가볍고 지갑은 두둑해야 했다. 형의 비밀번호는 나도 알고 있었다. 형이 비밀번호를 누르는 광경이 내려다보였다. 비밀번호는 형이 태어난 시각이었고, 형보다 늦게 태어난 게 지금까지 싫었다. 상쾌한 소리와 함께 돈다발이 보였다.

형의 연락은 보름 뒤에야 왔다.

"우리 뽀삐, 많이 컸네. 어디까지 갈 거야?"

"전화 잘못 거셨습니다."

"이십 프로 줄게. 돌려놔."

"야."

"야?"

"몇 분 먼저 태어난 것 가지고 유세는."

"그랬어? 알았어, 뽀삐. 기다려봐."

형의 목소리는 사십 일을 괴롭히고 깔끔하게 손 털었던 그 겨울날과 높낮이까지 똑같았다. 나는 마침내, 착실하고, 성실하게, 참아온 덕분에, 이번에도, 독립할 수 있었다. 비록 먼저 전화를 끊지는 못했지만, 할 말을 다하지는 못했지만, 전화를 끊고 나자 다시 전기가 어깨까지 오르는 기분이었다. 배신자가 계속 배신하는 이유는 배신의 순간이 주는 쾌감에 중독되어버렸기 때문이다. 할 수만 있다면 열 번도 백 번도 더 해보고 싶었다. 열 번도 더 해보기 위해 형이 열 번 더 무너질 수 있는 기반을 갖추기를 진심으로 바랐다.

수입산 실크 시트 위에서 데굴데굴 구르며 웃었다. 뽀삐가 나를 보고 짖었다. 책을 집어던졌다. 뽀삐는 피했고, 나는 웃으며 책을 던졌다.

뽀삐가 맞을 때까지. 맞고, 또 맞을 때까지.

이제 내가 보여줄게, 뽀삐.

*

두 달은 견딜 수 있었다. 견딜 만큼의 자본은 확보하고 시작했다. 직원들은 형이 싫어서 독립한 것이 아니었다. 처우와 업무는 명분이었고 현실은 유통 단계를 줄여 얻게 될 더 많은 월급이었다. 다들 돈 문제는 냉정하게 수지 타산을 두들겨봤다.

이렇게 손해를 볼 리 없는데.

두 달 뒤부터 착실하게 어려워졌다. 기다리라는 형의 말처럼. 어디서 본 리포트였다. 이상했다. 얼마 전에 올렸는데? 너무 오래 보면서 베꼈나? 내가 쓴 리포트가 아닌가? 지나치게 리포트에 빠져드는 일은 조심해왔다. 최선을 다할 우려도 있었고 받을 돈에 비해 효율도 떨어졌다. 진지하게 리포트에 빠져들면 꺼내줄 사람이 없었다.

나흘 전에 쓴 리포트였다. 써준 리포트를 되팔아 돈을 버는 사람들이 있었다. 대필한 리포트를 인터넷에 올린다고 어떻게 할 방법은 없었다. 되팔이야 언제나 있었지만 크게 문제가 될 정도는 아니었다. 이번에는 알뜰했다. 처음일 리가 없었다. 리포트 사이트의 최근 올라온 것들을 다시 꼼꼼하게 읽어봤다. 기억이 났다. 두 달 전에 썼던 것. 이건, 대략 한 달 전쯤. 이건 어제 참고했던, 단 두 문장만 가져왔던 것 같은데. 나는 내가 쓴 리포트의 조각들을 다시 따와서 짜깁기하고 있었고, 그걸 누군가에게 팔았고, 다음 날 다른 리포트를 쓰기 위해 다운 받고 있었다. 비용을 아끼려고 해체한 사무실 대신 피시방에서 짜장면을 먹고 있는데 휴대전화 화면에 '뽀삐'가 떴다. 양파를 춘장에 찍으면서 전화를 받을까 말까 고민했다.

"뽀삐, 형이 제일 좋아하는 영화가 뭔지 알아?"

할 말은 따로 있으면서, 궁금하지도 않은 것을 물어보는 걸 보니 꿍꿍이가 있는 모양이다. 짜장면 때문에 목이 메었다.

"내가 제일 좋아하는 영화도 모르겠는데 네가 좋아하는 영화를 어떻게 알아?"

"〈타짜〉야."

"나야 환영이지. 오른손을 찍어주면 되지?"

〈타짜〉는 좋은 영화였다. 처음으로 형과 마음이 통했다. 서로의 손을 사이좋게 찍어주고 싶구나. 마지막 순간에 내 손은 쏙 빼고. 형이 낄낄거리는 소리가 잡음처럼 들렸다. 나는 잠깐 피시방을 둘러봤다. 어디서 오함마를 든 형이 나를 보고 있는 것 같았다. 총소리, 죽어 나가는 소리가 요란했다. 형이 있는 곳은 여기보다 시끄러운 모양이었다. 코가 간질간질했다.

"난 왼손잡이잖아. 찍으려면 왼손을 찍어야지, 뽀삐."

어렸을 때 형은 왼손잡이인 것을 자랑스럽게 여겼다. 왼손잡이는 흉이 아닌 것처럼, 자랑할 일도 아니라고 생각했는데도, 나는 왼손을 오른손처럼 쓰고 싶어서 몰래 연습했다. 오른손잡이들은 다들, 한 번쯤은 왼손잡이를 선망하니까. 글씨는 알아볼 수가 없었고 물을 먹어도 옷이 마시는 게 더 많아서 포기했다.

"오른손 잘 씻어둬."

형은 깔끔하게 전화를 끊고, 깔끔하게 준비가 될 때까지 연락하지 않았다. 다른 사람은 몰라도 형은 한 입으로 두말하지 않는다. 그 점만은 의심할 수가 없었다. 약속 장소를 정하는 형의 전화를 다시 받았을 때, 이제 준비가 다 되었거나, 다 끝났다고 생각했다.

*

오른손이 없으면 볼일을 보고 닦을 때 불편하다. 지금 와서 형처럼 왼손잡이가 될 수는 없고 오른손을 잃을 수는 없으므로 방법은 두 가지였다. 번갈아가며 양손으로 닦자. 어렵겠지만 노력해보자. 아니면 갈 때까지 경쟁을 계속하자. 누가 먼저 소주병을 들고 적당한 한강 다리에서 날아오를지 모르는 싸움이었고 물론 내가 형보다 먼저 마포대교를 찾아갈 확률이 높았다. 나는 예상보다 빨리 너덜너덜해지고 있었다. 키보드를 두들기는 손가락 지문보다 항문 주름이 먼저 닳아 없어질 것 같았다. 하루에도 대여섯 번씩 화장실에 가서 앉았다. 술을 마시면서 다음 날 한강 수온을 검색했다. 밤은 추우니까. 아침이나, 점심을 먹고 난 뒤라면, 조금이라도 따뜻하면 덜 괴롭지 않을까? 형은 싫고 손해는 보기 싫고 망하기는 더 싫고. 회사를 해체하기에는 갖고 있는 자료가 아까웠다. 제값을 받고 팔 요령은 없었다. 몇 군데와 이야기를 나눠봤지만 하드디스크 값도 나오지 않았다.

개새끼들.

선택지는 두 개나 되지 않았다. 선택지라고 부를 수도 없었다.

형이 부른 가격을 전달했을 때, 그나마 이거라도 남아서 다행이라는 직원도 있었다. 직원들은, 전원, 슬며시 형의 제안에 동의했다. 그동안 아무 말도 하지 않았는데, 직원들은 일제히 나를 지목했다.

개새끼들이.

나는 내용 없는 위임장을 가슴에 품고 약속 장소로 나갔다.

"분형연기分形連氣, 형우제공兄友弟恭이니, 음, 형제끼리, 음, 싸우는 거 아니다."

아버지는 소주잔을 내려놓으며 마시라는 손짓을 했다. 아버지의 소주잔에는 술이 많이 남아 있었다. 나는 소주를 마시고 아버지를 보면서 잔을 머리에 털었다. 아버지는 야근 때문에 피곤하다며 중얼거리더니 남은 소주잔을 마저 비웠다. 아버지는 모처럼 술잔을 비우며 위엄 있는 모습을 원했던 것 같지만 뽀삐는 나보다도 아버지를 무시했다.

아버지에게 약간이라도 남은 위엄이 있었다면 습관적인 존중 같은 것이었다. 존경이라고는 빈말로라도 붙일 수 없었다. 아버지를 좋아할 것도 싫어할 것도 없었다. 다만 아버지에게는 아직까지 가끔 화를 낼 기력이 있었고, 화를 내면 무서웠을 뿐이다.

"형이 개새끼란 걸 정말 모르셨어요?"

아버지는 개불을 놓쳤다. 다시 한번 시도해도 개불은 젓가락 사이에서 몸을 튕겨댔다. 여전히 꿈틀거리는 개불은 순순히 아버지에게 먹힐 생각이 없어 보였다. 아버지는 마침내 젓가락을 포기하고 숟가락을 들어서야 개불 조각을 입에 넣을 수 있었다. 조각난 개불이 뿜어내는 끈적끈적함도 숟가락 앞에서는 소용없었다. 처음부터 숟가락을 사용하는 편이 나았다.

"절 먼저 꺼내시지."

"얘가 얘고 얘가 얘니까."

"아버지, 얘는, 아니 형은, 아니라니까요."

"봐봐야 헷갈리고."

"정말 아니라니까요."

"다 내 아들들이니까, 단단해 보이는 애가 형 하면 둘 다 잘 살 줄 알았다."

토할 것 같았다.

아버지의 잔에 소주를 넘치게 철철 따르고 담배를 피우러 밖으로 나왔다. 내가 형을 발로 차던 기억이 났다. 형이 나에게 발로 채이고 울던 광경도 보였다. 가끔씩 떠오르던 광경들은 자격지심이 만든 착각인 줄 알았다. 그렇다. 나는 형을 발로 찬 적이 없다. 아버지의 말에, 자격지심이 만든 착각들이 바로 섞여서, 취한 상태에서, 갑자기 떠오르는 것일 뿐이다.

다시 들어오니 아버지는 쌍둥이를 키울 때 힘들었던 기억들을 웅얼웅얼 알아듣기 힘든 말로 풀어놓았다. 나도 술 때문에 숨이 가빴다. 쌍둥이니까, 내가 형을 찰 수도 있고 형이 나를 찰 수도 있는 것이다. 아니다. 나는 형의 마음을 읽을 수 있으니까 착각하는 것이다. 술 취한 아버지는 그래, 너희들 마음대로 하라고 했다가, 그건 아니라고 했다가, 고개를 잠시 떨궜다가 더 마시자고 소리쳤다가, 노래를 흥얼거리다가, 내 어깨를 쳤다. 나는 의자에서 떨어질 뻔했다.

아버지는 연기에 소질이 없었다.

어차피 술자리에 나오는 버스 안에서 답은 정해졌다. 아버지의 연기는 아무 상관없었는데.

형은 웃으면서 잔만 비우다가 아버지가 졸기 시작하자 이십 분 뒤 계산을 했다. 나는 아버지를 부축하며 형의 신용 카드가 내는 소리를 들었다. 찌르륵, 찌르륵, 신용 카드 긁히는 소리가 파랑새 울음 같았다.

파랑새를 본 적은 없지만.

문득 궁금했다.

형제가 서로 사랑할 수 있는 가격은 얼마지?

*

아버지는 다음 날 퇴사했다.

나는 형에게 회사를 되팔았다.

사기꾼은 언제나 가장 가까이 있다. 가족이거나, 친구이거나, 누가 소개해준 믿을 만하다는 사람이거나. 모르는 사람에게 사기 치는 것보다 가까운 사람을 유혹하는 게 더 쉬우니까. 가족이거나, 가족인 척을 하거나, 친구인 척을 하거나, 가장 가까이 있어줄 척을 할 수 있는 사람에게 사기를 쳤다. 가까이 있는 사람이 사기꾼인 줄 알면서도 사기꾼을 내쫓을 수는 없으니까. 믿을 수는 없지만 우선 옆에 있긴 하니까.

배신은 중독이므로, 내용 없는 위임장은 아무 쓸모가 없었다. 다른 직원들을 배신하고, 서버의 자료를 백업하고, 서버의 자료를 복구할 수 없게 지우고, 나머지를 엉망으로 만들고, 형에게 돈을 받았다. 직원들과의 관계는 다 같이 점심 먹을 때 애매한 천 원을 더 내고, 햄버거를 사다 주는 정도였으니까, 미안할 것도 없었다. 한 번 해본 일이라서 너무 쉬웠다. 어차피 형의 사업을 베꼈고, 형도 누군가의 사업을 베꼈다. 손해를 봤지만 이득도 봤다. 형은 자료를 산 뒤 금방 어딘가에 회사를 처분했다. 자료 값이 회사 값인데, 형은 적당히 가격을 받아 왔다. 대체할 수 있는 인력은 회사 값과 무관하거나 싼값이었다. 일을 할 사람들은 얼마든지 몰려들었다.

형은 계속 회사를 만들었다. 회사를 만드는 것보다 더 빨리 회사를 팔아 치웠다. 나는 발로 뛰었다. 형에게 월급과 인센티비를 받았다. 아이템은 부지런히 교체되었다. 퇴직금을 들고 찾아오는 사람도 꾸준히 있었다. 빠질 때만 잘 알면 만만찮게 벌었다. 손해는 다른 사람들이 봤다. 형은 자신의 말을 믿고 싶어하는 사람들 앞에서는 선량하고 성실했다.

"자신만의 새로운 길? 아니지, 제일 좋은 건 괜찮아 보이는 걸 아주 잘 베끼는 거야. 대신 티 나지 않게. 빤히 알면서도 뭐라고 못 하게. 알겠지, 뽀삐?"

어떻게든 형의 뒤통수를 깔 수 있는 날만 기다렸다. 먼저 꺼내졌다는 이유가 아니었다면 형은 내 인생을 살고 있을지도 모르고 나는 형의 인생을 살고 있을 수도 있다. 아니, 나보다 고작 몇 분 늦게 태어났더라도 형은 형일 수 있다. 가정은 소용이 없거나, 필요가 없거나, 의미가 없다.

가정 대신 기회를 공들여 노렸다.

뒤통수를 칠 기회만 기다리면 된다.

언젠가, 기회는, 온다.

언제라도, 기회는, 온다.

반드시, 온다.

가능하면 엮이고 싶지 않았지만, 계속 엮일 수밖에 없을 것 같았지만, 마지막 기회는 여전히 남아 있다. 마지막 기회는 유일한 희망이다. 형도 내가 자신을 노리고 있다는 것을 알고 있다. 나에게는 나를 보고 있는 형이 보였다. 알면서도 형은 웃었다. 형은 알고 있으면서도 궁금해했다. 젓가락을 주며 설득하던, 에프킬라를 쥔, 그때와 같은 표정으로 궁금해했다.

태어나서 한 번도 미안해본 적 없는 얼굴이었다.

똑같은 유전자를 물려받은 같고 닮은 얼굴이 소주를 마시고 웃었다. 소주를 따라 주면서 물었다. 여전히 읽을 수 없는 한 가지가, 이해가 안 되는 이유가, 꼭 궁금한 게 하나 있었다.

"대답해줄 것 같아?"

아니, 그럴 줄 알았어. 마음속으로 대답하고 남은 소주를 비우고 일어났다. 뽀삐를 위해 갈비뼈가 담긴 검은 비닐봉지를 들었다. 던지기에 적당한 뼈들이 비닐봉지 속에서 달그락거렸다.

집에 돌아가야 했다.

뽀삐가 기다리고 있다.

시니어 마스크

마스크가 우리를 가깝게 만들었습니다.

사실事實이나 본심本心이 부직포 따위에 가려질 리 없습니다. 잠깐, 혹시 방역지침을 반대하느냐구요? 아니요, 저는 어떤 사안에 대해 찬성할 용기도, 반대할 지식도 없습니다. 세계는 늘 종말 같지만 사실 굴러갈 수 있을 만큼, 딱 그 정도로 합리적인 상태라고 믿는 편입니다. 덕분에 언제나 적당히 한발 물러나서 구경하며 살아가게 됩니다.

그랬는데, 굳건한 믿음이 있었는데, 마스크를 계속 쓰다 보니까……. 불안합니다. 한 겹 덧대는 걸로 퉁쳐도 될까……. 고작해야 일이 년이면 끝인 줄 알았는데. 새해가 되어도 나아지는 것도 없고……. 1월 1일이 오면, 해돋이를 보며 살 뺄 결심이라도 다져야 할 것 같은데, 뭐라도 좋으니 계획과 변화가 필요한데, 또 뭘 해야 할까. 할 수는 있을까. 아무것도 하지 말까. 하지 말아야 할까…….

어쨌든 여러분, 새해 복 많이 받으세요.

*

첫 문장부터 힘이 들어갔습니다. 좋은 버릇은 지키기 힘들고 나쁜 버릇은 버리지 못하는군요. 마스크는 그저 비말飛沫을 막는 용도일 뿐인데, 쓸 줄도 모르는 한자를 덧붙이고 시답잖은 의미를 부여했습니다.

그냥 날아오르는 물거품인 줄도 모르고.

마스크가 우리를 가깝게 만든 김에, 먼저 감사부터 표하겠습니다. 가까워질 기회와 만남이 통 어려운 시대이기도 하고, 무엇보다 저는 은혜를 오래 기억하고 원한은 멀리하는 사람이기 때문입니다. 특별히 선량한 시민이라서 그런 건 아닙니다. 그냥 어쩔 수 없습니다. 원한을 품으면 확연하게 티가 나는 정직한 얼굴이거든요. 그런데 알다시피, 정직하면 피곤합니다. 그렇다고 거짓말과 속임수로 정직함을 보완하기는 싫습니다. 그래서 있는 것을 보지 않고 본 것도 마음에 담아두지 않으며 살았습니다.

어제까지는, 그렇게 살아왔습니다.

이 글은 한국문화예술위원회의 "2021년 코로나19, 예술로 기록" 지원 덕분에 쓸 수 있었습니다. 2021년 10월 8일 「시니어 마스크」라는 제목으로 사업지원신청서를 냈고, 기획의도를 썼고, 주요내용을 썼고, 기존 작품활동을 증빙하는 내용도 첨부했습니다. 파급효과 및 기대효과를 쓸 때는 난감했습니다. 기록이나 문학이 할 수 있는 일을 설명해야 하는데—새삼 이제 와서 문학은 무용하기 때문에 유용하다고 또 써도 괜찮을까요. 기존에 추진된 사업과의 차별성을 구체적으로 기술하라는데, 이때까지 내가 써왔던 글은 다 그게 그건데—기존에 추진한 사업도 없는데……. 소재발굴계획은 뭐라고 할까, 지금이라도 곡괭이 하나 들어야 하나……. 성과제출(예정)을 지키지 못하면 지원금을 뱉어야 하나, 한번 주머니에 들어온 돈을 뱉기는 억울한데…….

아하, 사업지원신청서를 준비했던 과정에 대한 기록, 기록 그 자체도 가치 있는 문학 작품이 될 수 있다고 증빙하면 어떨까요.

왜, 지금 하고 있는 작업 말입니다.

진작 이렇게 쓸걸.

먼저 이 사업을 선발해주신 한국문화예술위원회의 안목에 경의를 표합니다. 서류 작업에 미숙한 예술가들에 대한 배려가 역력한, 복잡하지 않은 사업지원신청서 양식에도 감사를 표합니다. 한국문화예술위원회는 어디까지나 지원과 아카이

빙을 맡을 뿐이며, 지원받은 작품을 다른 곳에 발표할 수 있다는 규정도 마음에 들었습니다. 저희 집 가훈은 일타쌍피一打雙皮니까요.

사실 쌍피에 어울리는 기관은 따로 있습니다. 바로 대한민국예술원입니다. 갑자기 이 글 제목을 쌍피로 바꾸고 싶어지지만, 제목까지 바꾸면 행정적 절차가 복잡할 것 같아 포기하겠습니다. 대한민국예술원은 또 뭐냐구요? 한국문화예술위원회와 대한민국예술원, 그게 그거 아니냐구요? 쉽게 구분하는 방법이 있습니다. 인터넷 도메인 주소에서 or이 들어가면 비영리기관이고, go가 포함되면 정부기관이므로, 대한민국예술원은 정부기관입니다.

못 먹어도 갈 수 있는 고go, 대한민국예술원은 종신직 회원으로 구성되어 있습니다. 한번 입회한 회원들은 죽을 때까지 월 1,800,000원을 받아 갑니다.[1)] 예술 창작에 현저한 공적, 대한민국의 예술을 위한 정신, 투신, 종신……. 그동안 고생하셨습니다. 가야 할 때가 언제인가를 분명히 알면 좋겠다고 「낙화」가 말했는데, 지금이라도 후학들에게 시 한 편에 버금가는 멋진 분별을 보여주실 마음은 없으실까요. 금전적 기회는 자라나는 새싹이나, 분갈이가 필요한 담쟁이들에게 양보하시면 어떨까요. 한번 선先 잡았다고 혼자만 계속 먹으면 화투판이 깨집니다. 기존 회원의 찬성으로만 입장 티켓을 받을 수 있는 '대한민국예술원 종신직 회원' 명패로는 충분히 자랑스러우시기 힘드실까요? 혹시 타인의 찬성을 얻어 입장한다는 사실이 민망하지만, 노년의 생계 때문에 어쩔 수 없었던 것이라면 죄송합니다. 함부로 말하지 않고 좀 더 배운 뒤 섬세하게 발언하는 게 마땅합니다. 휴, 다행히 종신직 회원들의 대부분은 교수로 정년까지 하신 분들이고, 교수 정년퇴직이면 1,800,000원의 두 배쯤 되는 연금도 받고 있을 것 같으니, 천만다행입니다. 소설에서는 반드시 일어나는 오독과 비틀림의 가치에 따라 후학의 착각을 혜량하여 주시리라 믿습니다.[2] 오독오독, 비틀비

1) 월마다 보고서를 낸다거나 사업지원신청서를 내는 대가로 월급을 주진 않을 겁니다. 아, 월급이 아니라 지원이군요. 종신직 회원 선생님들에게 월급이라니, 실례했습니다. 아차, 예술원은 문화체육관광부의 지원을 받고 있으나 정부 기구는 아닌데, 예술원 운영에 필요한 모든 예산은 정부 예산에서 계산 · 집행되고, 어디까지나 예술원 사무국만 정부 기구이며 직원은 모두 공무원이라고 합니다. 하지만 이를 개선한답시고 월마다 보고서를 제출하도록 하면 잘못을 더 큰 잘못으로 갈음하는 셈이겠지요. 기관의 성격에 대해서는 http://www.naa.go.kr/site/main/content/purpose_function 참조.

2) "말을 통과해야 하니까, 소설이 무사할 수가 없어요. 그 안에 있는 삶이라는 것도 마찬가지죠. 두 번 비틀리고 구겨져 있을 수밖에 없어요. 작가 손에서 한 번, 독자 눈에서 또 한 번. 바로 그 구겨진 곳에서 나타나는, 정상과는 다른 모습을 우리는 텍스트의 증상이라 부르죠.
텍스트를 제대로 읽고자 하는 사람에게는 증상이 문(門) 역할을 합니다. 텍스트의 내부로 들어가는 문이기도 하고, 말문이기도 해요. 말이 내왕하는 문이라는 거죠. 텍스트가 하는 말을 들을 수 있는 문이고, 또 우리가 텍스트의 저 깊은 곳에 있는 속내에게 말을 건넬 수 있는 문이기도 해요. 바로 그 문을 포착해내고, 그 문을 통해 말이 오가게 만드는 것이 곧 잘 읽을 수 있는 방법이 되는 거죠. 자세한 것은 소설을 읽으면서 이야기해봅시다." 서영채, 『왜 읽는가』, 나무나무, 2021, 137쪽.

틀, 소리도 얼마나 좋습니까. 그나저나 저에게도 쌍피를 나눠 줄 천사는 없을까요? 정부, 기관, 기업, 종교계, 학교, 국제기구, 사회단체의 문의를 기다리겠습니다.

*

"이 정도면, 나, 나쁘지는, 않을 걸세."

최 교수가 피 한 장을 나눠줘서 피박을 면했습니다.

강사법이 시행되기도 전에 대학 강의에서 해고되었습니다. 음, 해고는 정확한 표현이 아닙니다. 정확하게는 재계약되지 않았습니다. 아니, 재계약이라는 제도조차 없었으니까, 채용될 기회 자체가 사라졌다고 하는 편이 더 정확합니다. 당연합니다. 2011년에 개정안이 추진된 강사법은 네 차례에 걸쳐 유예되었다가, 마침내 2019년 가을부터 시행되었는데, 대학은 바보가 아니니까요. 겉으로는 무사안일로 보이지만 대학들도 나름 부지런합니다.

최소한 시간강사에 대해서는.

10년 동안 대학들은 준비를 마쳤습니다. 시간강사를 대체할 무늬만 교수인 객원교수, 초빙교수, 겸임교수 등을 대폭 늘리고 대형 강의를 신설했습니다.

오독과 비틀림 하나를 더 보태고자 합니다.

강사법의 취지는 선량했습니다. 강사에게도 교원의 자격을 부여하고, 계약 기간을 학기 단위에서 1년 단위로 개선하고, 최대 3년까지 재계약 기회[3]를 주고, 수업 준비와 채점에도 보수를 지급하고, 방학 동안에도 최소한의 임금을 주고, 맥도널드가 아르바이트생에게도 가입시키는 사대 보험도 들어주고. 1년 단위로 계약하면 퇴직금도.

드디어 교원의 지위를 허락받게 되었습니다. 이름도 '시간강사'에서 '강사'로 변경되었습니다.[4] 교원이 되었으므로 출석부를 제출하기 위해 대학에 갈 때 주차비를 사정할 필요가 없어졌습니다. 강사법 이전에는 종강과 동시에 외부인이 되었는데, 1년 동안은 당당하게, 교원이니까, 도서관도 쓸 수 있게 되었습니다.

그럴 줄 알았습니다.

나아진 건……. 강사법의 발효농축엑기스였던 건강보험이 재정 부족을 이유로 빠졌습니다. 신분은 교원이지만 수당이나

---

3) 어디까지나 기회입니다. 기회.

4) 이 부분을 더 깊이 알고 싶다면, 「공공의 이익」을 참조하기 바랍니다. 「공공의 이익」은 현대판 노예제인 공익근무요원(1995~2011)의 역사를 방위의 흔적(1969~1994)과 사회복무요원(2012~현재)의 현실 속에서 조망한 글입니다. 국제노동기구와 EU에서 이를 강제노동이라고 비판하기 전, 2015년에 발표했다는 점을 특별히 주목해주면 좋겠습니다. 마침 「공공의 이익」도 한국문화예술위원회의 지원을 받은 소설이군요. 저도 한국문화예술위원회의 종신직 회원이 되고 싶습니다.

상여금이 나오는 것도 아니고, 교통비나 식대가 지원되는 것도 아닙니다. 퇴직금? 강사법 시행 3년이 다 되어가는 지금도 소송 중입니다. 적극적으로 해석된 최근 판례에 따르면 "1년 이상, 그리고 한 학기에 5학점 이상 강의한 경우"에 한하여 퇴직금을 인정할 필요가 있다고 합니다만, 대학들은 판례가 나오기도 전에 한 학기 강의 시수를 5학점 미만으로 줄였습니다. 강사법에서는 계약을 1년 단위로 하라고 했지, 1년 동안 강의를 주라고 하지 않으니까요. 이런저런 이유를 붙여 1년에 한 번, 2학점짜리 강의 하나만 배정해도 아무 문제가 없습니다. 강사 신분은 줬으니까요. 다음 학기에 무슨 수업을 얼마나, 어떻게 할지 모르는 건 여전합니다. 대학은 강사를, 아니 강의를 합법적으로 줄이거나 쪼갤 수 있습니다. 강의가 없으면, 월급도 없고, 그러나 교원이기는 합니다. 덕분에 신용카드를 만들 때 당당하게 '교원'이라고 적을 수 있습니다. 또, 수업 준비와 채점에 대한 보수, 방학 중 임금을 모두 합해 2주치 강의료를 받을 수 있게 되었습니다.[5)]

강사법 이후, 서류는 크게 달라졌습니다. 강사법은 공개채용을 전제로 하며, 그만큼의 서류가 필요합니다. 이력서, 학부

---

5) 사립대학에서 2~3학점짜리 한 과목을 맡으면 일주일 강의료는 80,000~150,000원 정도 됩니다. 참, 교원 신분이기 때문에 다른 학교에서 시키는 각종 연수와 서류 작업에 참여·협력해야 할 의무가 생겼습니다. 물론 거부할 수는 있습니다.

성적증명서, 석사 성적증명서, 박사 성적증명서, 학부 졸업증명서, 석사 졸업증명서, 박사 졸업증명서, 석사학위논문, 박사학위논문, 최종학위 요약본, 연구실적 별쇄본, 연구실적 요약본, 이전 강의경력증명서—강의사실증명서와 강의경력증명서가 다른 대학들도 있고—강의계획서, 자기소개서, 교육철학기술서, 전업확인서, 각종 자격증 사본, 성범죄 경력조회 동의서, 학위논문 지도교수 및 민법 제777조 친인척 명단, 저서에 대한 증빙 서류(표지, 초판 부수 증명서 첨부 요망), 서류는 온라인으로 입력 후 출력해서 우편으로도 보내야 하고, 병적증명서와 고등학교 생활기록부를 요구하는 곳도 있었습니다. 여러분, 고등학교 생활기록부가 이렇게 무섭습니다.

그나마 강사를 채용하는 대학은 선량합니다. 위에서 살펴본 객원교수, 겸임교수는 강사법 적용을 회피할 수 있는 좋은 방법입니다. 직함에 교수가 들어가기 때문에 강사법을 피해 갈 수 있습니다. 강사료의 80%만 지급해도 되고, 방학 중 임금이나 퇴직금도 피해 갈 수 있습니다. 명칭에는 '교수'가 들어가지만 모든 면에서 강사보다 싸게 먹힙니다. 부지런히 제도를 정비해 강사를 단 1명만 남겨둔 대학도 전설처럼 존재합니다. 대학마다 다르지만, 보통 전체 강의의 절반을 강사가 맡고 있다는 점을 고려하면, 1명의 강사만 남긴 대학의 의지와 행정력은 존중받아야 마땅합니다.

물론 이제 시작입니다. 강사들의 환경을 차차 개선해야 합니다. 개선해야 하는데, 코로나19가 등장해서 모든 문제를 꿀꺽 삼켰습니다. 비대면 수업, 학생들의 이탈, 인구 감소로 인한 대학 종말론이 등장했습니다. 벚꽃이 피는 순서대로 대학이 문을 닫는다니까요. 비대면 수업에는 돈이 들어가고, 학생들이 이탈하면 돈이 줄어들고, 세계가 비상시국인데, 겨우 강사법이라구요……? 기사가 없었던 건 아닙니다. 댓글도 많았습니다.

〈엉망인 강사법을 개선해야 한다〉

〈사학들은 죄다 도둑놈들이다〉

〈작은 나라에 대학이 너무 많다, 모두 대학 갈 필요 없다〉

〈석사 박사도 너무 많다, 학위 장사는 대학 배 불리기다〉

〈대학은 10개 정도만 남기고 다 문 닫아라!〉

아차, 최 교수 이야기로 돌아갑시다.

*

2020년 3월 말, 최 교수의 연락을 받았습니다. 지은 죄가 있어 불안했습니다. 최 교수의 기침을 따라하며 대학원생들을 웃겼던 적이 있거든요. 핵심은 기침과 기침 사이에, 적절하게 죽어가는 듯한, 가느다란 목소리의 떨림에 있었습니다. 신나게 교수들 성대모사를 하다가 어느 술자리였던가, 모 선배의 시선을 느끼고 그만뒀습니다. 눈빛만 움직이는 포커페이스. 다들 자지러지는데 오직 그 선배만, 정말 아무 말도 하지 않고, 표정의 변화도 없이, 어디서 가져온 에이스 비스킷을 묵묵히 씹으며 저를 보고 있었습니다. 비스킷이 부서질 때마다 날카로운 과자 조각이 불특정 다수에게 날아갔습니다.

그저 콜록거리는, 최 교수의 말을 콜록콜록, 있는 그대로 기록하면 쉼표 때문에 읽기 불편할 테니, 친절하게 정리하겠습니다.

"마음 편하게 생각해라, 어차피 코로나19가 아니라도 사라질 수업이었다. 네 잘못은 아니다, 물론 강의평가가 더 좋았으면 또 모르지만. 물론 강사법 의도가 잘못되었다는 건 아니다. 나도 그만한 생각은 있는 교육자라는 걸 알아줬으면 좋겠다. 그런데 말이 나왔으니 할 말을 하면, 강사들 입장에서도 꼭 좋은 법인지 잘 모르겠다. 박사들이, 교육자가, 어디 돈 보고 강의하는 그런 사람들도 아닌데. 여하튼 안타깝지만 절대적인 강의 수가 많이 줄었다. 강좌만 줄이면 학생들이 반발하니까, 이런저런 핑계로 졸업 학점도 줄이고, 현실적으로 취업도 어려운데 졸업 학점만 많다고 능사는 아니니까. 학생들 취업 준비할 시간도 줘야지. 수업을 줄였으니까 교수도 비례해서 줄이게 되고, 잔인하게 있던 교수를 자를 수는 없으니까 새 교수를 뽑지 않는 쪽으로 가고, 새로 교수를 뽑지 않았으니까 남아

있는 사람들이 수업을 더 해야 한다. 나도 죽을 지경이다. 내일 모레면 정년퇴임인데. 선량한 성 교수가 자진해서 내 수업을 맡아줬기에 망정이지. 자네 수업도 성 교수가 자원했던 거, 아, 몰랐나? 그래서 말인데, 코로나 방역 아르바이트는 어떤가? 내가, 어디 가서 아는 척은 안 할 테니. 앉아서 소설도 쓰고. 자네는 연구나 강의보다 소설에 소질이 있어, 허허."[6)]

*

최 교수가 던져준 피 한 장 덕분에 피박을 면했습니다. 어차피 이길 수는 없는 판이고, 피박을 면하는 데 필요한 피는 딱 한 장이니까요. 방역요원1이 되어 다시 대학에 낄 수 있었습니다. 처음으로 비접촉체온계를 써봤습니다. 36.5℃, 이상적인 체온이 나와서 자랑스러웠습니다. 체온이 제 무결함을 증빙해주는 것 같더군요. 하긴, 체온이라도 깔끔하게 나와야 합니다. 쓸데없이 체온이 높게 나오면 시작도 하기 전에 잘릴 수 있으니까요. 아무리 평소 기초체온이 높은, 늘 따끈 따뜻하게 살아왔다고 주장해도 씨알이 먹힐 상황이 아닙니다. 국가 비상사

6) 최 교수가 이렇게 말할 수 있었다면 최우수강의상을 몇 번이고 받았을 겁니다. 새삼 제 진정한 재능은 성대모사가 아니라 기록에 있다는 확신이 듭니다.

태니까요.

"티비에서 보셨으니까 어떻게 하는지는 잘 아시죠? 인수인계는 따로 없어요."

스마트폰으로 인터넷 방송만 보는데……. 자리에 앉아 마스크를 눈 가까이 끌어올렸습니다. 아직 쌀쌀했습니다. 금방 안경이 흐려지더군요. 마스크를 벗으려다가 혹시라도 누가 알아볼까 싶어 참았습니다. 흰 방역복은 불편했습니다. 시큼한 냄새도 나고, 바이러스를 막아주기보다 접근 자체를 하지 말라는 표시 같기도 해서. 몰래 밥 주던 고양이마저 호다닥 도망가더군요. 이름을 망덕背恩忘德으로 바꿔야겠습니다.[7)]

대학은 폐쇄 카드를 꺼냈습니다. 단과대학 건물별로 다른 문은 모두 닫고, 오직 출입구 하나만 남겼습니다. 오가는 사람의 체온을 측정하고, 기록해서, 유일무이한 출입구를 지키는 게 제게 떨어진 임무입니다. 아침 아홉 시까지 인문관 정문에 출근해서 여섯 시에 퇴근했습니다. 문을 지나가는 게 아니라 문이 곧 근무지라니 어색하긴 했지만, 경계에 놓여 있다는 점도 어쩐지 매력적이고, 직주근접職住近接, 그만큼 출퇴근 시간이 효율화되는 장점도 있었습니다.

물건이 하나씩 늘었습니다. 강사일 때는 공간이라는 게 없

---

7) 기록보다 망덕이 사진 한 장이 더 가치 있을지도 모르겠습니다. 부록에 선량한 사람 눈에만 보이는 사진을 첨부했습니다.

었으니까요. 살림 늘리는 재미가 이런 걸까요. 처음에는 강당에서 쓰는 갈색 접는 의자를, 다음 날은 빈 강의실에서 작은 책상 두 개를 더 가져와 손소독제를 비치했습니다. USB에 연결해서 쓸 수 있는 5V짜리 자동손소독제분사기도 설치했습니다. 충전기, 중국산 보조배터리, 십 년째 쓰고 있는 노트북, 인터넷 서점에서 책을 사고 사은품으로 받은 머그컵 세 개, 어디서 빌려 신은 슬리퍼, 분홍색 휴대용 선풍기, 무엇보다 중요한 하리보 젤리를 챙겼습니다. 누가 강의실에 버리고 간 도넛 모양의 치질 방석도 주워오고 낮은 책상을 보완하기 위한 쿠션도 두 개 챙겼습니다. 불편한 강당 의자를 숨기고 대신 강의실 의자를 가져오니 살 만했습니다. 누가 알면 어떻게 하냐구요? 강의실 책상까지 가져오면 됩니다. 그러면 강의실 의자가 사라진 티는 안 납니다. 방역수칙이 적힌 팻말이 하나 서고, 여름이 지나갈 때가 되니 비접촉체온계 대신 자동얼굴인식체온계가 생겼습니다. 자동얼굴인식체온계는 편하지만, 마스크를 제대로 쓰지 않은 사람을 잡아내질 않나, 분명히 마스크를 썼는데도 단호하게 "마스크를 정상 착용해주십시오"라고 명령하질 않나, 영 마음에 들지 않았습니다. 누군가 자동얼굴인식체온계가 있는데 굳이 아르바이트생이 필요하겠어?라는 의문이 들면 어떻게 될까요. 다행히 아직까지 검정색 마스크를 쓰면 인식률이 떨어집니다. 안심하십시오. 여러분의 검은 속이 들킨 게 아니라, 마스크 색깔 하나 구분 못 하는 인공지능의 한계

탓이니까요. 하루에도 몇 번씩 건물을 드나드는 사람도 있으니 아침에 한 번 체온을 측정하면 하루 종일 무사통과할 수 있는 스티커 패스 제도가 생겼습니다. 처음에는 스티커를 직접 배부하다가 나중에는 책상 위에 올려두면 알아서 가져가게 바꾸었습니다. 비대면이 중요하니까요. 코로나19 대유행이 지나가고, 또 유행이 오고, 추워지고, 청소 아주머님이 어디서 전열기를 가져다주었습니다. 최 교수는 약속대로 아는 척을 하지 않았습니다. 다만, 날씨가 영하로 떨어진 날, 지나가다 물끄러미 제가 있는 쪽을 바라보다가 총무과에 전화를 하더군요. 곧 작은 천막 하나가 생겼습니다. 최 교수는 비대면 수업을 하면서도 학교에는 꼬박꼬박 KF99 마스크를 쓰고 나왔습니다. 저러다 코로나19가 아니라 호흡곤란으로 먼저 돌아가실 것 같았지만, 천막을 구해주었으니까 앞으로 성대모사는 하지 않겠습니다.

*

방역요원을 교대로 두는 건 사치입니다. 방역요원을 두는 것도 다 돈이라고 대학원 조교나 계약직 직원들을 동원하는 단과대도 있었습니다. 여기 앉아서도 기본적인 행정은 노트북으로 얼마든지 볼 수 있다나요. 그나마 인문관에 방역 아르바이트생을 따로 채용한 건 단과대 회의에서, 최 교수가 인문관의 안전을 사수해야 한다고 결사적으로 주장했기 때문이라고 들었습니다. 다른 방역요원을 볼 일은 거의 없었습니다. 가끔 강단, 아니 강당에 공지 사항 때문에 모일 때면 마스크를 눈까지 끌어 썼습니다. 서술자의 정체가 드러나면 곤란하니까요.

지나가는 사람들을 관찰해서 소설을 쓰겠다는 계획은 처음부터 삐그덕거렸습니다. 2020년 1학기는 전면 비대면 수업으로 진행되어서 하루에 지나가는 사람들을 열 손가락으로 셀 수 있었습니다. 비대면 개강도 3월 말이 되어서야 가까스로 이루어졌습니다. 신입생 환영회, 동아리 부스, 엠티, 축제, 주점은 사라졌습니다. 갑작스럽게 비대면 수업을 준비하는 것만으로도 학교 행정은 마비될 지경이었습니다. 덕분에 방역요원에게는 아무 간섭도 하지 않았습니다. 2020년 2학기는 재빠르게 비대면 수업으로 개강하는 것만으로도 대학들은 할 일을 다 했습니다. 순식간에 일 년이 지나갔습니다.

슬쩍 마스크를 내리고 앉아 있는 시간도 늘어나고, 처음에는 작정하고 책이라도 좀 읽었는데, 일 년 동안 뭘 했느냐면, 방역을 철두철미하게 완수하기 위하여……. 스마트폰을 최신형으로 바꿨습니다. 구형 스마트폰으로는 시간 보내기가 힘들더군요. 스마트폰이 느린 만큼 시간도 더디게 갔습니다. 방역요원은 학교 와이파이망에 접속할 권한이 없어서 전산실에 문의했습니다. 누구냐고 묻더니 한숨을 쉬면서 그런 걸로는 사람 귀찮게 하지 말라더군요. 어쩔 수 없이 학교 와이파이를 포기하고 요금제를 데이터 무제한으로 바꿨습니다.

"전 작作? 실례합니다, 전 선생 아니야? 아니지, 전 작가가 이런 일을 할 리가 없는데, 하긴 그럴 수도 있겠다, 응, 아니세요? 에이, 설마, 설마가 맞네. 오랜만이다 우리, 그치?"

방역 모자까지 눌러썼는데도 알아보는군요. 성 선배는 코로나19와 함께 성 교수로 변이, 아니 진화했습니다. 지난 10여 년간 학과 교수 다섯 명이 퇴직할 동안 한 명도 충원이 없었는데, 그 깜깜한 바늘구멍을 통과한 사람입니다. 저 멀리 인간 승리가 까딱까딱 손짓과 함께 엘리베이터를 타고 사라졌습니다. 따라오라는 신호 같은데, 엘리베이터 닫힘 버튼을 누르고 먼저 올라갔으니 확신할 순 없습니다. 어쩐지 성 교수 성대모사를 하고 싶어집니다. 최 교수처럼 무분별한 성대모사는 문제가 될 수 있지 않냐구요? 괜찮습니다. 성 교수는 다른 자리에서 저를 두고 "걔는 도통 생각이란 게 없잖아. 왜 입은 벌리고 다닐까?"라고 했거든요. 증거요? 증거는 없지만 증인은 있습니다. 방역요원 일을 시작할 때, 존경하는 최 교수님이 "자, 자네 혹시 성, 성 교수한테 호호혹시 뭐 미, 밉보인 거 있나? 조, 조심해"라고 덧붙였거든요.

그럼에도 불구하고 성 교수의 연구실 문을 두드렸습니다. 꼭 하고 싶은 말이 있으니까요. 성 교수는 믹스커피와 에이스를 내왔습니다. 성 교수의 주머니를 털어보면 에이스 한 개쯤은 나올 겁니다. 에이스만 먹고 사는 연구자라. 일종의 상징이나 메타포, 트라우마, 결심, 그런 걸까요.

"최 교수님께 들었어. 그래, 할 만해?"

"형, 아니 선배님, 아니 교수님은 요즘 좀 어떠세요, 많이 바쁘시죠?"

"갑자기 왜 이래, 학교 밖에서는 편하게 하던 대로 형이라고 불러. 우리 사이에 교수님은 무슨 또 교수님이야. 그래도 교내에서는 교수님이라고 부를 줄도 알고, 역시 전 선생은 감각이, 감각이 있어. 하긴, 우리 전 작이 또 관찰력 하나는 끝내주잖아. 그치?"

"그……렇죠. 늘 열심히 보려고 노력하는 편입니다."

"말도 마, 학과에서 일이란 일은 다 나한테 몰린다. 더러워서 진짜. 게다가 다섯 과목 하느라 죽을 지경이다. 한류문화읽기, 4차문학혁명세미나, 창업콘텐츠입문, 융합콘텐츠심화, 장편소설창작론까지 하잖아. 참, 장편소설창작론 네가 하던 거지?"

"그, 그랬죠. 저저저저저저번 학기까지는……."

"인마, 적당하게 하지, 뭘 그렇게 길게 했어? 너 눈높이 맞추는 것도 다 교육이다? 어릴 때 눈높이 교육 안 받아봤구나? 그러니까 강의평가가 안 나오는 거야. 너한테만 해주는 말인데, 학생들 반응만 좀 더 나왔으면 말야, 형이 너 생각해서, 최 교수님께 말 좀 잘해보려다가, 응, 장편소설론이나 4차문학혁명은 너한테 줄 수도 있었는데. 중요한 건 데이터야. 증거가, 증거가 있어야 실적으로 쳐줄 거 아냐."

"교수님, 저는 또 그런 깊은 뜻도 모르고……."

"아니다, 내가 말을 함부로 했네, 함부로 했어. 우리 전 작가, 또 글 하나는 좋은데, 강의 그거 한두 개 맡아봐야 손에 얼마나 쥔다고. 강사료보다 지금 아르바이트가 두세 배는 더 떨어질걸? 그치? 가만히 앉아 있으니까 글쓰기도 좋고, 혹시 알아, 소재라도 하나 건질지. 우리 전 작가가 소재 잡아가는 감각은 또 있으니까. 성훈아, 내가 네 작품 기대하는 거 알지? 파이팅!"

하고 싶은 말도 못 하고 연구실 문을 나가는데, 성 교수는 글 쓰면서 먹으라고 에이스 두 개를 던져줬습니다. 계단으로 내려오는데 과자 부스러기 같은 게 바스락 떨어지는 소리가 났습니다.

애초에 성 선배는 달랐습니다. 모교 출신, 남자, 학부 4학년 때 신춘문예 평론으로 등단까지. 게다가, 결정적으로, 영리하고 부지런했습니다. 평론은 박사과정을 수료할 때까지만 쓰고 그 뒤로는 논문만 팠습니다. 둘 다 욕심내면 망한다나요. 박사학위를 받고 나서도 평론은 일 년에 한두 편만 발표할 뿐, 모든 역량을 교수 임용에 필요한 논문 게재와 학회 활동에만 집중했습니다. 집에서 낮잠을 잘 때도 머리를 모교 방향으로만 둔다는 소문이 돌았습니다. 선생님들은 성 선배를 좋아했습니다. 조심스럽게, 정확하고 다정하게 쓴다고. 글에 대한 태도가 남다르다고. 맞습니다. 성 선배는 태도가 남다릅니다. 성 선배는 선생님들이 있는 술자리에 꼬박꼬박 참석했고, 부담스럽지 않게 알아서 계산을 마쳤고, 재빠르게 택시를 잡았습니다. 그러고 보니 성 선배의 택시 잡는 기술 하나는 진짜……. 성 선배 입장에서는 무릇 모든 선생님들이 자신을 긍정적으로 생각해야 합니다. 대한민국예술원처럼, 교수 임용은 학과 교수들의 동의가 있어야 하니까요. 성 선배는 동의나 재청과 무관한 사람들, 그러니까 후배들과는 술자리 자체를 갖지 않았고, 커피를 마셔도 정확하게 N분의 1을 했고, 박사학위를 받고 졸업하는 후배에게 신입생이냐고 물었고, 제 이름은 전성훈이 아니라 한성운인데, 정말 한성운인데, 어디서부터 착각하는 걸까, 아닌데, 교과목명을 제대로 말하는 걸 보면 착각은 아닌데…….

하고 싶은 말[8]은 꺼내지도 못했습니다.

*

교내 시설이 망가졌습니다. 교내 서점은 부도를 내고 야반도주했습니다. 당장 대면 수업이 이루어진다고 해도 교재는

8) 학교 와이파이 좀, 어떻게, 쓸 수 있는 방법은 없을까요?

인터넷 서점에서 사야 합니다. 인쇄소들도 도미노처럼 우르르 망했습니다. 비대면 수업에서 유인물이 어디 있고 자료집이 왜 필요하고 대자보는 누가 쓰고 광고 전단지를 누가 붙이겠습니까. 덩달아 학내 목소리 자체가 사라졌습니다. 교내 식당 두 개가 계약 기간 중임에도 불구하고 문을 닫았습니다. 편의점 세 군데가 모두 사라졌습니다. 자판기도 사라졌습니다. 방역지침 때문이라는 소문도 있고 최소한의 전기세와 설비값도 감당하기 어려울 지경이라는 말도 돌았습니다. 정수기도 의심스러웠습니다. 한 번도 관리하는 모습을 보지 못했습니다. 방역 때문에 아무도 없는 새벽에 필터를 갈고 가는 것일까요. 그 상상은 더 슬프고 무섭습니다. 살짝 녹색 빛이 도는 정수기 물을 버리고 정문에서 다시 십 분을 걸어가서 생수와 고양이 사료를 사 왔습니다. 학교 근처 편의점도 차차 문을 닫았거든요. 나중에는 건물 입구로 생수 한 상자를 주문했습니다. 학교를 담당하던 택배 아저씨의 얼굴도 상해 있었습니다.

자퇴하는 1, 2학년 학생들이 급속하게 늘었습니다.

자퇴를 줄이기 위해 2021년 1학기에는 부분적으로나마 대면 수업이 실시되었습니다. 40명 미만 과목에 한해서, 거리두기가 가능한 강의실을 대상으로. 신입생을 붙잡기 위한 학교의 의지는 강력했습니다. 명문대학교들은 학교 상징이나 교훈이 들어간 기념물을 나눠줬습니다. 자부심을 나눠주고, 부디 떠나지 말라는 부탁일 겁니다. 등록한 신입생 전원에게 아이폰과 에어팟을 나눠주는 대학도 나왔습니다. 모교가 그랬습니다. 공고 밑에는 작은 글씨로 제세공과금은 개별 납부이고, 1학기를 마치지 않을 경우 기기 가격의 전액을 지불해야 한다는 조항이 있었습니다. 2학기를 등록하는 신입생에 한해 추첨을 통해 맥북을 주겠다고도 했습니다. 나중에는 장기등록자에 한해 등록금의 일부를 캐시백해줄지도 모릅니다. 휴대전화같이 약정 제도가 생길지도 모르고요. 고객님, 지금 이 (할인된) 등록금은 어디까지나 8학기를 등록할 경우에 해당하고요, 중도해지할 경우 할인받은 금액을 토해내셔야 합니다. 혹시 추천인은 없으신가요? 가족이 함께 등록하시면 할인요금제를 사용하실 수 있습니다. 형제는 물론, 부모님, 할아버지도 가능합니다.

3, 4학년들은 흐지부지 방치되었습니다. 코로나19가 지속될 줄 알았다면 3학년들도 다시 입시를 치르거나 다른 길을 선택했을 수도 있겠지만……. 2020년에는, 백신만 나오면 어떻게 될 줄 알았으니까요. 3학년들은 곧 졸업반이니까 어쩔 수 없었고, 얼결에 졸업사진도 못 찍고 졸업하게 된 4학년들은 선택지가 없었습니다. 잡은 물고기에게 떡밥을 왜 나눠줍니까. 약정 중인 고객에게 추가 할인을 먼저 제안하는 통신사를 본 적 있습니까? 급한 건, 중요한 사업은 망설이는 물고기들을 자리에 앉혀 화투판을 돌리고, 자릿값을 받고, 박카스를 파는 겁니다. 야반도주도 잽싸야 할 수 있습니다.

참, 아버지는 여전히 제가 출강하는 줄 알고 있습니다. 매일 출근하고 수입이 늘어나니 예전보다 더 많은 수업을 맡았다고 생각하는 모양입니다.

*

대면 수업이 시작되었습니다. 궁금했습니다. 학생들이 내 수업을 가져간, 빼앗아 간 성 교수에 대해 뭐라고 할까요. 참을성 있게 기다렸습니다. 이야기해라, 얼마든지 기록해주겠다. 성 교수에 대한 악평을 부풀려줄 준비가 되어 있었습니다. 말이 많아진 성 교수는 반드시 실수할 겁니다. 성 교수가 그랬듯이, 버티는 사람이 최후에 웃을 수 있습니다. 기다리면 기회는 옵니다. 학생들은 수업 내내 꾹 참았던 말들을 건물을 나서면서 토로할 것이고, 그들에게 방역요원1은 보이지 않는 사람일 테니까요. 마스크가 말을 없애는 건 아니니까요. 여과 없는 기록을, 검열 없는 진실을 남기고 싶었습니다.

어…….

남길 게 없었습니다.

투명하게 아무 말도 없더군요. 한 학기 동안 한 마디도 없었습니다. 학생들은 마치 성 교수도, 수업도 없었던 것처럼 지냈습니다. 2021년 2학기가 끝날 무렵에야 눈치챘습니다. 경계는면面이 아니라 선線입니다. 경계 그 자체에 놓이면 경계를 읽을 수 없습니다. 한 발자국 뒤로 물러나야 합니다. 그런데 경계에 얽힌 저에게 물러날 공간은 없습니다. 어정쩡한 상태로는, 무엇도 명쾌하게 읽을 수 없었습니다.

하긴, 저는 늘 조금씩 늦으니까요. 인정합니다.

제 수업을 들었던 학생 K가 체온계를 빠르게 지나갑니다. 마스크를 써도 알아볼 수 있는 이유가 있습니다. 조금 더 기다려야 측정이 되는데, 이런 경우에는 불러 세우는 것이 원칙인데, 목소리가 나오지 않았습니다. K가 생각에 골몰한 표정이라 차마 부를 엄두가 나지 않더군요. 과제로 발표한 작품이 너무 좋아서, 4년 정도 더 시만 쓰면 좋은 시인이 될 수 있을 거라고 했더니 한숨을 쉬며 선생님, 시인이요? 했던 K입니다.

진심이었는데…….

지금이라도 시를 더 써보라고 응원해줘야 할 것 같아서 급하게 뒤따라갔습니다. 다시, 좀 더 진심을 진실하게 알려주면 계속 시를 쓸지도 모르니까요. K는 보이지 않고 귀퉁이에서 화가 난 최 교수가 통화를 하며 걸어오는 게 보였습니다. 본능적으로 기둥 뒤로 숨었습니다. 역시, 콜록콜록 최 교수의 말을 그대로 기록하면 불편하니, 필터를 한번 거치겠습니다.

"교수 주차장에 고양이 밥 주는 놈 잡히기만 해봐, 일부러 그런다니까, 뭐? 성 교수는 비정년트랙이야. 그래서 시키는 대

로 고분고분, 뭐? 괘씸하게 자네 대학에 원서를 냈다고? 그 말 많은 놈이 나한테는 상의도 없이? 안 돼, 고얀 놈, 내가 교수 시켜줬더니, 다 내가 만들어준 자리인데, 쓸데없는 일이나 하고, 이건 배신이야. 어떻게 하냐고? 왜 이래, 잘 알면서. 마땅한 사람 있으면 하나 골라서 추천해줘. 응, 나도 준비를 해야지. 퇴임하고 자리 하나 마련하려면, 그래그래."

한결같이 도서관에서 조용히 논문만 쓰던 성 선배는 마흔 아홉 살 때 마침내 교수가 되었습니다. 교수가 되자 자연스럽게 말이 많아졌습니다.

사실 말이 많아진 건 문제가 아닙니다. 말을 가리지 않았다는 게 관건이었습니다. 성 교수와 만나고 나면 머리가 아프다는 소문이 빠르게 돌았습니다. 마침내 미쳤다는 주장과 임용이 되었으니 미치거나 말거나 무슨 상관이냐는 학설이 대립했습니다. 하나도 변한 게 없는데 대체 뭐가 변했냐는 기우뚱과, 글과 사람은 응당 달라도 괜찮다는 주장과, 진작 그럴 줄 알고 있었다는 의견이 혀를 찼습니다.

변해버린 성 교수에 대한 여러 가설 중, 너무 힘들어서 어쩔 수 없을 거라고, 마음으로는 이해할 수 있다는 의견도 있었습니다.[9] 비정년트랙은 교수 충원율은 만족시키면서 절반의 연봉만 줘도 됩니다. 돈 안 되는 학과는, 돈 주기 싫은 학과는 대놓고 비정년트랙을 고용해도 괜찮습니다. 교육부가 정한 최저

연봉 3,099만 원 이상만 주면 불법은 아니니까요. 연봉 인상은 거의 없지만 실적과 평가는 엄중하게 일이 년마다 이루어집니다. 재계약이라는 족쇄로 학과에서 하기 싫은 모든 일을 미뤄도 됩니다. 학과 평가에 필요한 논문, 수업, 행정 모두 맡겨도 어쩔 수 없고 두 명부터 여덟 명까지 쓰는 공동 연구실도 흔합니다. 학생이나 비정년트랙 교수나 대학 옮길 생각에 골몰한 건 마찬가지인 모양입니다. 여기에 대해서는 다른 지원금을 받으면 기록해보겠습니다.

슬슬 접어야겠습니다.

사업지원신청서에는 "유머러스하게 그릴 것"이라고 썼습니다. 틀렸습니다. 유머가 끼어들어서는 안 되는 자리입니다. "강사 문제를 구조적으로 포착할 것"이라고, "이제 일상이 된 '출입 경계'의 광경을 포착할 것"이라고 썼습니다. 구조는 약하고 포착은 어설프군요. 또 실패했냐구요? 그럴 리가요. 처음부터 이렇게 될 것을 예감했습니다. 한두 번 잃어본 게 아니니까요. 서너 번 더 잃어도 저는 판을 떠나지 않습니다. 알짱알짱, 구경하다 슬쩍 끼어들 겁니다. 제가 할 수 있는 건 조망이 아니라 파편을 쓸어 모으는 것이니까요. 이럴 줄 알고 아까 어느 선생의 말을 빌렸을까요. 이건 텍스트의 본질이고 운명이라고 둘

9) "나도 성 선배는 싫지만……." 유일하게 성 선배를 옹호했던 다른 선배는, 초빙교수를 하다가 이건 도저히 사람이 할 짓이 아니라고 그만뒀습니다.

러대고 싶어서.

그렇게 읽는 건 오독이라구요?

제가 그렇지요, 뭐.

오독이면 어떻고 오뚝이면 저떻습니까.

강사가 직업인 경우가 있고, 마지못해 맡는 사례도 있습니다. 어디까지나 교수가 되기 위해 잠시 거치는 과정이라고 생각하는 사람이 있고, 노동의 가치와 교육의 힘을 떠올리는 사람이 있습니다. 침묵을 미덕으로 간주하는 전공이 있고, 그 가운데에서도 할 말은 하는 인물이 있습니다. 끝까지 한 마디도 하지 않다가 떠나는 사람이 있고, 한 마디를 하고 싶지만 걱정이 태산 같은 사람이 있고, 열 마디를 해봐야 아무 소용도 없다고 자포자기한 사람이 있고, 강사노조를 만든 사람도 있습니다. 너무 달라서, 강사의 여건을 일반화하는 건 마치 창작의 법칙을 운운하는 소리와 다르지 않습니다. 강사법 시행과 동시에 학위를 받은 연구자 중에서는, 진입 자체가 어려운 경우도 많습니다. 태어나면서부터 강의 경력을 갖고 있는 사람은 없는데, 많은 대학이 강사를 뽑을 때 기존 강의 경력을 요구했으니까요. 강의도 했고, 방역요원1이라도 된 저는 운이 좋은 편입니다.

2022년 1학기가 지나면 강사법이 시행된 지 3년이 됩니다. 코로나19 상황은 2년 반이 되고요. 강사법도, 코로나19도, 대한민국예술원법 개정도 여전하고, 요원합니다. 부디 거짓말처럼, 순식간에, 이 글이 발표되는 시점에는 강사법과 코로나19와 대한민국예술원법이 달라졌으면 좋겠습니다(전염병 종식과 무관하게, 계속 마스크를 쓰고 살아가는 것도 나쁘진 않을 것 같지만). 예술원 분과마다 입장이 달라서 어쩔 수 없다면, 문학 분과가 먼저 분연히 모범을 보이시면 좋겠습니다. 문학은, 아직까지 죽지 않았어! 대학은, 그래도 교육하는 곳이야! 하면 폼나지 않겠습니까. 다 같이 재미있게 노는 모습을 보여야 멀찍이 구경만 하던 사람도 한판 낄 마음이 들지 않겠습니까. 그렇게 꼬셔서 자리에 앉혀야지요. 인싸insider끼리만 해먹으면 오래 못 갑니다. 판의 아름다운 미덕, 개평과 깍두기가 필요합니다.

우리가 또 뭘 해야 할까, 할 수는 있을까, 조용히 털고 일어날까.

우선 저는 계속 써보겠습니다.

읍읍, 여전히 하지 못한 말이 더 있습니다.

고양이를 찾

고양이는 제 겁니다.

제가 데려왔으니까요.

동물에게는 아무 관심 없었습니다. 한 번도 같이 살아보지 못했으니까요. 금붕어라면 몇 마리 길러봤습니다. 어떻게 됐는지, 죽었는지 버렸는지, 죽어서 버렸는지 기억도 안 납니다. 올챙이를 길러본 적도 있습니다. 신기했습니다. 하나같이 개구리가 되는 날 죽어버리더군요. 앞다리가 생기고, 뒷다리가 생기고, 꼬리가 줄어들다가, 진짜 개구리가 되는 날 아침이면 어항으로 쓰던 국그릇 밖에서 마른 채 발견됐습니다. 어떻게 뛰쳐나왔을까요. 작은 돌이라도 몇 개 넣어줬으면 살았을까요.

뒷다리가 먼저입니까?

잊었습니다.

초등학교 때 배운 기억은 있는데.

완곡하게 말했지만 동물은 낯설기만 합니다. 동물이 나오는 방송도 보지 않습니다. 뭐가 재미있는지 모르겠습니다. 오히려 무섭지 않던가요. 동물원에도 가지 않습니다.

어떤 호랑이 때문입니다.

호랑이와 관람객 사이를 막는 창살, 철조망, 유리 따위가 없는 동물원에 간 적이 있습니다. 사람들이 갇혀 있는 동물을 보고 느끼는 양심의 가책 따위를 줄여주는 무대처럼 보였습니다. 관람객은 어느 각도에서나 호랑이를 볼 수 있었습니다. 잘 보이는 곳을 비집고 들어갈 필요도 없었습니다. 훌륭한 설계였지만 무서워서 울었습니다. 당장이라도 호랑이가 뛰어나올 것 같았습니다. 하지만 호랑이는 꼼짝도 하지 않았습니다. "가짜 아냐?" "인형인가?" "어흥 해봐!" 하고 소리치는 사람이 많았습니다.

절벽이 있었습니다.

아주 높은 인공 절벽이.

관람객이 지켜볼 수만 있게, 호랑이가 도움닫기를 할 수 있는 거리가 나오지 않게. 가로막는 것이 없으니 스릴이 있었습니다. 물론 안전하지 않을 리 없습니다. 호랑이가 탈출한다면 엉망이 될 테니까요. 그 동물원에서 호랑이는 무엇보다도 인기였습니다.

호랑이가 마음을 단단히 먹었다면 어떤 일이 일어났을지

궁금합니다.

저는 바깥에서 바라봤으니까, 호랑이 입장에서 절벽이 어떻게 보였는지는 모릅니다. 말도 안 되는, 도저히 뛰어넘을 수 없는 거대한 절벽으로 보였을까요. 뛰어넘어 보고 싶은 충동을 느끼지만 아슬아슬하게 참게 되는 한계치 같은 것이었을까요. 당신 추측처럼 새끼 때부터 동물원에서 살았기 때문에 뛰어넘을 필요를 한 번도 느끼지 못했을 수도 있겠습니다. 잘 살고 있었는데, 굳이 왜, 뭐하러.

"호랑이는 바보야!" 화가 난 아이의 고함소리도 기억납니다.

호랑이는 이미 떨어진 경험이 있었을까요.

냄새가 심하게 났습니다.

떡 하나 주면 안 잡아먹지. 옛날이야기에서 호랑이가 무시무시한 동물로 등장하는 이유는 냄새 때문일 겁니다. 냄새는 모든 생물을 미치게 합니다. 톡 쏘는 것 같기도 하고 아주 오래된 고기 냄새 같기도 한, 비리면서도…… 확실한 건 아주 불쾌하고, 처절하기도 하고……. 동물원을 나가는 순간까지 호랑이 냄새가 떠나질 않았습니다.

동물원에 있는 다른 동물은 어떤 기분이었을까요. 호랑이 냄새를 참는 걸까요, 매일 맡으면 괜찮은 걸까요.

그런 걸 적응이라고 불러야 합니까.

호랑이가 탈출했다는 이야기는 들어보지 못했습니다. 잘 살고 있겠지요. 호랑이는 동물의 왕이니까요. 호랑이와 사자가 싸우면 누가 이길지 한 번쯤 생각해보지 않은 사람은 없습니다. 선생님에게 물어봤습니다. 서식지가 달라서 싸움은 일어나지 않는다고 했습니다. 하지만 어떤 나라에서는 호랑이와 사자를 싸움 붙이는 데 성공했습니다. 승패는 기억나지 않습니다. 서식지가 다른데도 싸울 수 있었다니, 대단히 이상하지 않습니까? 하긴, 호랑이 등에 타서 웃고 있는 관광객들의 사진도 흔하긴 합니다. 사람들은 자신의 바람대로, 어떻게든, 해내니까요. 저는 그날 호랑이 울음소리가 듣고 싶어서 동물원 폐장 시간까지 기다렸습니다.

그날 이후, 저는 어떤 동물원도 가본 적 없습니다. 아뇨, 불쌍하지 않습니다. 처음부터 말했잖습니까. 동물을 좋아하지 않는다고, 동물은 낯설기만 하다고. 당신 말대로 원인과 결과가 바뀌었을 수도 있습니다. 동물을 낯설어하니까 좋아하지 않을 수도 있습니다. 어쨌든 좋아하지도 않는 데 돈과 시간을 들일 생각은 없습니다.

네, 불쾌합니다.

하지만 이 고양이는 제 겁니다.

제가 데려왔으니까요.

*

발이 달린 건 다 싫습니다.

발이 많으면 많을수록 더 싫습니다.

맞습니다. 동물의 왕이라고 하면 호랑이가 떠오르듯, 발이 많이 달린 것이라고 하면 반사적으로 지네가 생각납니다.

저희 동네는 반쯤 산이나 마찬가지입니다. 산을 깎아내고 지은 동네니까요. 언덕길을 오를 때면, 리어카를 끌고 가는 할머니를 볼 때면 어느 노인의 노력으로 산을 옮겼다는 옛날이야기를 생각합니다. 초여름이면 가끔 지네가 나옵니다. 치킨을 시켜 먹고 뼈를 제대로 치우지 않으면 지네를 만날 수 있습니다. 지네도 치킨은 좋아하나 봅니다. 지네는 웬만한 살충제로도 죽지 않습니다. 닭 뼈는 꽁꽁 묶어서 냉동실에 넣어뒀다가 내놓는 편이 제일 낫습니다. 싫어하는 이웃집 담 너머에 몰래 던져두든가.

물론, 어떻게 고양이와 지네가 같을 수 있겠습니까.

그냥 낯설었다는 뜻일 뿐입니다.

고양이를 만져본 적도 없었습니다. 제게는 길거리에 있는 수많은 고양이가 보이지 않았습니다. 어느 사이에 비둘기가 혐오 조류가 된 것과 반대라고 할까요. 다들 비둘기를 싫어하지 않습니까.

그런데,

왜 비둘기를 싫어합니까?

비둘기는 사랑과 평화의 상징이었습니다. 올림픽 개막식 때, 성화에 불을 붙일 때, 일제히 비둘기를 날려보내려고 한 일도 있습니다. 하지만 지금은 비둘기에게 밥 주는 사람들을 빼면, 모두 비둘기를 싫어합니다. 비둘기에게 밥 주는 사람도 미워하잖습니까. 너무 많아지긴 했습니다. 수십 마리가 무리 지어 다니기도 합니다. 조류 공포증으로 고생하는 사람도 많습니다. 도시의 비둘기는 날아다니는 쥐와 마찬가지라는 기사도 있습니다. 날갯짓 한 번에 수천 마리의 병균이 쏟아진답니다. 공원에 현수막도 걸려 있습니다. 비둘기가 스스로 밥을 찾아 먹어야 건강한 생태계가 된다고 먹이를 주지 말랍니다. 길거리 고양이를 옹호하는 글에는 육상 비둘기라는 댓글이 달립니다.

좋아하던 걸 싫어하게 되었다면 관심 없던 게 좋아질 수도 있습니다.

고양이가 이렇게 많은지 몰랐습니다. 고양이는 짖지 않습니다. 무리 지어 다니지도 않습니다. 조용히 다니고 빠르게 사라집니다. 아무 생각이 없으면 무엇을 봐도 기억에 남지 않습니다. 아스팔트 위에 돋아 있던 풀을 기억합니까. 벽돌 사이에 끼어 있던 이끼를 떠올립니까. 어서 오세요라고 인사했던 사람을 기억합니까. 제게는 고양이가 풀이고 이끼고 인사였습니다.

딱, 한 번, 고양이를 미워한 적은 있습니다.

고양이끼리 싸우는 소리 때문에 잠을 설쳤습니다. 처음 들었을 때는 밤이었는데, 날이 밝을 때까지 싸우고 있었습니다. 서로를 찢을 것 같은 울음을 내더군요. 죽을 만큼 피곤한 날이었습니다. 다음 날 중요한 일이 있었기 때문에 잠을 푹 자야만 했습니다.

두 고양이 모두에게 응원을 보냈습니다.

누구든지 빨리 이겨라.

하나가 죽으면 최소한 조용해질 테니까.

아침에 밖에 나가 보니 집 앞에 고양이 밥그릇이 있었습니다. 소리를 질렀습니다. 고양이가 그렇게 좋으면 데리고 가서 키우라고, 어디 한번 걸리기만 해보라고. 맞습니다. 경고문도 써 붙였습니다. 심한 말을 썼던 건 반성하고 있습니다. 죽일 만큼 화가 났다는 말이지, 정말 뭔가를 죽일 생각은 당연히 없었습니다.

살다 보면, 당신도 화가 나면 심한 말을 해본 적이 있지 않습니까?

*

회색 고양이를 처음 봤을 때는 화가 났습니다. 집 앞에 고양이가 있으면 안 되니까요.

걷어찰 뻔했습니다.

언제부터 있었는지도 모르겠습니다. 계속 있었던 것 같기도 합니다. 벽이 하필 고양이보다 조금 더 어두운 회색이라서 잘 안 보였습니다.

놀랐습니다. 누가 나를 노리고 며칠씩 숨어서 지켜보고 있었던 것 같았습니다. 네, 저는 예민합니다. 하지만 누군가에게 원한을 산 일은 없습니다. 그런 건 영화나 소설에서나, 또는 특별한 사람들에게나 일어나는 일입니다. 저에게 복수를 하겠다고 시간 낭비할 사람이 있을 리 없습니다.

심하게 놀랐습니다. 본능적으로 발이 나갔고, 아슬아슬하게 걷어차지 않을 수 있었습니다. 발끝에 뭉클한 게 느껴졌습니다. 왜 멈췄는지는 모르겠습니다. 그런데 고양이는 왜 피하지 않았을까요. 아는 사람 말대로 멍청한 고양이라서 그랬을까요. 발로 찼다면 고양이는 올림픽 성화대 비둘기 꼴이 날 뻔하지 않았습니까.

모르시는군요.

1988년 서울 올림픽은 비둘기 화형으로 시작했습니다. 개막식 때 불을 붙이면 성화대에 앉아 있던 비둘기가 일제히 날아오를 거라고 생각했던 모양입니다. 불꽃과 함께 사랑과 평화의 상징이었던 비둘기 떼가 일제히 비상하면 장관일 거라고 기대했겠지요. 하지만 당연히 동물은 사람의 마음대로 움직이지 않습니다. 성화대의 불길이 너무 셌을지도 모릅니다. 많은 비둘기가 불길에 휩싸였습니다. 올림픽 경기장에는 비둘기 타는 냄새가 났습니다.

간신히 고양이를 차지 않는 대신 제가 넘어졌습니다. 그때 다친 왼팔 인대는 지금도 아픕니다. 꾸준히 물리치료를 받았어야 했는데. 고양이는 제가 넘어지는 순간에도 가만히 바라보고만 있었습니다. 흔히 식빵을 굽는다고 하는 자세로.

고양이를 가까이에서 본 것은 처음이지만 새끼가 아니라는 것 정도는 직감적으로 알았습니다. 새끼는 어딘가 기묘하니까요. 다 큰 것인지, 적당히 큰 것인지, 고양이는 원래 빨리 크는 것인지, 이 고양이가 유전적으로 덩치가 큰 편인지, 그런 걸 어떻게 알겠습니까. 왜 도망치지 않을까. 왜 날 보고만 있을까. 고양이의 마음을 제가 어떻게 알겠습니까. 큰 회색 고양이라는 것 말고는 아무것도 몰랐습니다.

"안녕."

고양이 표정에 변화가 없더군요. 고양이의 특징은 무표정한 것 같기도 하고, 호기심이 섞여 있는 것 같기도 한, 그런 눈동자에 있습니다. 어떻게 해야 하나, 잠깐 고민하다가 왼쪽 팔을 주무르며 집을 나왔습니다. 다른 누군가가 뭐라도 할 거라고 생각했습니다. 시간도 없었습니다.

인대가 늘어난 건 그날 낮에 알았습니다.

*

다음 날 아침에도 그대로였습니다.

집에 들어올 때는…… 모르겠습니다. 어두워서 그럴 수도 있습니다. 왼쪽 팔이 아프다는 생각을 하면서도 고양이 생각은 나지 않았습니다.

다시 보고서야 알았습니다.

계속 회색 고양이가 웅크리고 있다는 것. 사실 며칠 동안 있었는지 알 수 없다는 것. 우리가 서로 멀뚱히 보고 있다는 것.

그냥 지나갔습니다. 혹시 주인이 있다면, 주인을 만난다면 왼팔 인대에 대한 병원비를 청구해야 할까 하는 생각은 들었습니다. 물론 지금은 그럴 생각이 없습니다.

이제 고양이의 주인은 저니까요. 제가 저한테 병원비를 청구할 수는 없잖습니까.

*

고양이는 야옹야옹 울지도 않았습니다. 어쩐지 불편했습니다. 알아서 다른 곳에 갔으면 좋겠더군요.

물이 없어서 편의점에 다녀왔습니다. 편의점에 다녀오는 김에 고양이가 먹을 것도 샀습니다.

식사인지 간식인지 뭔지는 몰랐지만 고양이가 그려진 네모난 조각들이 든 것을 샀습니다. 편의점 아르바이트생에게 고양이가 먹는 게 맞느냐고 물어보기도 했습니다. 아뇨, 영수증은 기억나지 않습니다. 중요하다면 직접 가서 물어보십시오. 사료인지 간식인지는 모르겠지만 많이 팔리는 것이라고 해서 사 왔습니다. 사실 두 종류를 샀습니다. 입맛에 안 맞을까 봐, 양이 부족할까 봐.

사람이 먹는 것보다 비쌌습니다.

"먹어."

쳐다보기만 하더군요.

짜증이 났습니다. 나름대로 착한 일을 한다고 뿌듯해하면서 왔거든요. 동물에게 먹을 것과 마실 물을 주는 것은 착한 일이잖습니까. 비둘기에게 모이를 주는 사람을 보면서는 저런 사람들 때문에 날아다니는 쥐들이 사라지지 않는다고 인상을 쓰지만, 고양이에게 물과 먹을 것을 챙겨주는 일은 착한 행동이잖습니까.

그런데 왜 안 먹습니까.

확 제가 먹어버릴까 싶었습니다. 그런데 심하게 비렸습니다. 냄새가 확실하게 이건 고양이의 먹이라고 말해주더군요. 고양이는 왜 이런 것을 좋아하나 싶었습니다. 저는 비위가 약합니다. 먹을 만한 냄새가 났다면 돈이 아까워서라도 한 조각 정도는 먹었을 겁니다.

두 봉지 다 뜯지 말걸. 고양이는 제 동정심에 감사해하지 않았습니다. 동정심에는 돈이 들었는데 그 값어치를 확인할 수 없었습니다. 말 못 하는 동물에게 뭘 바라는 것인가 스스로도 어이가 없긴 했습니다. 그래도 할 만큼은 했으니까요.

한 시간 뒤에 나가봤습니다.

먹을 것과 물은 말끔하게 비워져 있었습니다.

웅크린 회색 고양이의 수염 끝에 물이 묻어 있었습니다.

처음 든 생각이 뭐였는지 아십니까?

더 사올걸. 물을 더 많이 부어줄걸.

냄새가 났습니다. 고양이 주변에 물이 흥건했습니다. 고양이가 물을 마시다 엎지른 줄 알았습니다. 톡 쏘는 것 같고, 발로 문질러보니 물보다 아주 약간 진득한 느낌이 들었습니다. 호랑이만큼 지독한 냄새는 아니었습니다. 살짝 고양이를 들어봤습니다. 오줌 옆에 앉혀둘 수는 없으니까요.

고양이가 다리를 뻗어서 제 몸에 안겼습니다. 살아 있는 뭔가가 뭉클거리면서 저를 붙잡고 있는 느낌이 이상했습니다. 고양이 발톱이 제 옷 사이에 박히는 느낌이 났습니다. 생각했던 것보다 무거웠습니다. 어쩐지 고양이는 거품같이 가벼울 거라고 생각했거든요. 안고 있는 제 자세도 엉거주춤하고, 고양이도 뭔가 불편한 것 같았습니다. 고양이가 발톱을 더 내밀까 신경이 쓰였습니다.

꿈틀거림, 박동.

온기가 있으면서 꿈틀거리는 것.

천천히 아래로 미끄러지기 시작하는 엉덩이를 받쳤습니다.

고양이는 흘러내리는 동물이었습니다.

*

물부터 끓였습니다.

내려놓자마자 자연스럽게 택배 상자 안에 쏙 들어가서 앉더군요. 마치 여기가 자기 집이었다는 것처럼. 사람한테는 조금 쌀쌀한 날씨였지만 고양이한테는 어떤지 몰라서, 페트병에다 뜨거운 물을 넣고 수건을 감아서 택배 상자 안에 넣었습니다. 저도 추운 날에는 뜨거운 페트병을 안고 잤습니다.

"사람에게 필요한 건 고양이에게도 필요해요."

아는 사람에게 전화를 했습니다. 친구라고 부를 만한 사이는 아니고, 어쩌다 보니 알고 있는 사람입니다. 누군가와 친해지려면 그만큼의 마음을 내줘야 합니다. 저는 많은 사람을 알고 지낼 수 없습니다. 피곤하니까요. 대화는 너무 피곤합니다. 하지만 인터넷에는 고양이에 대한 정보가 너무 많아서, 맞고 틀린 것을 판단할 수 없어서 아는 사람에게 물어봤습니다.

인터넷은 도움이 되지 않았습니다. 회색 고양이를 검색했더니 품종에 대한 말이 제일 많았습니다. 회색 고양이면 죄다 러시안블루냐고, 진짜 러시안블루가 우리나라에 얼마나 있겠냐는 글도 있었습니다. 품종 따위는 궁금하지 않았습니다. 중요한 건 고양이의 건강이니까요. 아는 사람은 먹고, 싸고, 자는 게 중요하다고 했습니다. 사료와 모래부터 사 오라고 했습니다. 뭘 사야 하냐고 물었더니 우선 가장 무난한 것부터 시작하라고 하더군요.

시작?

고양이마다 취향이 다르다고 했습니다. 모래나 사료나, 하나씩 해보는 수밖에 없다고 했습니다. 화장실 모래가 마음에 들지 않으면 오줌을 계속 참다가 신장에 병이 나는 고양이도 있다고 합니다. 고작 모래 따위가 마음에 들지 않는다고 며칠씩 오줌을 참다니. 하긴 저도 낯선 곳에 가면 변비에 걸립니다. 사료도 마찬가지라고 합니다. 배가 고프면 먹기는 먹지만 영양실조에 걸리는 경우가 있으니 좋아하는 사료를 하나씩 알아봐야 한다고 했습니다. 저는 오이와 가지를 싫어합니다. 매일 오이만 먹어야 한다면 억지로 먹긴 하겠지만 고통스럽겠지요. 아는 사람은 고양이는 원래 그렇다고 조심스럽게 말했습니다. 금방 납득했습니다.

저도 비슷하니까요.

다만 걱정이 될 뿐이었습니다.

사료와 모래는 무거웠습니다. 고양이 한 마리 무게 같았습니다. 다른 점이라고는 움직이지는 않고 그냥 단단할 뿐이었습니다. 다른 택배 상자에 모래를 부었더니 곧바로 그 위로 올라와서 볼일을 보더군요. 볼일을 보고 스스로 덮는 게 신기했습니다. 상자 밖에 모래가 튀어나와 다시 쓸어 담아야 했습니다. 덮을 줄은 알아도 치울 줄은 모르더군요.

고양이가 볼일을 보는 동안 사료를 부었습니다. 얼마나 줘야 하는지 몰라서 넉넉하게 밥공기 한 그릇 정도 담았습니다. 제가 쓰던 밥그릇을 내줬습니다. 잘 먹더군요.

"고양이는 물을 싫어해요."

아는 사람은 한바탕 전쟁을 치르게 될 거라고, 고양이 목욕은 서로 교감을 쌓은 뒤에 해도 쉬운 일이 아니라고 했습니다. 고양이는 스스로 털을 핥기 때문에 1년에 한두 번만 목욕을 해도 충분하다고, 평생 목욕을 하지 않아도 문제없다고 했습니다. 따뜻한 물수건으로 살살 문질러만 줬습니다. 약간 더 옅은 회색 고양이가 되었습니다.

아는 사람은 묘연猫緣을 축하한다고 했습니다. 고양이를 키우는 사람들을 집사라고 부른다고, 고양이는 기르는 게 아니라 모시는 거라고 웃었습니다. 정말 귀엽고 사랑스러운 고양이라고, 집에서 키우던 고양이라고, 길고양이가 아니라고 단정했습니다. 주인이 애타게 찾고 있을 수 있다고 했습니다.

아니면 버렸거나.

*

"보호소에 가면 죽어요."

집사가 될 생각은 해본 적이 없다고, 보호소 이야기를 꺼내자 아는 사람의 목소리가 빨라졌습니다. 주인을 찾아주자고 했습니다.

동의했습니다. 고양이 사진은 찍기 힘듭니다. 셔터를 누르려고 하면 꼭 살짝 움직였습니다. 수십 번의 시도 끝에 제대로 된 사진을 두 장 건졌습니다. 경위를 썼습니다. 하지만 며칠 동안 고양이를 찾는 전단지를 본 적이 없습니다. 몇 장의 전단지가 하필이면 제 눈에 보이지 않았을 수도 있습니다. 혹시라도 고양이를 찾고 있을 주인을 위해 할 수 있는 일을 하는 것일 뿐이었습니다. 기대는 하지 않았습니다.

인터넷에 글을 올렸습니다. 많은 사람들이 함께 걱정하고 분노해주었습니다. 꼭 주인을 찾아주라고 당부했습니다. 집사가 되었다며 축하하는 사람도, 부러워하는 사람도 있었습니다. 주인이 나타나지 않으면 자기가 데려가겠다고, 절대 보호소에 보내면 안 된다고 당부하며 자신의 연락처를 선뜻 보내오는 사람도 있었습니다. 요즘 세상에 함부로 연락처를 보내다니, 제가 다 걱정이 들었습니다. 모두 고양이와 집사는 운명이라고 했습니다.

이해가 되지 않았습니다.

다른 고양이와 살아본 적이 없으니, 얼마나 착한 고양이인지는 알 수 없었습니다. 착하다는 말도 이상합니다. 어떤 사람이 착한 사람입니까. 어떤 고양이가 착한 고양이입니까. 어떻게 생긴 고양이가 귀여운 고양이고, 어떻게 생긴 고양이가 못생긴 고양이입니까. 적응을 잘했으니 착한 고양이입니까.

적응을 잘하긴 했습니까.

첫날과 달리, 제가 밖에 나갔다 오면 숨어버리더군요. 당연합니다. 서로 서먹하니까요. 무섭겠지요. 한번 숨으면 한참 동안 나오지 않았습니다. 간식을 뜯어도 잘 나오지 않았습니다. 다행히 제가 사 올 수 있는 가격대의 사료를 잘 먹었습니다. 화장실도 잘 가렸습니다. 동물병원에 데리고 갔더니 별문제는 없는 것 같다고, 자세한 검사를 받겠냐고 물었습니다. 검사를 많이 할 수는 없었습니다. 간단한 진료와 약을 사는 데도 적지 않은 돈이 들었습니다.

수의사 선생님은 누가 키우던 고양이 같다고, 네다섯 살 정도로 보인다고 했습니다. 암컷이고 중성화 수술이 되어 있지 않은 것 같은데 엑스레이를 찍어봐야 확실하다고 했습니다. 약을 사료에 섞어서 먹이라고, 잘 먹지 않으면 간식과 함께 주라고 했습니다. 문제가 생기면 또 오라고 했습니다. 하지만 고양이에게 이런 목줄을 하면 안 된다고, 이동장에 넣어서 다녀야 한다고 했습니다. 이런 끈은 자칫 고양이 목을 조르게 될 수도 있고, 반대로 고양이가 빠져나갈 수도 있다고 했습니다.

가끔 고양이가 장난을 겁니다. 하루 종일 혼자 있으니 심심하겠지요. 하지만 저는 집에 오면 피곤합니다. 새벽에 장난을 받아줄 수는 없습니다. 누군가와 갑자기 같이 사는 건 쉽지 않습니다. 액자가 깨졌습니다. 깨질 위험이 있는 물건들은 다 치우고 사는 수밖에 없다고 했습니다. 비싼 액자는 아니지만 제게는 유일한 액자입니다. 고양이가 다치지 않은 게 다행이었습니다. 고양이도 놀랐는지 액자를 깨고 이틀 동안 숨어 있었습니다. 화장실만 철저하게 가려도 안심이었습니다. 제가 없는 사이에 이불이나 컴퓨터에 오줌을 쌀까 봐 걱정했습니다.

이름을 붙여주지 않은 건 오해입니다. 그냥 고양이라는 글자는 그 자체로도 좋은 이름 같았으니까요.

고양.이.

고.양이.

고.양.이.

제게 고양이라고 부를 동물은 회색 고양이밖에 없습니다.

하지만 10년은 자신 없습니다.

고양이의 평균 수명은 15년입니다. 앞으로 10년 이상 같이 살아야 합니다. 수의사 선생님은 고양이가 귀여울 때만 키우다가 나이가 들면 유기하는 경우가 많다고 했습니다. 사람처럼 고양이도 늙으면 병원비가 많이 나간다고 합니다. 수백만 원이 드는 경우도 있다고. 고개를 끄덕였습니다. 언제까지나 귀엽고 건강할 수는 없겠지요. 당연히 고양이도 병에 걸리고 늙고 치매에 걸리겠지요.

정이 들기 전에 끊어낼 필요도 있습니다.

그런 생각을 하다가 보름이 지났습니다.

보호소는 정말 보호만 합니다. 일정 기간이 지났는데도 데려가는 사람이 없으면 안락사 시킵니다. 보호소의 상황도 이해됩니다. 동물은 끝없이 밀려들어 오고, 모든 동물을 감당할 수는 없습니다. 전염병에도 취약하다고 합니다. 실종된 고양이를 보호소에서 간신히 찾았지만 이미 건강은 엉망이 됐다는 글도 읽었습니다. 보호소가 나쁜 건 아닙니다. 나쁜 건 따로 있지 않습니까.

그런데, 그럼 제가 나쁩니까. 높은 확률로 죽게 될 것을 알면서 보호소에 보내는 제가 나쁩니까. 저는 나쁜 사람이 아닙니다. 그럼 어떻게 해야 합니까. 인터넷에 글을 올려 고양이를 맡을 사람을 찾으려고 했더니 아는 사람이 반대했습니다. 중성화 수술이 되어 있지 않은 암컷은, 품종이 있는 고양이는 이른바 고양이 공장에 가기 쉽답니다. 업자들이 교묘하게 속여서 데리고 간답니다. 고양이 공장에 가면 새끼만 낳다가 죽는다고 합니다. 진짜 주인이라면 그동안 찍은 사진이 있을 거라고 합니다. 철저하게 이전 사진을 확인하고 돌려줘야 한답니다. 그런데 아직 제 눈에는 모든 고양이가 다 비슷하게 보이는데 사진을 본다고 알겠습니까. 저는 사람을 의심하는 일을 제일 싫어합니다.

아는 사람은 시간을 달라고 했습니다. 좋은 집사를 찾아주겠다고 했습니다. 시간이 지났습니다. 주인이 애타게 찾고 다닐 수도 있습니다. 어쩌다 연락이 닿지 않는 것일 수도 있습니다. 너무 멀리 나왔다가 집을 잃은 고양이일 수도 있습니다. 고양이 주인이 잠도 못 자고 찾고 있을 수도 있습니다. 모든 가능성은 열려 있고 어떤 선택지라도 정답은 같았습니다.

누군가가 고양이를 키워야 합니다. 언제까지라도 키워야 합니다.

일주일이 또 지났습니다.

*

저는 건강하지 않습니다. 잠을 설치기 일쑤고 깊은 잠을 자지 못해 늘 피곤합니다. 제대로 쉬지 못하면 다음 날은 지옥입니다. 건강하지 않은 건 제 잘못이 아닙니다.

고양이는 야행성 동물입니다.

시간이 지나면 서로 적응한다고 합니다. 같이 자고 같이 일어난다고, 고양이가 사람보다 훨씬 많이 자니까 무한한 인내심을 갖고 기다리면 해결된다고 합니다. 끝까지 적응하지 못하는 경우도 있다는 이야기는 잘 하지 않습니다. 맞는 말입니다. 고양이와 함께 살고 싶으면 참는 법을 배워야 합니다.

이불은 작습니다. 친근감의 표시라지만 자꾸 제 배 위에 올라오거나 모래 묻은 엉덩이를 얼굴에 들이대는 건 항상 반갑지 않습니다. 고양이는 제 옆에서 잤습니다. 누군가가 바로 옆에 있으면 신경이 쓰일 수밖에 없습니다. 고양이도 사람처럼 코를 곱니다. 방귀도 뀝니다. 고양이 방귀 냄새는 사람의 것만큼 독합니다. 고양이도 잘 때 뒤척입니다. 다 큰 고양이는 작지 않습니다. 작은 건 새끼 고양이뿐입니다. 고양이가 뒤척이면 예민한 저는 바로 깹니다. 제가 잠깐이라도 깨면 고양이도 같이 깨서 저를 바라봅니다. 입 냄새가 좋은 사람이 없는 것처럼 고양이의 입 냄새도 마찬가지입니다. 고양이 입에서는 비린 사료 냄새가 납니다. 고양이가 깨니까 제가 깨고, 제가 깨니까 고양이가 깹니다. 고양이도 힘들겠지만 저도 피곤합니다.

할 수 없이 자기 전, 고양이와 택배 상자를 화장실에 넣었습니다. 화장실이 추울까 봐 뜨거운 물을 담은 페트병을 다섯 개나 넣었습니다. 전기 포트로 다섯 개의 페트병을 준비하는 데만 삼십 분이 걸렸습니다. 화장실에 넣었더니 처음에는 가만히 있습니다. 그런데 제 방 불을 끄니 문을 긁으며 심하게 웁니다. 화장실 불을 켜둬도 마찬가지입니다. 어떻게 제가 자는 척하는 것과 진짜 자는 것을 알아채는지 모르겠습니다.

어쩔 수 없이 화장실 문을 열어줬습니다. 눈치를 보더니 잠자리 옆에 조용히 앉습니다. 고양이가 제 눈치를 살피는 게 미안하고, 미안하니까 짜증이 났습니다. 가슴이 답답해서 깼더니 고양이가 제 배 위에서 자고 있습니다. 아는 사람은 자기는 고양이와 같이 자는 게 소원이라고 합니다. 하지만 저는 아닙니다. 일주일 동안 잠을 설치자 바로 위험 신호가 옵니다. 저는 비염이 있습니다. 평소에는 지낼 만한데 환절기 때는 고통스럽습니다. 고양이와 함께 지낸 뒤로 재채기가 평소보다 늘었고 콧물이 흐를 때가 많아졌습니다. 항히스타민제를 매일 먹었습니다. 고양이와 살기 전에 고양이 알레르기 검사를 먼저 해야 하는 것을 몰랐습니다. 어쩐지 평소보다 간지럽습니다. 물론 방이 지나치게 건조해서 그럴 수도 있습니다.

수건에 고양이 털이 박혀 있습니다. 고양이 털로 얼굴을 닦는 느낌입니다. 빨래건조기를 사면 낫다고 합니다. 빨래건조기는 100만 원이 넘습니다. 라면을 끓였는데 국물 위에 회색 털이 떠 있습니다. 밥에 고양이 털이 투명한 바늘처럼 박혀 있습니다. 고양이와 같이 살면 털은 포기해야 한다고, 검은색 옷은 더이상 입을 수 없다고 합니다. 아무리 청소를 해도 털이 날리는 건 감수해야 하며, 장묘종이건 단묘종이건 고양이와 함께 사는 이상 털은 방법이 없다고 합니다. 불빛에 고양이 털이 떠 있는 것이 보입니다. 청소용 테이프를 사다가 이불을 밀어 봤더니 테이프가 금방 회색으로 변합니다. 청소용 테이프를 몇 박스씩 사 둔 집사도 많았습니다. 고양이 털은 떨어지는 게 아니라 뿜는 것이라는 말이 맞았습니다.

이불에 고양이 화장실 모래도 붙어 있었습니다. 이건 사막

화라고 부릅니다. 온 집에 모래가 굴러다닌다고 합니다. 화장실도 매일 치워야 합니다. 고양이 대소변을 흡수한 뭉쳐진 모래를 버리고 그만큼 새 모래를 부어줘야 합니다. 화장실을 알아서 잘 가려도 냄새가 안 날 수는 없습니다. 집의 냄새가 달라졌습니다. 집이 넓으면 또 모르겠습니다. 꼬박꼬박 사료와 물을 주는 건 힘든 축에도 들지 않습니다. 대신 사흘 이상의 여행은 포기해야 합니다. 길거리 고양이의 피부병이 사람에게 옮는다고도 합니다. 동물병원에 데리고 가야 하는 게 아닌가, 나부터 피부과에 다녀와야 하는 게 아닌가, 예전보다 간지러운 것 같습니다.

그러다 고양이의 보은을 받았습니다. 자고 있는데 고양이가 얼굴에 뭔가를 떨어뜨리고 울었습니다. 고양이가 집사를 좋아하면 고맙다는 뜻으로 자신이 좋아하는 것을 선물로 준다고 합니다.

지네는 살아 있었습니다.

*

아는 사람은 고양이를 데려갈 마땅한 사람이 없다고 했습니다. 약속은 자꾸 뒤로 밀렸습니다. 잠깐 맡아줄 사람이라도 찾을 테니 조금만 더 기다려달라고 했습니다. 몇 번 더 약속이 깨졌습니다.

"열흘만 더 돌봐주세요. 꼭 부탁드려요."

아는 사람의 목소리가 심하게 떨렸습니다. 금요일 밤에 네 시간 거리를 달려오겠다고 했습니다. 불쾌했습니다. 평소에 저를 어떤 사람으로 생각했을까요? 왜 목소리가 떨리는 걸까요? 약속을 깬 건 아는 사람이지 제가 아닙니다. 그리고 저는 매정하지 않습니다. 혹시 당신도 의심하고 계십니까?

아닙니다. 분명히 당신은 의심하고 있습니다.

이해합니다. 고양이의 보은 이후 예민해지긴 했지만 저는 이해심이 많은 사람입니다. 하루에 열 번 넘게 연락한 건 심했다는 말에도 동의합니다. 그 정도인지는 몰랐습니다. 답답해서 그랬습니다. 인터넷은 믿을 수 없어서 그랬습니다. 고양이가 기분이 좋아 부르는 골골송을 처음 보고 걱정하는 사람의 질문에 타이레놀를 먹이면 된다는 말을 인터넷에서는 아무렇게나 장난이라고 남깁니다. 고양이가 사람 진통제를 먹으면 죽습니다. 자칫하면 고양이를 죽일 뻔해서 인터넷은 믿지 않습니다. 어린아이들이 보고 따라 하면 어쩌려고 위험한 글을 함부로 올립니까. 어떻게 이게 장난일 수 있습니까. 제 말투는 원래 딱딱합니다. 그래도 고치려고 노력 중입니다. 잠도 제대로 자지 못하고, 불안하고 답답한 마음에 신경질적으로 말했나 봅니다. 그렇다고 저를 의심합니까. 의심을 받는다는 것은 굉장히 불쾌한 일입니다.

의심은 생각을 낳습니다.

저는 생각이 많은 사람입니다.

가만히 생각해보면 이 고양이는 이제 제 것이 아닙니까. 고양이를 돌본 건 접니다. 제가 이 고양이의 집사입니다. 재채기를 참아가며 콧물을 흘리고 있는 사람은 접니다.

가만히 생각해보면 아는 사람은 무슨 권리로 제게 기다려 달라고 말하는 겁니까. 하지만 왜 고양이를 바로 데려가지는 않습니까. 이미 세 마리가 있기 때문입니까. 다 큰 고양이끼리 합사는 쉽지 않아서 그렇습니까. 영역 동물인 고양이가 심하게 스트레스를 받을 게 분명하기 때문입니까.

하지만 저도 스트레스를 받고 있습니다.

화가 나서 그랬습니다. 연락을 받지 않을 자유도 없습니까. 분명히 말했습니다. 참견이 지나치다고, 이번에도 약속을 지킬 것 같지도 않은데 다시 생각해보고 연락하겠다고. 금요일 밤 만나는 일은 없었던 것으로 하자고 했습니다.

짜증나서 그랬을 뿐입니다.

이번에는 당신입니다.

아닙니다. 저는 흥분하지 않았습니다. 차분하게 제 이야기를 하나하나 하고 있습니다. 더 말할 수도 있습니다. 고양이는 벽지를 긁습니다. 본능입니다. 스크래처를 사면 된답니다. 샀습니다. 고양이는 한 번 냄새만 맡고 말았습니다. 취향, 취향, 어려운 취향. 당장 고양이 마음에 드는 스크래처를 몇 종류씩

살 수는 없습니다. 집주인이 나중에 보면 변상을 요구할 겁니다. 문, 창문, 책상에 생긴 저 줄, 저 흔적은 어떻게 해야 합니까. 누가 봐도 고양이가 긁은 자국입니다.

고양이는 이유 없이 마구 뜁니다. 하루 종일 가만히 있지 않습니다. 살아 있으니까요. 고양이는 이유 없이 허공을 바라보거나 펄쩍 뛰기도 합니다. 신기하고 엉뚱합니다. 하지만 한밤중에 고양이가 우다다 달리면 작은 지진이 일어나는 것 같습니다. 물고 할퀴기도 합니다. 압니다. 압니다. 장난을 치자는 뜻입니다. 하지만 피가 납니다. 제 팔이 보이지 않습니까.

저는 그래도 고양이를 이해했습니다.

왜, 그런데, 고양이를 이해하는 저는 이해해주지 않습니까.

아는 사람은 믿겠다고 하며 전화를 끊었습니다. 무엇을 믿겠다는 것인지 그 말을 한참 곱씹고 있는데 메시지가 왔습니다. 미안하게 생각한다고, 저를 믿지만, 고양이가 안전하게 있는지 걱정된다고, 지금 시간이 함께 나오는 고양이 사진을 보내줄 수 있겠냐고 했습니다.

고함을 친 것은 미안합니다. 욕을 한 기억은 없습니다. 이 목소리는 분명 제 목소리가 맞습니다. 미안합니다. 흥분했던 것 같습니다.

하지만 사진은 정말 실수입니다.

아까도 말했습니다. 고양이 사진은 찍기 힘듭니다. 하나, 둘, 셋까지 기다려주지 않습니다. 화가 났지만 사진을 찍고 바로 전송을 눌렀습니다. 사진이 제대로 나왔는지 확인할 수 없었습니다. 그것을 처리하느라 바빴습니다. 저도 놀라서 급하게 그것을 내던져 버리려고 창문을 열었습니다.

고양이가 또 보은을 할 줄은 몰랐습니다.

토막 난 지네 사진은 어디까지나 실수입니다.

하필이면 왜 그것이 찍혔는지 그것도 우연입니다. 지네 한 마리보다 더 끔찍한 게 무엇인지 아십니까? 반토막이 났는데도 꿈틀거리고 있는 지네입니다. 보이지 않는 나머지 지네 반토막의 행방입니다. 저는 빨리 나머지를 찾아야 했습니다.

무엇을 던졌냐고요?

당연한 것을 왜 묻습니까?

고양이의 가출은 문단속 때문입니다. 잘 알지도 못하는 동물을 함부로 데리고 온 것도 맞습니다. 마음이 왔다 갔다 한 것도 맞습니다. 하지만 저는 고양이를 돌봤을 뿐입니다. 방묘창이 뭔지 몰랐습니다. 고양이를 키우려면 많은 것을 알아야 합니다. 모르면 안 됩니다. 하지만 당신이 의심하는 그런 건 결코 아닙니다.

아닙니다.

아니, 버렸다고 하면 어떻게 됩니까. 고양이가 제 것이 아니라면 저는 버릴 수가 없습니다. 버린다는 일이 성립할 수 없으니까요. 고양이가 제 것이라면 피해자는 접니다. 저는 빨리 고양이를 찾아야 합니다. 어느 집 앞에 앉아 있을지 모릅니다. 고양이를 잃어버린 집사에게 이건 심하지 않습니까?

저는 분명히 말했습니다.

피곤합니다.

이제 더이상 말하기 싫습니다.

화목야학

*

미리 서울에 올라왔지만 할 일이 없었다. 고시원을 구하는 데 하루가, 이사를 하는 데 삼십 분이 걸렸다. 복학 신청을 클릭하는 데는 오 분도 걸리지 않았다. 학교 주변에서는 한끼 한 끼가 돈이었고, 굳이 고시원에 있을 필요가 없었다. 내려갔다가 개강 맞춰서 다시 올라올까. 통장을 생각하면 개강 전까지 하루라도 집에 있는 게 나았다. 하지만 부모님이 그새 왜 내려왔냐고 물으면 대답할 말이 없었다.

제일 먼저 입대한 탓에 남자 동기들은 아직 군대에 있었다. 연락을 해봐야 약 올리냐는 말밖에 돌아올 게 없었다. 졸업반이 된 여자 동기들은 임용시험 공부나 취직 준비에 바빴다.

같이 밥 먹을 사람이 없었다.

아, 군대에서는 최소한 혼자 밥 먹을 일은 없었구나. 복학하기도 전에 하루가, 일주일이 금방 지루해졌다.

벌써 복학생, 겨우 이 학년.

졸업 학기에야 볼 수 있는 임용시험은 엉뚱한 소문처럼 들렸다. 아직 여섯 학기를 더 다녀야 했다. 교직에 뜻이 없는 건 아니지만 교사 생활을 잘할 수 있을지 의심스러웠다. 뜻이 있어서 온 사범대가 아니었다. 대학 원서를 쓸 때, 아버지는 혼잣말처럼 사범대라면, 굳이 서울에 있는 사립대학에 갈 필요가 있겠냐고 했다. 아버지의 갑작스러운 퇴직만 아니었다면 사범대는 원서 쓰기 전까지 생각해본 적도 없었다고 대답하고 싶었다. 점수 맞춰 원서를 쓰되 교원자격증이라는 최소한의 안전장치는 마련하고 싶었다. 교원자격증을 따려고 교육대학원 다니는 사람도 있다는데, 어차피 사람이 전공대로 사는 것은 아니니까, 군대라도 다녀올 때쯤이면 뭔가 하고 싶은 것은 찾았을 줄 알았다.

군대에서 확신했다. 뭔가를 분석해서 전달하는 건 자신 있었다. 조교 중에서도 가장 에이스만 할 수 있다는 사관후보생 조교였으니까. 조교와 교사는 비슷했다. 죽어도 말 안 듣는 집단을 다루고, 정해진 것을 가르치고, 단순히 지식 전달에 그치는 것이 아니라 생활도 같이하고.

하지만 교직이 천직이라는 생각은 들지 않았다. 쉽게 교사가 될 수 있으면 또 모르겠다. 몇 년씩 임용시험을 준비해도 붙을까 말까 한 시험이었고, 해마다 뽑는 인원 차이가 너무 심했다. 티오가 안 나는데 붙을 방법은 없었다. 사범대에 진학할 때는 막연히 노력하면 될 줄 알았다. 착각과 달리 늦어도 이 학년 가을부터는 임용시험 준비를 시작해야 붙을 가능성이 있었다. 이 정성과 노력이면 다른 시험 준비한다는 선배들도 있었는데, 막상 붙은 사람은 잘 보이지 않았다.

교직을 두고는 요즘 세상에 이만한 직업 없다는 말과 가성비 떨어지는 직업이라는 말이 같이 붙어 다녔다. 방학이 있어서 좋다는 말과 그 돈으로 어떻게 내 집 마련을 하냐는 말이, 그럼 먹고살기 좋은 직업은 또 따로 있냐는 반박과 연금도 개편되고 좋은 시절 다 갔다는 한탄이 나란히 있었다. 다른 선택지는 뭐가 있을까. 학과 홈페이지는 해마다 많은 졸업생들이 교육계에 진출하고 있고, 대학원에 진학해 연구자의 길을 걷는 경우도 있으며, 출판계나 정부 기관에 진출하여 활발한 사회 활동을 하고 있다고 광고했다. 하지만 일 학년을 마칠 때쯤이면 눈치챌 수 있었다. 다양한 진로라는 말은 아무것도 아니라는 말과 같았다. 물론, 자기 하기 나름이다.

그러니까, 인생은 어디까지나 자기 하기 나름.

*

아침 일찍 학교 도서관 앞에서 삼각김밥과 바나나우유를

먹었다. 사흘을 먹으니 바로 물렸다. 개강하면 뭐라도 괜찮아지겠지. 누구나 전역 전후로 느끼는, 이런 불안은 가을과 함께 사라지겠지. 근거 없는 믿음과 대책 없는 불안 사이를 오가며 도서관에 앉아 있었다. 무슨 공부라도 해둬야겠는데, 뭘 해야 할지 몰라서 대학교 입학할 때 샀던 영어 문제집을 펼쳤다. 틈틈이 교내 근로장학생 자리를 알아보고 부담 없는 밥집을 찾았다.

누가 뒤에서 어깨를 쳤다. 네 학번 위의 영신 선배였다. 술자리에서 몇 번 본 적이 전부였는데, 왜 선배를 보자마자 알아본 것일까. 선배의 손짓을 따라 휴게실로 갔다. 선배가 자판기에 동전을 넣으며 물었다.

요즘은 군대에서도 아이스아메리카노 정도는 마시는데.

"밀크? 크림?"

아, 저 발음. 느릿하고 말끝을 올리는 특이한 억양으로, 밀크를 완벽하게 '밀크'라고 구사하는. 상대방에게 뭔가를 자꾸 묻고, 꼭 무슨 대답을 요구하는 것 같지는 않고, 악의는 없지만 뭔가 꼬는 듯한 말투. 그래도 나름 강남에서 산다고 들었고, 고등학교 때 유학을 다녀왔다는 소문이 있었다. 발음과 억양으로 추측하건대 최소한 영어유치원은 나왔을 거라는 말도 있었다. 어쨌거나 신입생에게 술을 사 주는 몇 안 되는 선배였고, 술만 안 마시면 괜찮은 사람이었다. 기억하는 영신 선배는 취하면 말이 너무 많았다.

"선배 곧 졸업이죠?"

"졸업이야 작년에 했지."

"전 이번에 복학해서요. 뭐 준비하세요?"

"임용. 올해는 잘해봐야지."

낮에 선배를 보는 건 처음 같았고, 막상 할 말은 없었다. 얼마 안 되는 자판기 커피는 금세 바닥났다. 서로 할 말이 없을수록 아메리카노를, 큰 사이즈로 마셔야 하는데.

"너 일은 안 하냐?"

"하려고는 하는데 아직 올라온 지 얼마 안 되고 해서……. 뭘 해야 하는지도 모르겠어요. 영어 공부하고, 교내 근로장학생 자리 알아보고……."

"내가 보람차고 좋은 일 소개해줄까? 영어 공부도 되고."

좋은 곳이라는 말에 귀가 솔깃했다. 일 학년 때와는 다르게 돈이 절실하게 필요했다. 전역을 하고 나니 체리색 주방과 옥색 화장실이 갑자기 눈에 보였다. 오래 벽지를 바르지 못한, 벽지보다 급한 일이 더 많은 집안 형편이 눈에 보였다. 동생도 이제 대학생이었고, 전역하고도 마냥 부모님께 손을 벌릴 수는 없었다. 다만 얼마라도, 등록금까지 혼자 해결할 수는 없겠지만 용돈이나 생활비라도 벌고 싶었다. 선배는 잠시 휘파람을 휘휘 불면서 뜸을 들였다. 순간 뭔가 당한 기분이 들었지만 급한 건 나였다.

"선배, 좋은 일이 뭔데요? 저 주세요. 밥 살게요."

"밥은 됐고 술이나 한잔 사든지. 페이 괜찮은 과외인데, 일주일에 세 번, 한 번에 두 시간, 중학생, 4주 기준이고, 시간당 칠만오천 원. 계산 나오지? 애가 말이 없어서 가르치는 재미가 적긴 한데, 수업은 잘 따라와. 난 이제 시험 준비 때문에 쉬려고. 일주일에 두 번, 한 번에 두 시간씩 하면 용돈과 생활비는 얼추 해결될걸. 중학생이고 학교에서 십오 분 거리라 엄청 가깝다는 장점이 있지."

"칠만오천 원이요?"

시급부터 파격적이었다. 게다가 왕복해서 삼십 분.

오가는 시간도 다 돈이었다.

"대신 조건이 하나 있지. 내가 하고 있는 야학도 맡을 것. 야학은 일주일에 두 번만 가면 되고, 차비조로 해서 돈도 이십 정도는 나와. 야학도 과외 근처니까 거리 부담은 적고."

야학이라.

처음 야학이라는 말은 들었을 때는, 어디 깊숙한 곳에서 캐낸 단어 같았다. 일 학년 때 이런 이야기를 하는 사람들이 있긴 했다. 이미 거의 멸종되긴 했지만, 여전히 신입생들을 유혹하던 목소리가 있었다. 그 선배들은 뭐하고 있으려나. 특별히 친하게 지내진 않았다. 어쩐지 거리를 두지 않으면 곤란할 것 같았다. 벚꽃이 피는 순서대로 대학이 소멸한다는 시대에, 사회가 대학생을 책임 못 져서 쩔쩔매는 시대에. 대학생이 사회에 대해 무슨 책임을 져야 할까. 의무와 책임 운운하는 선배들이야말로 근거 없는 엘리트주의와 나르시시즘에 빠져 있는 것처럼 보였다.

강남 사는 영신 선배가 그런 부류는 아니었던 것 같지만.

"좋게 생각해봐. 난 오히려 야학에서 꽤 많이 배웠거든."

"선배, 저는 아직 교직으로 나갈지 진로도 선택하지 못하고 고민 중이거든요. 야학은, 그런 건 좀 부담스러운데……. 선배, 저 그냥 과외만 하면 안 될까요? 대신 술 세게 살게요."

"그렇다면 더욱 괜찮은 기회 아냐? 직접 교단에 서보면 이 길이 맞는지 아닌지 확실하게 알 수 있을 거고. 봉사라고 생각해도 좋고, 일이라고 생각해도 좋고. 현장 경험 쌓는다고 생각해도 좋고. 갈수록 임용에서 면접과 시범 강의 비중을 높이고 있기도 하고."

거절하기에는 너무 매력적인 금액이었다. 어쨌건 한번 해보는 것도 나쁘지는 않으리라는 생각이 들었다. 좋게 생각하면 돈도 벌고 경험도 쌓고 봉사도 하고, 손해볼 게 없었다. 사실, 무엇보다 졸업할 때까지 60시간 교육봉사가 필요했다.

계산할 필요가 없는 문제였다.

*

"선생님, 스물네 살이시라구요?"

지도 검색에도 나오지 않는 곳이었다. 선배에게 '화목야학' 약도와 전화번호를 받아 찾아갔다. 화목和睦하게 공부하고 지내자는 뜻과, 이십 년 전 야학을 처음 시작할 때 화요일 목요일에 수업을 했기 때문에 화목火木이라고 불렸고, 꽃과 나무 같은 사람이 되라는 뜻에서 화목花木이라고 생각하는 사람들도 있다고 했다.

막상 들어가 보자 의외로 짜임새는 있었다. 시장 한구석 낡은 건물이지만 5층을 모두 쓰고 있었고 교무실이 따로 있고 교실이 둘에, 도무지 기준을 이해할 수 없는 책들이 꽂혀 있는 작은 도서실도 있었다. 교무실 벽에 걸린 조직도를 보니 교장, 교감, 교무부, 연구부, 심지어 생활지도부와 정보부도 있었다.

"네, 이제 전역해서……. 혹시 너무 어리다면……."

"어리긴요. 여기 있는 학생분들 중에서는 선생님 나이에 가장이었던 분들도 많습니다."

교감 선생님은 싱긋 웃으며 말했다. 아버지뻘 되는 분이었는데 현직 고등학교 교사라고 했다. 교감 선생님이 커피를 내왔다. 누가 봐도 교감처럼 생긴 얼굴이었다. 교장같이 생기진 않았고, 교사보다는 조금 더 공무원처럼 보였다. 교감이 작은 자판기 버튼을 눌렀다.

"영신 선생님이 그만두셔서 안타깝지만, 영신 선생님도 올해는 시험 붙어야 하니까요. 제가 먼저 그만두라고 했습니다. 더 좋은 선생님을 모시게 되어서 다행입니다."

"아, 아닙니다, 저야말로 잘 부탁드립니다."

진짜 선생님에게서 선생님이란 말을 들으니 얼굴이 후끈거렸다. 어쩐지 속내를 들킨 기분이었다.

"사람은 누구나 다른 사람의 선생님 아니겠습니까, 하하. 어, 같이하실 최 선생님은 오늘 안 나오는 날이네. 여기 야학 출신이라, 최 선생님이 많이 도와주실 겁니다."

오래된 나무의 습습한 냄새가 났다. 여러 곳에 신경을 쓴 티가 역력하게 묻어나는 곳이었다. 교무실에 있는 선생님들 책상은 저마다 크기와 모양이 달랐지만 나름대로 개성 있게 생겼다. 하나씩 형편이 될 때마다 나무를 사서 직접 짜맞춘 것이라고 했다. 낡은 칠판에는 연례 일정표와 수업 시간표가 정성들여 쓰여 있었다. 판서라는 말이 어울리는 글씨였다. 조잡해 보이는 트로피도, 어디서 받은 상장 같은 것도 한쪽에 전시되어 있었다.

"예전 같지는 않습니다. 선생님 모시기도 어렵고 해서 겨우 한 반만 운영하지요. 중학교 검정고시반도 꼭 필요한데 선생님을 모실 수가 없습니다. 한창때는 교실 두 개에 학생들이 꽉꽉 차고 교무실도 북적거렸는데. 장 선생님, 그래도 하나는 약속드릴 수 있습니다. 여기, 정말 재미있습니다."

교감 선생님의 깍듯한 대우 때문에 차마 봉사활동 시간 인정 여부를 물어볼 수 없었다. 설마, 이 정도 역사가 있는데 인정되지 않을 리 없겠지. 교감 선생님께 저녁 시간에 이 주일

과정의 연수를 받고, 바로 고등학교 과정의 검정고시반 영어를 맡기로 했다. 예전에는 사 주 연수를 원칙으로 삼았는데 이제 그럴 시간도 여유도 없다고 했다. 여유가 없다는 말에 나도 모르게 한숨이 나왔다. 가을과 함께 바로 수업에 들어가야 했다.

"쉽지는 않으실 겁니다. 여기 학생이신 분들이 아무래도 나이도 많고, 대부분 성실하시지만 가끔 당황스러운 일이 일어나긴 하니까요. 그래도 늦게나마 배우려고 찾아오신 분들이라 배움에 대한 열정은 정말 대단하고 그것 하나만큼은 나중에 무슨 일을 해도 보기 어려울 겁니다. 하루 열 시간이 넘는 생업을 끝내고도 오시는 분들이니까요. 그리고 장 선생님, 선생님은 좋은 선생님이 되실 수 있을 겁니다."

"제, 제가요?"

"제가 사람을 좀 볼 줄 아는데, 좋은 얼굴이라서요. 감이 좋아요, 감이."

관상에 대해 더 설명하려는 교감 선생님을 간신히 뿌리치고 화목야학을 나왔다. 첫 과외부터 늦을 수는 없었다. 시장에서 횡단보도 몇 개를 건너니 브랜드 아파트가 불쑥 나타났다. 들어가는 입구를 찾기 쉽지 않았다. 한참을 돌고 있는데 어디선가 경비원이 나타나 무슨 일로 오셨느냐고 교감 선생님보다 더 깍듯하게 물었다. 목적과 동호수를 말하자 친절하게 현관까지 데려다주었다.

아이 어머님인지 할머니인지 헷갈리는 분이 반갑게 맞아주셨다. 안녕하세요 어머님이라고 했는데, 다행히 어머님이 맞았다. 아이를 잘 부탁한다고 했다. 먼저 시범수업을 하겠다고 하면 책임감 있어 보이지 않을까. 시범수업 이야기를 꺼내자 어머님은 무슨 말씀이냐고, 영신 선생님 추천인데 당연히 믿고 맡긴다고 했다. 그리고 오늘따라 유난히 아이가 늦는다며 미안해하더니 '공부방'에서 편하게 기다리라고 했다. 생활이 없는, 공부만 하는 방이 따로 있었다.

방은 지나치게 고요했다. 야학과 과외는 다른 두 얼굴을 시간 차를 두고 보여주었다. 긴장도 돈에 따라 결정되는 것일까. 야학보다 더 긴장되기도 하고, 벌써 피곤하기도 했다. 선배는 무슨 생각으로 이 일을 나에게, 아니 무슨 생각으로 이때까지 두 가지 일을 모두 해온 것일까. 백팔십만 원과 차비 이십만 원. 백팔십만 원은 선생님을 혼자서 차지할 수 있고, 이십만 원은 스무 명이 넘는 학생들이 선생님을 나눠 가지고. 과외가 그만큼 효과가 있냐고 물으면 답할 수 없지만, 더 비싼 것도 널렸고, 돈 있는 사람이 기꺼이 돈 쓰겠다는데, 그만큼 열심히 가르치면 되니까……. 어차피 내가 아니면 다른 누가 할 과외니까, 야학 봉사활동을 하는 내가 이 수업을 맡는 게 공정한 것 아닌가, 선배가 괜히 두 일을 함께 준 것이 아니니까……. 선배는 무슨 재주로 어쩌다 이런 기회를 얻었을까……. 아이를 기다리는 동안 넓은 아파트는 온갖 생각을 불러일으켰다.

잠시 후 현관 문이 열리며 아이가 집에 들어오는 소리가 들렸다.

*

또 황 씨였다. 수업 중에 뒷문을 드르륵 열고 벌게진 얼굴로 술냄새를 풍기며 들어온 황 씨는 자리에 앉자마자 코를 골았다. 어깨를 흔들며 깨웠지만 황 씨는 나를 비웃듯 우렁차게 코를 골았다. 사람의 몸에서 나는 소리라고는 믿을 수 없는 코골이였다.

황 씨는 화목야학의 문제아였다. 출석부 제일 아래에 있는 그는 번번이 결석이었다. 처음에는 이름만 있고 사정이 있어 나오지 못하는 학생이려니 싶었다. 야학을 시작한 지 보름쯤 지났을 때, 굳이 출석을 부를 필요가 있을까 망설이던 즈음 처음으로 황 씨의 대답을 들었다. 자주색 얼굴이 해맑게 손을 들었다. 그렇지 않아도 햇볕에 타 검은 얼굴과 붉은 기운이 엉망으로 섞여 있었다.

"어? 못 보던 얼굴인데. 영신 선생은 어디 갔노? 인자 졸업한다 카디 내보다 먼저 졸업이라도 해뿟나."

"에이, 영신 선생이 노가리도 재미있게 까고 술도 남자답게 마실 줄 알았는디. 선생님은 몇 살이슈? 군대는 갔다 오셨고?"

어쩐지 친절해야 한다는, 좋은 선생님처럼 보여야 한다는 강박을 가졌던 게 실수였다. 몇 번의 과장된 친절 연기 때문인지 어느 순간부터 황 씨는 지각은 할망정 꼬박꼬박 수업에 나왔다. 나오지 않는 편이 수업에는 훨씬 도움이 되었지만 어쩔 수 없었다. 황 씨만 빼면 수업은 즐거웠다. 나이든 학생들은 언제나 진지하게 수업을 들었다. 내가 무슨 말을 하건 그들은 필기를 하고 고개를 끄덕였다. 처음에, 어색해서 시선도 제대로 마주치지 못한 채 횡설수설 떠들어도 하나같이 진지한 표정이었다. 어설픈 농담에도 크게 웃어줬고 아들이나 조카뻘 되는 나를 보면 깍듯하게 인사를 했다. 심심하면 어깨를 툭 치며 씩 웃는 황 씨만 빼고. 학생들은 내가 다급하지 않게 말하게 될 때까지, 후들거리는 다리를 감추느라 교탁 뒤에만 서 있지 않고 걸어 다닐 수 있을 때까지 기다려주었다. 학생들의 마음에 보답하는 것은 잘 가르치는 일밖에 없었다.

쉽지 않았다. 같은 내용도 최소한 두세 번씩은 설명해줘야 이해할 수 있었고 외우는 것을 보면 내가 뭔가를 잘못했나, 교수법에 문제가 있나 싶었다. 과외 아이와 비교가 되는 건 어쩔 수가 없었다. 과외 아이는 이미 고등학교 이 학년 과정을 선행 학습하고 있었다. 늘 지친 얼굴로 앉아 있었지만 이해력이 빨랐다. 양극단에서 오가다 보면, 어떻게든 화목야학 학생들에게 고등학교 졸업장을 빨리 손에 쥐어주고 싶은 오기가 생겼다. 가장 적합한 예시, 쉬운 암기법, 문제를 풀 수 있는 요령이 필요했다.

요령에는 자신 있었다.

"저, 교감 선생님."

초겨울에 진입하는 밤은 추웠다. 교무실에는 살짝 한기가 돌았다. 혼자 있어도 난방은 꼭 틀라고 했지만 어차피 교무실에 머무르는 시간은 짧으니 조금의 난방비라도 아끼고 싶었다. 교감 선생님은 코트를 벗고 있는 참이었다. 교감 선생님은 오래간만이라며, 얼굴 한 번 보기가 이렇게 힘들다며 반갑게 내 손을 쥐고 흔들었다.

황 씨 이야기를 꺼냈다.

"아, 우리의 황기철 씨. 요즘은 잘 나오나요?"

"네, 나와서 문제입니다."

수업에 대한 걱정을, 그동안 쌓였던 불만을 털어놓았다. 교감 선생님은 묵묵히 듣고만 있었다.

"장 선생님. 장 선생님 뜻은 잘 알겠습니다. 그럼 장 선생님은 황기철 씨를 어떻게 하는 것이 좋다고 생각하십니까?"

"다른 사람들을 위해서라도 잠깐 쉬게 하거나, 어떤 대안이 필요하지 않을까요? 말은 하지 않지만 다들 수업 분위기에 불만이 있을 테니까요. 술 마신 날은 수업을 쉬게 한다거나요. 가뜩이나 따라오지 못하는 학생들이 많은데, 물론 제가 더 잘 가르쳐야 되겠지만, 이러면 시험 합격에도……."

"충분히 이해합니다. 황기철 씨에 대해서도 잘 알고 있구요.

황기철 씨는 제가 수업을 할 때도 학생이었으니까요."

"네? 그럼 십 년 넘게요? 저, 교감 선생님. 그거야말로 야학 정신을 훼손하는 것 같은데요."

십 년이라니, 그냥 놀러 다니는 것 아닌가. 교감 선생님은 커피 한 잔 하겠느냐고 물었고, 밤이라 괜찮다고 사양했다. 황 씨 때문에 없던 불면증도 생길 판이었다. 교감 선생님은 그럼 박카스라도, 하며 말리기도 전에 병을 따서 건넸다. 하지만 박카스를 마시느라 잠시 입을 다물 수밖에 없었다. 그제서야 나 혼자 떠들었다는 것을 알았다.

"장 선생님. 저는 장 선생님이 말하는 다른 사람을 위한다는 말이나, 의의를 훼손한다는 말에 대해서 묻고 싶습니다. 여기 있는 다른 학생들처럼, 황기철 씨 역시 배움의 시기를 놓친 사람입니다. 왜 그랬을까요?"

"그야, 당시 형편 때문이겠죠."

"형편이 어렵다는 말을 한번 바꿔봅시다. 가족 중 누군가를 위해서는 아닐까요. 여기 나오는 아주머니들의 절반은 장녀입니다. 야학과 장녀가 연관이 있다니, 신기하지요? 아무 형제자매 없이도 그냥 가난해서 학교를 다닐 수 없었던 사람들도 있습니다. 어렸을 때부터 주물공장에서만 살아온 분도 있습니다. 일차적으로는 그들 자신의 생계를 해결하기 위해 공부를 포기한 것이고, 동시에 기회를 받아본 적조차 없는 것이기도 합니다. 이차적으로는 사회의 다른 사람들이 공부하는 동안 그들은 자신들의 배움의 기회를 빼앗긴 겁니다. 황기철 씨도 마찬가지입니다. 또다시 다른 사람들을 위한다는 명목으로 배움의 기회를 빼앗을 수 있을까요?"

"하지만 실제로 피해가 있잖아요? 다들 일을 마치고 피곤한 몸을 이끌고 수업에 참석하는데요. 정말 소중한 시간을 쪼개서 나오는 분들인데, 어서 빨리 합격, 졸업장을 받아야 할 것 같습니다. 반대로 말하면 다른 학생들의 시간과 간절함은 누가 보상해주나요……?"

"장 선생님. 그, 다른 사람들에 피해를 줄 수 있다는 것 때문에 얼마나 많은 일들이 침묵 속에서 지나갔습니까? 물론 지금 황기철 씨가 피해자라는 말은 아닙니다만, 저는 가끔씩 그 말이 무섭습니다. 졸업장은 너무 신경쓰지 않으셔도 됩니다. 여기 나오시는 분들, 이십 년씩 기다려온 사람들입니다. 무엇보다 학교에 다닌다는 기쁨을 누리고 있잖습니까. 장 선생님 생각보다 다른 학생들은 황기철 씨를 미워하지 않을 겁니다."

과연 그럴까요?

하지만 교감 선생님의 자신 있고 부드러운 대답에 말문이 막혔다. 교감 선생님은 빙그레 웃으며 내 손을 다시 잡았다.

"화목야학은 학생이 무슨 문제가 있건, 오는 학생을 막지 않습니다. 여기는 시장 끝에 위치한, 마지막 장소니까요. 여기서 학생을 고르면 어디 가서 마음 편하게 배우겠습니까? 일반 검정고시 학원의 수강료를 감당하지 못해서 오는 사람들입니다.

평생 일하고도 나이 오륙십에 자신을 위해서는 한 달 이십만 원 학원비를 내지 못했던 분들입니다. 물론 교육에 해답은 없습니다. 어떻게 해야 할지는 선생님이 앞으로 찾아갈 몫입니다. 확실한 건 저에게는 학생을 선택할 권한이 없습니다. 그렇게 믿어왔습니다."

나에게는 학생을 선택할 권한이 없습니다……. 교감 선생님은 물론 어려움은 잘 알고 있다고, 처음 야학을 시작하면 누구나 한 번쯤 겪게 되는 일이라고 했다. 조금 더 마음을 편안하게 먹으라고, 부담 갖지 말라는 말에 우선 아무 대꾸도 할 수 없었다. 교감 선생님은 박카스 한 병 더 마시지 않겠느냐고, 황기철 씨는 죽을 때까지 학생일지도 모른다고 웃었다.

도저히 따라 웃을 수는 없었다.

*

처음 야학을 시작했을 때는 정신이 없어서 아무 생각도 들지 않았다. 물론 황 씨 문제만 빼고. 어느 정도 익숙해지자 남에게 봉사한다는 생각에 만족할 수 있었다. 그리고 일이 몸에 익기 시작하자 야학에 대한 회의가 들었다. 군대와 비슷했다. 몸이 익숙해지는 순간 마음이 깨어났다. 맞다. 역시 황 씨 때문이었다.

도의적으로는 맞는 말이었다. 그날은 더이상 항변할 수 없었다. 어느 정도, 진심으로 수긍되는 부분도 있었다. 하지만 야학과 과외를 병행할수록 교감 선생님의 이야기는 단지 선량한 말일 뿐, 그 이상도 이하도 아닌 것 같았다. 결국 야학의 목적은 자기만족일 뿐일까. 배우는 즐거움, 학생이라는 신분을 가져보는 데서 느끼는 기쁨은 분명히 있겠지만 아무런 변화가 없다면 무슨 소용인가. 졸업장을 손에 쥔다고 해서 구체적으로 무슨 도움이 되는가. 단순한 자기만족을 위해서라면, 굳이 이런 단체가 필요한가. 아니, 내가 봉사해야 하는 이유가 있을까. 변화를 기대하지 않으면서 야학을 운영하는 건 일종의 위선 아닌가. 바뀌는 건 아무것도 없다는 것을 잘 알면서도 봉사를 하는 행위 자체에 만족해버리는 것은, 그토록 싫어했던 나르시시스트들과 다를 것 없지 않은가. 한 발은 사교육에 담그고 다른 한 발은 야학을 걸쳐놓고, 어쨌든 다른 사람들과 다른, 봉사도 할 줄 아는 사람이라고 생각하는 것은 자기기만 아닌가. 과외 아파트 출입을 기다리고 있으면, 엘리베이터를 기다리고 있으면 생각이 자꾸만 밀려왔다. 한번 밀려오는 생각은 막지 못했다. 한번 코끼리를 생각하지 말라고 하면 자꾸만 코끼리가 떠올랐다. 돌이켜보면 주변 사람들에게 야학에 나간다는 말을 자랑처럼 떠벌리고 다녔었다. 수업 시간에도, 술자리에서도, 입버릇처럼 야학에서는 말이지,라고 시작했다.

야학은 생각과 생활의 너무 많은 부분을 차지하고 있었다.

화요일 야학은 늦게 끝났다. 수업이 끝나면 자연스럽게 술자리로 이어지는 경우가 많았다. 회의는 화요일에 주로 꿈틀거렸다. 금요일도 아니고, 겨우 화요일 밤인데 이렇게 술을 마시면 일주일을 어쩌자는 걸까. 아니, 왜 꼭 술을 마시러 가야 할까. 황 씨는 수업은 들어오지도 않았다가 술 마시러 갈 때쯤에서야 슬그머니 교실에 들어오고는 했다. 황 씨를 보면 반사적으로 짜증부터 나기 시작했다. 저러니까 평생토록 이러고 사는 것 아닌가. 일정한 직업도 없어 보이고, 매번 되는 대로 입은 옷차림에, 면도도 제대로 하지 않고. 자주색 얼굴만큼이나 황 씨의 삶을 정확하게 말해주는 것은 없었다. 교감 선생님 말대로 관상이 곧 답이었다.

무엇보다 억지로 누군가를 이해하려고 노력하는 자신이 싫었다. 이해하고 싶지도 않으면서 이해해야만 한다고 생각하고 있었다. 어디까지나 생활비, 졸업 자격을 위해 교육봉사를 채워야 하는, 나는 나대로 나의 한 방편으로 야학에 나오는 것뿐인데. 군대에서처럼 눈떠 보면 졸업일 테다. 돈은 돈이고, 노동은 노동일 뿐인데. 약속과 봉사 시간만 채우면 되는데 복잡하게 생각하지 말아야 했다. 벌써 대학 생활의 절반이 지나갔다. 피곤하다는 인사를 하고 먼저 자리에서 일어났다. 뒤풀이로 자주 가던 황소곱창집 화장실 거울에 비친 내 얼굴은 무표정했다.

나는 좋은 선생님은 될 수 없을 것이다.

*

결국 사건이 터졌다. 황 씨가 대취해서 수업 도중에 드르륵 문을 열고 들어왔다. 한 손에는 소주병을 들고, 다른 한 손은 허우적거리며 삿대질을 하는 모습은 마치 세상을 향해 연극을 하는 것 같았다. 교단 위에 서 있는 나 대신 황 씨가 무대 위에 올라서 있었다. 술에 취한 황 씨는 무서울 정도로 힘이 셌다. 살짝 미는데도 바로 넘어질 뻔했다. 나는 어쩔 수 없이 구석으로 밀려났다. 우리는 다 같이 황 씨의 연극을 봐야 했다.

"봐라 봐라. 오늘 내가 낚시를 갔는데 이마안한 고기를 잡았다 아이가. 근데 이놈의 고기가 그냥 버팅기지도 않고 질질 끌려오디, 옆에서 뜰채를 딱 들이대니까 눈물을 뚝뚝 흘리데이. 근데 고기를 보니까 왜 아부지 생각이 날꼬?"

짜증이 났다. 가뜩이나 내가 잘 설명하지 못하는 부분이라 수업 진도도 느린데 황 씨의 주정을 들어줄 여유는 없었다. 설명을 하면 할수록 학생들도 모호한 표정을 지었기 때문에 은근히 마음이 초조했다. 황 씨에게 부드럽게, 오늘 교감 선생님 나와 계신다고, 교무실에 가서 같이 바둑이라도 두는 게 어떻겠느냐고 했다.

"이기 머라 카노!"

황 씨의 자줏빛 얼굴이 더욱 달아올랐다.

"니, 니는 왜 자꾸 내보고 교무실에 가라고만 카노! 내는 학생 아이가? 우에된 기 니는 내를 못 쫓아내서 안달이고!"

"수업에 방해가 되니까요. 그리고 말이야 바른말이지 언제 제대로 수업 들은 적이나 있습니까? 아저씨를 뭐라고 부르는지 아세요?"

굳이 술 취한 사람을 상대할 필요는 없었는데. 어딘가 끊어지는 소리가 들렸다. 몰입하더라도 좋은 선생님 연기는, 어디까지나 연기였다. 표정 관리보다 진심은 힘이 셌다. 황 씨는 괴성을 지르며 한 대 칠 듯 주먹을 허우적거렸고 나도 목소리를 높였다. 차라리 깔끔하게 한 대 맞고 말자. 깔끔하게 그만둘 명분도 생기겠네. 그러나 황 씨는 주먹을 들면서도 발은 한 발짝도 움직이지 않았다. 나도 교단을 사이에 두고 황 씨와 거리를 두었다. 결국 우리는 입으로만 서로 계속 고함을 친 셈이다. 교감 선생님이 와서 황 씨를 끌고 나갔다. 상가 화장실에서 엉엉 울었다. 분하기도 하고, 내가 왜 이런 욕을 먹어야 하는지 이해도 가지 않았다. 군대에서도 이렇게 운 적은 없었는데. 이번 학기까지만 수업하고 내년에는 그만두리라 다짐했다. 어차피 무의미한 일이었다.

*

화목야학에 나간 지도 벌써 사 개월이 지났다. 시장의 연말은 시끄러웠다. 야학도 짧은 겨울 방학에 들어갈 때가 되었다.

황 씨는 더이상 내 수업에 들어오지 않았지만 어쨌든 야학을 할 마음은 사라졌다. 교감 선생님에게 들으니 가끔 국어 수업은 들어온다고 했다. 봉사활동 시간은 최대치로 채웠다. 학과 행정실에서는 증명서 발급이 가능할 거라고 했다. 겨울 방학이 끝나면 야학을 그만두기로 했다.

월수금 과외 아이는 여전히 말이 없었다. 이제 아이와 꽤 친해졌다고 생각했는데 여전히 물어보는 것 외에 아이가 먼저 말하는 경우는 드물었다. 평일반 학원과 주말반 학원을 따로 따로 다니고 국어, 영어, 수학, 사회, 과학마다 과외 선생님이 따로 있었다. 그걸 다 할 수 있는 시간이 있기는 있냐고 묻자 아이는 힘들어도 다 가능하다고 했다.

평소처럼 지문을 읽고 설명해주고, 문제를 풀게 하고, 채점을 하고 틀린 문제를 풀어주고, 아이의 질문을 받았다. 여전히 아이는 질문 외에 다른 말은 하지 않았다. 한 지문을 더 설명하기에는 시간이 모자라고, 빨리 마칠 수는 없고 해서 시간이 애매하게 남았다. 문득 아이가 내 이름을 아는지 궁금했다.

"너 선생님 이름은 아니?"

"어느 선생님이요?"

"물론 나지."

"영어 선생님이잖아요."

"그래도 몇 달씩 같이 수업을 했는데, 서운하게."

"괜찮아요. 선생님도 제 이름 모르시잖아요."

"선생님이 네 이름을 모르긴 왜 몰라? 지윤이 아냐."

"제 이름은 지웅인데요."

"응? 왜?"

아이의 말에 당황해서 되물었다. 그럼 이때까지 지윤이라고 부를 때 왜 가만히 있었느냐고 물었다. 아이는 별거 아니라는 듯 대답했다.

"지윤이면 어떻고 지웅이면 어때요. 공부하는데."

1층 현관을 나가는데 어떤 여자가 엘리베이터에 탔다. 뒤돌아보니 엘리베이터는 내가 왔던 곳에 다시 올라가 멈췄다. 저 사람은 무슨 과목을 맡고 있을까, 분명히 문제집을 들고 있었는데. 저 선생님은 과외 아이의 이름을 제대로 알고 있을까 궁금했다.

어두운 아파트 단지를 빠져나오는데 진눈깨비가 내렸다. 연말에 진눈깨비라. 우산을 빌리러 다시 올라가고 싶지는 않았다. 진눈깨비라도 눈은 눈이니까, 첫눈이니까 한번 맞아보기로 했다.

*

시장을 통과하는데 치킨집에서 낯익은 얼굴이 붕붕 비틀거리며 나왔다. 영신 선배였다. 눈이 와서였을까, 학교 밖에서 아는 사람을 봐서 그랬을까. 괜히 반가워서 선배! 하고 소리쳐 불렀다. 좌우를 두리번거리던 선배가 손을 흔들었다.

선배를 뒤따라 달갑지 않은, 터질 것 같은, 자두 같은 얼굴도 치킨집을 나왔다. 황 씨는 담배부터 물었다.

"어 여기, 장 선생님 아니요?"

"선배, 여기 어쩐 일이에요?"

"눈도 오고 하는데 아무래도 도서관에 앉아 있을 수야 있냐? 어차피 올해 시험은 떨어질 것 같고."

"발표 좀 남았잖아요?"

"에이, 까잇거 쳐보면 대충 붙을지 떨어질지 아는 기지. 안 그렇나 영신아?"

하여간 잘 끼어든다. 둘은 꽤 친해 보였다. 선배는 이차를 갈 거라고, 같이 가자고 잡아끌었다. 이차가 아니라 오차쯤 마신 얼굴이었다. 오늘은 아니라고 완강히 거절했지만 선배가 오늘만큼은 자신을 위로해줘야 한다고 우겼기 때문에 어쩔 수 없었다. 약속은 지켰다고, 이제 야학은 그만두겠다는 말도 해두고 싶었다. 은근히 황 씨에게 따져보고 싶은 마음도 있었다. 어차피 나야 야학을 곧 그만두겠지만, 누가 될지는 모르지만, 후임자를 생각하면 황 씨에게 한마디 해둘 필요도 있었다.

"여, 보소! 두꺼비로 주소, 두꺼비로."

황 씨는 두꺼비가 아니면 소주가 아니라더니, 무슨 두꺼비 노래를 흥얼거렸다. 도무지 알아들을 수 없었다. 노래가 듣기 싫어서 급하게 마셨다. 영신 선배는 그저 싱글싱글 웃고만 있었다. 두꺼비 세 마리가 순식간에 바닥을 보였다.

"장 선생, 아니 장 선생님. 쫌, 미안하게 됐십니다."

한참 있다가 황 씨가 술을 권하며 미안하다는 말을 했다. 막상 황 씨 입에서 미안하다는 말이 나오자 기분이 묘했다. 서른 살은 더 많은 사람이 미안하다고 하자 민망하기도 했고, 순식간에 뭔가 누그러지는 것 같기도 하고, 어쩐지 선수를 빼앗긴 느낌이 들면서 불쾌하기도 했다. 급하게 마신 술이 얼굴 위로 올라왔다. 황 씨는 이런저런 변명을 시작했지만 앞뒤가 맞지 않고 이해도 되지 않았다.

"머, 그날 낚시 이야기는 뻥이고 사실 아부지 기일이라서 좀 기분이 그래가지고……. 머, 장 선생님이 안 믿으면 어쩔 수 엄꼬……."

여전히 비겁했다. 부모님 핑계를 들먹여서 사람 미안하게 만드는 치사한 변명. 황 씨는 멋쩍은지 화장실을 간다며 일어섰다. 선배는 빈 잔을 흔들었다.

"선배, 이제 야학 그만둘 거예요."

"응, 벌써?"

황 씨 없는 사이에 쌓였던 불만을 털어놓았다. 마치 이 모든 고민과 불만의 원인이 선배에게 있다는 듯이. 선배는 말없이 이야기를 듣고만 있었다.

순간 이런 선배의 모습을 언젠가 본 듯한 기시감이 들었다.

"서투른 고민이면서 영원히 끝이 없을 숙제지, 응. 교육이 사람을 변화시킬 수 있는가, 없는가. 이 변화는 물질적 변화를 의미하는가, 정신적 성숙을 의미하는가. 형님을 보면서 교육이 무의미하다고 생각했던 모양이고."

"무의미까지는 아니지만……. 그렇다고 쳐요."

"네 말대로 부질없는 몸부림일지도 모르지. 어린 학생들에게 교육은 신분 상승의 통로가 되어주지만, 야학은 그게 아니고. 물질적 변화는 가져오지 못하고, 그렇다면 정신적 성숙이라도 가져와야 하는데 대학생이나 선생 몇 명이 훨씬 나이 드신 학생들에게 무슨 정신적 성숙을 가르칠 수 있을까. 오히려 배워야 할 입장이면 모르겠고. 그리고 정신적 성숙이 불가능한 살아 있는 사례가 바로 형님이고, 네 말대로 하자면."

선배 말이 지나치다고 생각하면서도 고개는 끄덕였다. 선배가 잔을 들었다. 잔이 부딪히는 순간 술은 절반 넘게 넘쳐 내렸다. 어쩐지 선배는 나도 모르는 내 마음을 너무 잘 아는 것 같았다.

"다른 야학은 모르겠고, 여기 야학은 화목야학이니까, 나도 아직 많이 모르지만 이름에 답이 있을 것 같기도 하다. 그저 있는 이름은 없으니까. 교육이 꼭 무엇인가를 가르치는 일은 아니더라. 더 배웠다고 잘 가르치는 것도 아니고, 잘 가르친다고 좋은 선생님이 되는 것도 아니고. 뭐라도 한 가지라도 얻으면 그것이 교육 아닐까. 자기만족이나 자기기만이라고 했는데, 자기만족이라도 얻었으면 그걸로 된 것 같은데. 나머지까지

네가 책임질 필요는 없고. 비록 그 답을 무의미한 것이라고 결론 짓는다고 해도, 그 결론이라도 나온 게 어디냐."

"결론이라구요? 난 화목야학에서 배신만 당한 기분인데."

"왜 형님을 그렇게 미워하냐?"

"어떻게 황 씨 아저씨를 좋아할 수 있지? 선배가 더 신기한데요."

"극복되지 않는 세상, 환경에 대한 불만을 형님에게 전가하고 있는 것 같은데. 큰 변화가 없을 걸 알면서도 하는 일 아닌가. 세상 어느 누가 인수분해와 이차방정식이 개인의 삶을 윤택하게 한다고 생각하냐. 사오십 년 삶이 고작 몇 시간 수업과 졸업장으로 바뀐다면 그게 더 억지스럽지. 형님을 네 마음속 악역으로 만들지 마라. 바뀌지 않는다고 해서 오히려 반대편 극단에 매료될 필요는 없다."

그러게. 왜 화가 났을까. 무슨 일로 화를 내고 있는 것일까. 계속 화가 나는 이유는, 이유는……. 나는 무엇에 화를 내고 있는 것인가. 내가 계속 화를 내고 있는 이유는……. 화를 내는 대상은…….

"문제 하나. 화목이, 무슨 수로 통째로 한 층을 쓰고 있는 것 같냐? 차비 정도 드리는 선생님도 구하기 힘든데. 문제 둘. 네가 하는 과외는 왜 시세의 몇 배쯤 되는 돈을 줄까?"

당연히 운, 운이 좋으면 그런 기회가 올 수도 있는 것 아닌가.

인생은 운칠기삼이고, 운도 실력이고, 준비된 사람에게 오는 것 아닌가.

운이 어떻게 실력이 아닐 수 있나.

“그래, 운. 운 좋게 농사짓던 땅이 대박이 났다더라. 돈 쓸 줄도 몰라서 무작정 건물을 사들였고. 술이야 매일 먹지. 이후 평생 뚜렷한 일도 없었을걸. 그래도 야학 하라고 건물 한 층을 내주는 사람은, 그런 사람밖에 없더라. 야학 선생님 구하기 힘들다는 이야기를 듣고 자기 아이 과외비 후하게 주면서 선생님 구해 왔고. 네 식대로 하자면 정당한 거래와 타당한 노동이지만, 그렇다고 이게 쉬운 일이기만 할까. 어쨌든 나는 이런 경우 잘 못 봤다.”

황 씨가 돌아오자 형은 하던 이야기를 멈추었다. 황 씨는 화장실에 다녀오는데 밖에 메밀묵을 팔아서 늦었다며, 눈 오는 날 먹는 메밀묵만큼 맛있는 건 없다며, 절대 소변이 시원찮은 게 아니라며 웃었다. 취한 상태로는 미끄덩, 고체도 액체도 아닌 메밀묵을 쇠젓가락으로 집기 어려웠다.

메밀묵에 대해서라면 황 씨 말이 맞았다.

술자리는 문제를 내자마자 답하는 선생님이 뻗어버린 뒤에야 끝났다. 더 들어야 할 이야기가 있을 것 같은데. 계산과 뻗어버린 선배 처리는 황 씨가 맡았다. 두 사람의 그림자 위로 가로등 불빛이 떨어졌다. 진눈깨비는 그칠 기색이 없었다. 진눈깨비는 여전히 진눈깨비였다. 갑자기 황 씨 아저씨와 싸웠을 때처럼 울고 싶어졌다. 진눈깨비라도 비는 비였다.

프러포즈

#1

취향은 존중받을 수밖에 없는 것이다.

나도 사소한 취향이 있다.

소설가가 등장하는 소설은 질색이다. 수험생일 때는 어쩔 수 없었다. 시험은 사람을 존중하지 않으니까. 가슴 조이는 기분이 들었지만 가까스로 현진건의 「빈처」와 이태준의 「토끼 이야기」를 읽고 다음 중 **가장** 적절한 것을 골라야만 했다. 운수가 나쁜 현진건이 안타까웠다. 그런데 안타까움과는 별개로, 어떻게 〈야인시대〉 김무옥(이혁재 분)과 얼굴이 똑같지?

영화도 소설과 같았다. 홍상수가 칸이 되건 깐느랑 놀건 간에, 홍상수 영화는 오 분도 보지 않았다. 물론 사랑은 단지 개인의 취향이므로 아무 관심도 없다. 사생활도 생활에 불과하므로. 다만 훨씬 그전부터, "넌 예뻐, 너무 예뻐"라는 대사를 무한히 반복할 때부터 참을 수가 없었다. 아무리 봐도 홍상수 감독 자신일 것 같은 인물이 담배를 물고 등장했으니까. 〈잘 알지도 못하면서〉에 소설가 김연수가 영화감독 역할로 나올 때는, 공포영화를 보는 것처럼 눈을 반쯤 감아서 버텼다. 홍상수의 웃음소리가 들리는 것 같았다. 소설 속 소설가, 영화 속 영화감독을 보고 있으면 호흡이 곤란해졌다.

쉿. 네가 소설가인 건 비밀이 아니야. 그렇다고 등장인물까지 소설가일 필요는 없잖아. 굳이 예술가가 필요하다면 시인은 어때? 사실 시인이 나오는 건 더 싫다. 이창동의 영화 〈시〉에는, 제목에서 눈치챘어야 했는데, 실제 시인이 정말 등장했다. 김용택까지는 오징어를 앙 물고 참아낼 수 있었지만 황병승의 얼굴이 보이는 순간 영화를 포기할 수밖에 없었다. 김연수가 자꾸만 생각났다. 〈버닝〉은, 종수(유아인 분)는 소설가 지망생이니까, 아직 소설가는 아니라고 최면을 걸어가며 간신히 버텼다.

좋아했던 소설가일지라도 소설가가 등장하는 소설을 발표하면 읽던 책을 덮고 기도를 올렸다. 주님, 저 죄인은 이야기의 기본을 소중하게 여기지 않았나이다. 영원한 번제의 불이 게으르고 나약한 저들을 위해 창세부터 준비되어 있음을 믿사옵나이다. 아멘. 또 아멘.

모든 소설가는 자신의 이야기에서 출발한다. 공리公理다. 그러나 자신을 팔아먹는 작가는 상상력이 고갈된 자다. 아무리 궁금하더라도 길의 끝까지 걸어서는 안 된다. 남겨둔 골목이 있어야 한다. 파산한 소설가들에게 할 수 있는 복수는 가지고 있던 책들을 중고서점에 헐값으로 파는 일이었다. 헌책 한 권이 팔릴 때마다 새 책 한 권이 팔리지 않을 테니까.

취향과 복수는 집요해야 한다.

그렇게 알고 있다.

◇

여기까지 중·고등학생 교양도서 『알기 쉬운 직업 이야기—소설가 편』을 채웠는데 편집자 A의 전화가 걸려왔다. 나는 A를 싫어하지만 A가 있는 출판사에 헤헤 소설 출간을 검토해 주시면 안 될까요 하면서 할 수 있는 한 최고로 비굴한 태도로 원고를 보낸 적이 있다. 다른 모든 출판사가 내 원고를 거절했다. 또는 수신 확인이 되는데도 불구하고 답장도 주지 않았다.

A는 긍정적으로 검토하고 답변을 주겠다고 했기에 어쩔 수 없이, 전화를 받을 수밖에 없었다. 물론, 위 문장의 방점은 내 마음대로 찍었다. 언젠가부터 보고 싶은 것만 보이고 듣고 싶은 것만 들릴 때가 많았다.

근데 원고를 언제 보냈더라? 여름이었는데.

일 년 전인가, 이 년 전인가?

요즘은 시간이 너무 빨리 간다.

"요즘 바쁘지?"

"마감 중인데요."

"그래? 그럼 다음에……."

"거의 다 쳐냈어요."

첫째, 난 바쁘지 않다. 둘째, 내가 바쁘지 않은 건 A도 잘 안다. 셋째, 하지만 A는 늘 바쁘냐고 묻고 나는 뭐라도 쓰고 있는 척한다.

연극영화과에 다니던 시절, 이런 화법을 구사하는 선배가 있었다. 선배는 일 년에 한 번쯤 전화를 걸어왔다. 돈 들어갈 일이 생길 때만 전화를 하는 우리 아버지와 비슷한 주기여서 인상적이었다. 아버지처럼 선배도 절대 용건을 먼저 밝히는 법이 없었다. 딴소리를 늘어놓다가 요즘 시간 좀 있느냐고 물었다. 돈을 시간으로 바꾸면 아버지와 선배는 같았다. 이놈, 다시 태어나면 반드시 네 선배로 태어나리라. 그런데 다시 태어나도 아버지의 아버지로 태어나는 건 싫은데. 아, 모르겠다.

시간이야 늘 있지. 너한테 쓰고 싶은 시간만 없을 뿐.

하지만 혹시라도 일거리를 던져줄 가능성이 있는 선배의 전화를 피할 수는 없었다. 물론 대부분 고생만 실컷 하고 실제적인 도움은 안 되는 일이었지만, 누가 들어도 괜찮다고 할 일을 알선할 선배가 아니라는 건 너무 잘 알았지만, 기대는 늘 기대할 수밖에 없는 법이다. 능구렁이는 용건을 쉽게 털어놓지 않았다.

당연히 바로 앞에서 욕하던 선배와 A는 동일인물이다.

"여보세요? 어이, 김 작가?"

"네, 네네. 안 들리세요?"

통화상태가가가가가가가 불불불불량량량하하다고 대답하다가, A에게 이 더위에 건강하냐고 물었다. 그러고 보니 A는 다들 먹는 더위도 안 먹는 모양이다. 목소리에 활력이 아주 넘쳐서, 네네 대답만 하는 나조차도 신이 날 정도였다.

"너 제2외국어 뭐했지?"

"독일어를 했는데……. 대학교 때 스페인어 초급 과정을 듣기는 했죠."

"뭐 받았어?"

"응? 받긴 뭘 받아요?"

"학점."

이제 목에 성적증명서도 걸고 다녀야 하나?

A는 만나서 이야기하자고, 마침 외근 중이라고, 이따 합정역 스타벅스에서 보자고 했다. 나는 무심코 집이라고, 아직 씻지도 않았다고 대답하려다가 조금 전 SNS에 노트북과 원고를 쌓아둔 사진을 올렸던 기억이, **#마감중 #합정역스타벅스 #책스타그램 #맞팔환영**이라는 태그를 달았던 생각이 났다.

모름지기 소설가는 항상 치밀해야 한다.

그 사진은 언제 찍어둔 것인지 기억도 안 났다. 팔로워 관리를 위해 찍어둔 사진을 적당히 관심이 필요한 타이밍을 재서

올렸다. **좋아요**는 한 자릿수였지만, A는 **좋아요**도 잘 눌러주지 않았다. 선배 저는 정말 집인데요, 그 사진은 어, 그러니까, 왜냐면…….

시간이 없었다. 변명보다 뛰는 쪽이 편했다. 겨드랑이 양쪽을 맡아본 뒤 이만하면 굳이 샤워까지 할 필요는 없겠다며 튀어나갔다. A를 만나면서 상쾌할 필요는 없었다.

어차피 곧 불쾌해질 테니까.

첫 소설을 건넸을 때, "네 소설에는 문제가 있지만, 뭐, 열심히 해봐"라고 했던 A의 목소리는 잊히지가 않았다.

"마감을 안 지키는 걸 자랑으로 여기질 않나. 한심하지 않아? 하루키도 마감을 지키는데."

A는 출판계가 불황이라느니, 누구는 순 엉터리고 곧 바닥을 보일 거라느니, 미국 드라마를 흉내만 냈다느니, 그 책 자신이 만들었다느니, 요즘 누구랑 친하냐느니, 자신은 누구를 잘 안다느니, 얼마 전에도 같이 술을 마셨다느니, 얼마 전 유명 소설가의 결혼식에도 초대받아 갔다 왔다며 자랑을 했다. 나는 유명 소설가의 성품은 모르지만 A와 친하다는 점만으로도 그의 책을 중고서점에 팔아버려야겠다고 결심했다.

"도쿄에 좀 다녀와. 여기, 하루키 이메일 주소."

"하루키요?"

"왜, 옛날에 데뷔도 하기 전에 하루키 만난 적 있다고 했잖아?"

어디에 쓸지는 묻지 말고, 어떻게든 인터뷰를 해 와라. 원한다면 인터뷰는 내 이름으로 내보내주겠다. 어쩐지 너는 그런 일을 몰래 잘할 것 같다. 그냥, 근거는 없지만 느낌이 그렇다. 사이좋게 웃고 있는 사진도 찍어 오면 좋겠다. 스마트폰으로 통화하는 척하면서 슬쩍, 몰래, 녹음도 하면 더 좋겠다. 왕복 비행기표와 숙소는 출판사에서 감당하고, 밥값과 맥줏값 정도는 추후 처리해줄 생각이 있다고 했다. 돈이 되는 일은 아니지만 공짜 여행 삼아 다녀올 생각이 있냐는 것인데, 이전까지 A가 했던 제안들을 생각하면 파격적인 조건이었다.

"머리 식히고, 인터뷰 따고, 출간은 다녀와서 생각하자. 좋지?"

도쿄에, 하루키라.

목까지 올라오는 터틀넥이 참 잘 어울리던, 전前 여자친구가 곧바로 생각날 수밖에 없었다.

나는 돌아오는 길 내내 휴대전화를 만지작거렸다.

#2

편견이다. 저가 항공이라고 천천히 날지는 않는다. 저가 항공일수록 더 빨리 움직여야 한다. 천천히 날 자격은 대한항공에나 있다. 그래도 저가 항공의 비행시간은 유난히 지겨워서 나는 편견을 상상했다. 소설가의 장점은 언제 어디서나 상상을 할 수 있다는 것이다. 단점은 상상마저 곧 일이라서, 언제 어디서나 항상 피곤했다.

도쿄는 두번째다. 나도 다른 사람들처럼 첫 일본 여행 때는 오사카에 갔다. 가깝고, 관광지도 많고, 교토도 근처에 있고, 음식도 입에 맞고, 물가도 도쿄만큼 비싸지 않고, 어쩐지 기질도 오사카는 어색하지 않았다. 오사카를 돌아다니면 명절날 고향에 있는 것 같았다.

도쿄는 서울과 비슷해서 새롭진 않아, 사람 사는 것 다 비슷해, 그냥 대도시야……. 비슷한데 뭐하러 일본 가서 돈 쓰니. 차라리 스페인에 가봐. 미국도 괜찮다, 너. 이런 말을 들으며 도쿄에 가기도 했다. 이런 말을 하는 사람은 오사카와 도쿄와 스페인, 미국 모두 다녀온 사람이었다. 그러니까, 본인은 모두 다녀왔다는 말을 하고 싶은 거였다. 물론, 여기서 말하는 본인도 A다. A는 지치지도 않고 만날 때마다 산티아고 순례길을 자랑했는데, 지금 인생도 순례라고 대답하려다가 그만뒀다.

나는 꿋꿋하게 오사카와 도쿄를 다녀온 뒤, 오사카에서 타꼬야끼를 먹은 일을 굴려서 장편소설을 써낸 적이 있다. 그러니까, 그때의 나는 다 비슷하게 사는 걸 보고도 소설을 써낼 수 있었다. 뻔하게 살더라도 중요한 건 약간의 차이에 있으니까. 요즘은 미슐랭에서 별 받은 집에 가도 맛있다는 생각 말고는 아무 영감도 떠올릴 수 없지만, 타꼬야끼만 먹어도 맛있군, 정말 맛있어, 챱챱챱, 후루루룩 할 수 있던 때이기도 했다.

비록 타꼬야끼 소설은 자비출판을 했지만, 천오백 권을 찍었는데 지금도 집에 천이백 권쯤 쌓여 있긴 하지만. 저게 다 신라면이었으면 어땠을까? 라면 박스라면 불우이웃이라도 도울 수 있지 않을까? 구립도서관에 신청을 했는데 반려를 당했다. 기증이라도 하겠다는 말에 담당자는 한숨만 쉬면서 글쎄요, 하고 딴청을 부렸다. 집에 있는 책을 슬쩍 도서관 책장 사이사이에 끼워두고 나왔다.

매일 한 권씩 끼워 넣었다. 어느 날, 관장이 부르더니 선생님, 이러시면 곤란하다고 했다.

그녀와 처음 도쿄에 갔을 때는 100엔이 1,450원이었다. 환율보다 무서운 게 없었다. 도쿄 자판기에서 코카콜라 한 캔을 뽑아 마시면 한국 돈으로 이천 원 가까이 들었다. 펩시라고 싸지도 않았다. 자판기 앞에서는 허리를 숙이고 두 손 모아 콜라를 집어 들었다. 꿀꺽, 한 모금에 칠백 원이 사라졌다. 도쿄 콜라 두 캔이 서울 짜장면 한 그릇이었다. 짜장면 생각을 하니 인천공항을 떠난 지 두 시간 반 만에 짜장면이 먹고 싶어졌다. 첫 도쿄 여행 때는 물가를 콜라로 환산하며 돌아다녔다.

여기까지 기억이 뒤섞인 상상을 마쳤을 때 승무원이 다가와서 깨웠다.

비행기에서 내리니 활주로였다. 아지랑이가 보였다. 왜 나리타공항에 오아시스가 있을까? 빨리 뛰지 않으면 다른 비행기에 치일 것 같았다. 한참을 걸어가며 기내에서 물이라도 줄 때 마실걸 후회가 들었다. 대한항공을 탔으면 제대로 된 곳에 내렸겠지. 맥주라도 한잔 했겠지. 빌어먹을 자본주의, A, 출판사, 하루키, 나……. 돈 있는 놈들은 모두 엿이나 먹어라. 대한항공도 똑같이 여기 내려주면 좋겠다. 더워 죽겠네. 출입국사무소에 가려면 다시 셔틀을 타고 제1터미널로 가야 했다. 비행기에 내려서 출입국사무소 줄 서는 데에만 삼십 분이 걸렸다.

"여기는 직업을 써야 합니다. Job, Job."

"하지만 전 작가인데요? However, I'm Writer."

"뭐라고? What the f**k?"

"소설가……. So …… Sorry very sorry ……. I'm ……."

거짓말이다. 출입국사무소 직원은 내 얼굴을 쳐다보지도 않고 여권에 도장을 찍었다. 여권을 건네고, 지문을 찍고, 어색하게 얼굴 사진을 찍은 뒤, 직원은 기계적으로, 웃지도 않으면서,

좋은 여행을 하라고 말했고, 나는 아리가또라고 대답했다.

수화물을 기다리다 괜히 어색해져서 화장실에 가서 얼마 나오지도 않는 오줌을 누고 손만 씻다가 왔다. 8월 1일 서울은 39.6도였다. 8월 3일, 서울은 37.9도였고 의성은 39.6도였으며 도쿄는 34도라서, 도쿄가 시원하게 느껴졌다. 34, 35도면 딱 적당히 살 만한 여름 날씨가 맞겠지? 서울에는 오존주의보까지 내렸다. 1983년 8월 3일은 외우기도 쉬운 내 생일이었다. 태어나서 처음으로 엄마에게 미안해지는 더위였다. 언젠가, 비는 오겠지만, 그러나, 지금은 영원히 비 따위는 오지 않을 것 같았다. 8월이란, 서울이나 도쿄나, 이런 달이었다.

세관에서는 가방을 하나하나 열고 있었다. 앞앞앞사람과 앞앞사람의 짐을 검사하는데 마치 내가 범죄자가 된 기분이었다. **금괴를 밀수하지 마시오.** 항문에 밀어 넣으면 금괴를 얼마나 가져올 수 있을까. **철수와 영희가 생물시간에 실험을 했는데—민수의 직장**直腸 **길이를 구하시오**라는 문제를 받아든 기분이었다. 마스크를 쓴 세관원은 나에게 빨리 지나가라는 손짓을 했다. 표정을 다 볼 수는 없었지만 분명 눈을 찌푸리고 있었다.

왜 항문을 보여달라는 말은 안 하지? 황금 똥을 눌 수도 있는데.

습하고 더웠다. 이번 도쿄 여행에서 콜라는 천사백 원이었다. 100엔이 998원, 무언가 가만히 있었는데 나아진 기분이 들었다. 지하철 티켓을 샀다. 하루키라면 택시를 타거나 누가 마중 나왔겠지?

—아니요. 뭐, 저는 지하철을 타는 것도 좋아합니다. 지하철에서는 XXX를 YYY할 수 있으니까요. (웃음)

1999년이었다.

『상실의 시대』는 걸리면 걸리는 걸리버라는 휴대전화 광고에 등장했다. 휴대전화 이름을 걸리버 따위로 지어도 되는, 하루키나 스위프트 같은 소설가의 이름이 최첨단 기술에 이용이라도 될 수 있던 세기말이었다. 소설을 상업적 광고에 이용한다고 분개하는 사람도 있었다. 속으로 화내는 사람을 이상하게 생각했다. 저 사람, 뭔가 문제가 있는 것 같은데? 88서울올림픽이 열리던 해의 『노르웨이의 숲』은 입소문을 타고 천천히 팔렸지만 광고에 출연한 『상실의 시대』는 불티나게 팔려나가던 1999년이었다.

노르웨이건 핀란드건, 북유럽이 어디에 있는지도 몰랐다. 힐링이 유행하기 전이었다. 힐링이 조금만 더 일찍 유행했으면 『노르웨이의 숲』만으로도 충분했을 텐데. 뭐, 어느 쪽이 상실되어도 안타깝지 않았다. 기억나는 건 나오코와 미도리뿐이니까. 조금 더 머리를 쥐어짜면 레이코 정도. 와타나베 따위는 없어도 무방한, 읽기만 해도 힐링이 되는 소설이었다.

중요한 건 **"나는 사정했다"**였다.

사실, 『상실의 시대』를 읽었던 건 야하다는 소문 때문이었다. 소설가가 되기 전까지 『상실의 시대』를 빼고 읽었던 소설은 무협지가 전부였다.

아니면 『해리 포터』.

갑자기 조앤 K. 롤링도 부러워진다.

어쨌든 하루키가 뒤늦게 노벨문학상을 받더라도 한국 교과서에 『상실의 시대』가 실릴 일은 없을 것 같다. 일본 작가겠다, 야한 장면도 있겠다, 무슨 말인지 설명할 수도 없고, 다른 소설도 널렸는데…….[1)]

나는 『상실의 시대』의 마지막 장을 덮고 나서 와타나베가 대체 무엇을 잃어버렸는지 궁금했다. 이미 시대는 상실된 지 오래였다. 잃어버렸다는 상실감마저도 사치 같은데. 번역하면서 제목을 잃어버렸나?

---

1) 사실 『상실의 시대』는 「은어 낚시 통신」과 함께 고등학교 문학 교과서에 조금 실린 적이 있다.

아, 하나는 틀림없다.

작가들은 자신이 좋아하는 것이라면 무턱대고 권하는 습관이 있다.

『상실의 시대』에서 기억나는 것을 하나 더 짜내면 피츠제럴드의 『위대한 개츠비』가 있다. 『위대한 개츠비』를 세 번 읽은 남자라면 친구가 될 수 있다는 말에 속았다. 막상 『위대한 개츠비』를 읽고 나서는 하루키가 피츠제럴드에게 권당 인센티브나 스톡옵션을 받기로 한 건 아닐까 의심이 들었다. (주)피츠제럴드 재단에서 하루키에게 거액의 광고비를 지급하고 홍보용으로 『상실의 시대』를 쓰라고 한 것은 아닐까? **'이 소설은 삼성엘지두산롯데기아로부터 소정의 후원금을 받고 작성되었습니다'**는 문구가 소설 뒤에 붙을 날도 올까?

그때부터였다. 소설가가 등장하는 소설, 소설에서 소설을 말하는 소설을 피하게 된 때가.

다 하루키 때문이다.

『위대한 개츠비』는 하루키의 안목을 심각하게 의심할 정도로 재미없었다.

2013년 디카프리오가 영화 〈위대한 개츠비〉의 주연을 맡았다고, 보러 가자는 그녀에게, 소설 『위대한 개츠비』는 거품이고 디카프리오도 그저 얼굴만 잘생긴 거품이라고 했다가 바로 헤어질 뻔했다. 〈위대한 개츠비〉에 대한 찬사를 늘어놓고, 〈블러드 다이아몬드〉의 휴머니즘을 찬양하는 반성문을 제출하고 나서야 용서받을 수 있었다.

두고 보자, 디카프리오.

왜 두고 볼 사람들은 늘어만 가지?

어쨌든 감상문을 반복해서 쓰다 보니 『위대한 개츠비』가 정말 위대해 보였다. 괜히 반성문을 쓰라는 게 아니다. 잃어버린 것을 그리워하는 사람들의 정서는, 잃어버릴 것을 가져본 적 없는 사람에게는 이해할 수 없는 것이었지만, 무엇보다 그녀를 잃어버리고 싶지 않았다. 진부하지만 그녀를 만난 뒤에는, 그녀 없는 세상을 상상할 수가 없었다. 이미 나는 **'그녀의 월드** She's World'에 입장한 뒤였다.

그러니까, 하루키를 만나야만 했다.

무라카미 하루키를.

참, 한글 프로그램에서 '무라카미'와 '하루키'는 둘 다 빨간 줄도 그어지지 않는다. 디카프리오와 피츠제럴드도 마찬가지다.

참, 내 이름은 오타가 아닌데, 이름을 타이핑하면 한글에서는 빨간 줄이 생긴다. 바꿀 단어를 제시하지도 못하면서 빨간 줄이 생긴다. 개츠비는? 다행히 개츠비는 빨간 줄이 생긴다. 적어도 한글 프로그램에서만큼은, 나는 개츠비와 동격일 수 있다.

"몰랐어? 작가님 넌, 하루키 짝퉁이잖아. 하긴, 짝퉁이라도 하루키 짝퉁이라면, 하루키의 100분의 1쯤은 팔 텐데. 하긴, 그만큼만 팔아도 한국문학의 아이돌이겠네. 에이, 어쨌든 할 거지?"

왜 하필 내가 하루키 인터뷰를 해야 하냐고 물었을 때, A가 웃으며 대답했다.

나도 A에게 웃어줬다.

#3

잊고 있지만, 하루키는 1949년생이고, 할아버지다. 일흔은 장수 축에도 못 낀다지만, 어쨌든 한국전쟁 이전에 태어난 사람이다. 하루키가 죽으면 일감 자체가 취소될까. A의 꿍꿍이는 알 수 없지만 노벨상 관련한 인터뷰가 아닐까? 그게 아니면 뭐지? 노벨상은 죽은 사람에게는 수여되지 않으니 하루키 입장에서는 혹시라도, 만약에, 그렇다면, 아깝겠네.

물론 하루키는 그런 것 따위 관심 없다고 대답하겠지. 만약 이 인터뷰와 동시에 하루키가 사망한다면 나도 덩달아 주목받지 않을까. 하루키와의 마지막 만남에 대한 인터뷰 요청이 들어오면 뭐라고 하지?

아니다.

이건 기본의 문제다. 상상은 할 수 있지만 말해서는 안 되는 무엇은 있다. 소설가가 등장하는 소설이 나쁜 것과 다르지 않았다. 하루키의 사진을 바라보며 잠시 사과했다. 하루키 씨. 꼭 오래 사시구요. 좋은 소설도 많이 쓰세요. 오래 마라톤을 뛸 수 있도록 기도할게요. 사과의 뜻으로, 할 수 있다면 제 하루 수명을 나눠드릴게요. 이렇게 팬들에게 하루씩 받으면 하루키는 죽지도 않겠네.

이왕 사과하는 김에 미안한 말을 하나 더 보태면 하루키는 정말 평범하게 생겼다. 서울에서도 하루키와 똑같이 생긴 아저씨를 하루에 여섯 번은 볼 수 있다. 아무리 바라봐도 기억하기 어려웠다. 아무나 찍어서 하루키라고 우겨도 하루키 본인을 빼면 뭐가 이상한 줄도 모를걸. 하루키의 사진을 보고 있으면 소설가는 얼굴이 아니라 작품으로 승부해야 한다는 말에 고개를 끄덕일 수 있었다.

"그건 오빠 얼굴이 열린 결말이라서 아냐?"

하루키의 얼굴을 기억해야만 했다. 하루키를 만나러 도쿄에 갔는데 하루키를 보고도 하루키인 줄 모른다면 얼마나 하루키스러운 일인가. 하루키가 나를 알아볼 가능성은 없으니까, 내가 하루키를 알아볼 수밖에 없겠고, 어쩐지 나는 하루키를 알아볼 안목이 없다는 게 이상하기도 했다. **"나는 하루키를 보고도 하루키인 줄 몰랐다. 부끄러운 나머지 격렬하게 사정했다"** 라고 썼다가 지웠다. 하루키를 보고도 하루키하지 않기 위해 아껴둔 하루키의 나머지 소설을 읽었다. 무라카미 하루키가 아니라 무라카미 류의 소설이 섞이기도 했는데, 부끄럽게도 마지막 장을 덮고 나서야 하루키 소설이 아닌 것을 알았다. 이

소설은 하루키가 아니야, 류야, 하면서도 손은 류의 소설을 더 듣고 있었다.

그러게, 류를 만나는 편도 재미있을 것 같은데.

하긴, 하루키도 못 받는 노벨상이 류에게 주어질 리가 없지. 류는 아직 한국 문학 교과서에 실리지 못했으니까.

설마, 류가 노벨상을 받으면 어쩌지? 아무도 내 안목에는 관심이 없긴 하지만, 소설도 못 쓰는 게 안목은 더 형편없다는 말은 듣기 싫은데.

하루키는 좋겠다. 아직 노벨상은 못 받았지만 소설도 잘 팔리고 노벨상을 주느니 마느니 하는 성가신 소리도 듣고. 아니야, 나라면 짜증날 것 같은데, 노벨상을 받아도 작품성이 어쩌니 욕할 거면서 못 받는다고 빈정대고. 제발 짜증날 일이라도 생기면 좋겠다, 하루키는…….

—재미있는 상상입니다. 뭐, 노벨상 수상 전날에 죽는다는 것은 유감이긴 하지만.

A에게 말한 건 진짜다. 나는 그녀와 함께 하루키를 만나본 적이 있다.

환율력으로 1,450의 시절, 하라주쿠를 지나, 센다가야로 가던 길에서.

하지만 합정역에서 A와 헤어질 때부터 딴생각을 했다. A의 말하는 모양이 애매모호했다. 굳이 하루키를 만나야 하나? 사진은 못 찍었다고 하면 그만이고, 하루키는 한국에 오지도 않고, 한글도 모를 텐데, 설마 들키겠어? 나중에 들키더라도 동업자니까, 눈감아 주겠지. 대체 A는 무슨 꿍꿍이지?

생각이 너무 많다, 나는.

어쩔 수 없다. 만나면 좋고 만나지 못하면 그만이지. 비행기 표를 사기칠 수는 없으니까, 도쿄까지 다녀오긴 다녀오자. 면세점 쇼핑이나 하지 뭐. 한 번 만난 적이 있으니 그때 기억에 살을 붙여서, 완전히 거짓말도 아니고, 인터뷰야 지어내면 되겠지.

이런 일, 한두 번 한 것도 아니니까.

1,450의 시절.

하루키를 처음 만났을 때, 나는 하루키 소설을 읽은 적이 없었다. 읽은 적도 없으면서 그래도 하루키는 좀 아니지, 일본문학은 너무 개인적이고 감상적이야, 알맹이가 없잖아, 소설은 러시아가 최고지, 『카라마조프가의 형제들』은 이름부터 얼마나 멋있어, 아, 물론 까뮈나 보르헤스도 최고라고, 아무도 묻지 않는데 열심히 소리치고 다녔다.

그녀와 처음 도쿄에 왔을 때, 우리는 돈이 없었다. 센다가야에 숙소를 잡은 이유는 단순했다. 예전에 오사카에서 갔던 비즈니스호텔의 체인점이 도쿄에도 있었고, 오사카에서 묵었던 곳이 나쁘지 않았고, 도쿄 숙소를 찾다 보니 같은 이름이 있으니까……. 이름값은 호텔을 정할 때도 중요했다. 센다가야가 어디인지도 모르지만 숙소를 예약했고, 하루이틀 다니니까 주변 지리가 어렴풋하게 눈에 익었고, 어디에서나 어둑하면서도 철철컹컹 하는 소리를 들을 수 있었고, 두 번만 지나다녀도 어쩐지 모를 친숙함이 들었다. 싸구려 호텔이었지만 손짓 발짓으로 짤막한 요구 사항을 전달할 수도 있었다. 고장난 헤어드라이어에 대해 열심히 말하고 돌아오니 커피포트가 교체되어 있더라도, 뭔가 달라졌다는 점에서 신뢰할 수 있는 호텔이었다.

어쩌다 들어간 술집에서 하루키는 보드카 토닉을 마시고 있었다.

"오빠, 저 사람 하루키야."

"설마?"

"왜?"

"쿠사카베 하루키가 현실에 있을 수는 없잖아."

"쿠사카베가 누군데?"

"〈기동전함 나데시코〉 이야기 하는 거 아니야? **'그것은 인류의 미래를 위해!'**"

"시끄러. 무라카미 하루키라니까."

"도쿄라고 하루키라니, 춘천이면 다 김유정이야? 그래서 말인데, 우리 성례는 언제……."

그녀가 하루키를 알아보는 것이나 내가 하루키를 모를 거라고 생각하는 것이나 둘 다 마음에 들지 않았다.

물론 하루키라는 말에 기동전함 쿠사카베 하루키부터 떠올린 것도 맞지만.

도쿄였다. 하루키는 계속 이상한 제목의 소설을 내고 있었고, 건강에 심각한 문제가 생기지 않는 한 앞으로도 몇 권의 책을 더 낼 기세였다. 하루키는 도쿄에 산다고 알려져 있다. 여기는 센다가야 근처다. 따라서 하루키가 혼자 술을 마시고 있다고 해서 말이 안 될 것은 없었다. 하루키라고 비싼 곳에서만 술을 마시거나, 혼자 집에서 마실 리는 없으니까.

하지만 도쿄에서 혼자 술 마시는 중년이라고 하루키라니. 차라리 8월이니까 코믹 마켓 나츠코미에 코스프레 참가를 즐기는 취향이 있는 중년이 하루키 코스프레를 마친 뒤 술을 마시고 있다고 하는 편이 도쿄에서는 그럴싸하지 않을까.

"내기할래?"

"얼마?"

"코카콜라 열 캔."

그녀에게는 한 모금도 주지 않을 작정이었다. 쿠사카베 하루키의 **"더이상 말은 필요 없다. 너는 네가 믿는 길을 가라. 그**

열혈과 함께 말이다!"를 외치고, 나는 자리에서 일어섰다.

◇

그녀는 자신이 질 확률이 조금이라도 있는 내기는 절대 하지 않았다. 그녀가 내기를 하자는 건, 백 퍼센트의 확신이 있다는 뜻이었다.

그녀가, 하루키가, 맞았다.

아니라고 반박할 근거가 없었다. 가방 안에서 『1Q84』 BOOK1, BOOK2를 꺼내 사인을 해서 줬으니까. 하루키는 아니지만 하루키를 닮은 하루키스러운 사람이 『1Q84』를 두 권이나 들고 다니다가 술집에서 사인을 해서 주는 우연의 일치는 있을 수가 없고, 책은 더럽게 무거웠다. 무게감은 실재했다. 어쩐지 멋있었고, 나중에 소설가가 되면 꼭 따라하겠다고 다짐했는데, 타코야끼 소설책을 쌓아놓고 여섯 시간 동안 맥주를 마셨는데 말 한 번 걸어오는 사람도 없었다. 단골 술집 주인조차 나를 모른 척했다.

우리는 하루키와 합석했다. 하루키는 커티 삭을 마시며 재즈를 듣고 싶다고 했다. 택시를 타고 고쿠분지역 남쪽 출구 근처의 재즈바 '피터캣Peter Cat'에 갔다. 피터캣에는 핀볼 게임기가 있었다. 공짜는 아니고, 한 게임에 콜라 몇 캔을 먹어치우는 기계였다. 친절한 하루키는 그녀에게 핀볼의 요령을 친절하게 알려주었다. 돈도 직접 넣어줬다.

하루키는 위스키를 잘 알았고, 재즈는 더 잘 알았고, 핀볼 게임은 죽었다 깨도 하루키를 이길 수 없었다. 그녀는 하필이면 더 예뻐 보였고, 나는 그날 엉망으로 취했고, 안주로 먹은 양배추롤을 전부 토했다.

다음 날부터 나는 여행 내내 짜증을 냈다. 귀국한 뒤 한참 후 그녀가 서로의 시간을 갖자고 했을 때, 『1973년의 핀볼』을 읽으며 하루키가 왜 핀볼 게임이 있는 재즈바로 우리를 데려갔는지 알 수 있을 것 같았다.[2)]

어쨌든 그날 하루키를 만났지만 이번 도쿄 여행 때 하루키를 만난다는 보장은 없었다.

지금은 1,450이 아니니까.

그녀는 이미 결혼했다.

하루키는 어쨌든 친절했다.

---

2) 소설 속 핀볼의 최고 기록은 1,650,000이다. 소설 속에서 주인공은 이런 질문을 받는다.

"게임 안 해요?" 그녀가 묻는다. "안 해"라고 나는 대답한다. "왜죠?" "16만 5천이 내 최고 스코어였어. 기억하고 있나?" "물론 기억하고 있죠. 나의 최고 스코어이기도 했으니까." "그 숫자를 더럽히고 싶지 않아"라고 나는 말했다.

나는 이 부분을 읽으며 엉엉 울고 밑줄을 그은 뒤 그녀에게 가서 잘못했다고 빌었다. 그녀는 눈물 때문에 밑줄이 번진 걸 보고 웃었다. 그러나 반성문은 면제시켜주지 않았다.

#4

이번 인터뷰 여행도 센다가야에 있는 호텔을 잡았다. 지난 번처럼 하라주쿠에 갔다가 걸어 돌아왔다. 다른 것은 혼자라는 것과 환율밖에 없었다. 하루키를 만났던 선술집을 찾아갔다. 일본어도 읽을 줄 모르고, 밤중에 한 번 갔던 것이 전부였지만, 초등학교를 지나 파출소 근처에 있었던 술집이라는 것은 기억났다.

있었다.

주인장과 아르바이트생마저 그대로인 것 같았다. 입구에 비둘기들이 구구거리며 양배추를 쪼아먹고 있었다.

한참 앉아 있었지만 당연히 하루키는 오지 않았다.

하루키를 닮은 중년 아저씨조차 당연히 보이지 않았다.

코스프레 기간이 아닐 수도 있었다.

혼자 마시니 술기운이 반 박자 빠르게 돌았다. 한 박자 빠르게 선술집을 나왔다. 반 박자에 한 박자를 더하면……. 숙소로 걸어가면서 술집이 보이면 죄다 들어가 하루키를 찾았다. 술도 깰 겸 한참을 걸었는데, 첫 도쿄 여행 때 갔던 재즈바 피터캣이 보였다.

거짓말이겠지. 피터캣이라니. 여기.

하지만, 환상의 세계에는, 들어가야지.

가서 웬디를 찾아야지.

당연하게도, 피터캣 안에는 하루키가 위스키를 마시고 있었다. 하루키는 조금도 늙지 않았고, 오히려 젊어진 것 같았고, 눈을 감고 위스키를 음미하는 모습마저 똑같았다. 나는 하루키를 만나서 당황했다. 아까 술을 너무 빨리 퍼마셨나?

정답은 맞혔는데 뭘 찍어서 맞힌 것인지 모르는 것과 같았다. 그래도 하루키 옆에 앉았다. 어딘가에서 버터 냄새가 났다. 하루키는 나를 보며 싱긋 웃었고, 웃고 나서는 무표정한 얼굴로 묵묵히 위스키만 마셨다. 바텐더에게 같은 것으로 달라는 손짓을 허우적거리며 보냈다. 도쿄의 바텐더는 손짓만으로도 하루키와 같은 위스키를 가져다주었는데, 주문하고 나니까 하루키의 입맛과 계산서가 무서워졌다. 하루키에게 적당한 수준은, 나에게 최상급일 수도 있으니까. 죽어도 A는 이 영수증을 처리해줄 리 없었다. 등에 날개가 달린 네 마리의 고양이가 그려져 있는 코스터 위에 위스키 잔이 놓였다.

뭐라도 말해야만 할 것 같았다.

뭐라도 말해야만 할 것 같을 때는 침묵하는 편이 옳겠지만.

"소설이 영어로, 뭐죠? Do you know Novel? Nobel?"

내 영어 실력은 코카콜라의 철자를 간신히 틀리지 않고 쓸 수 있는 게 전부였다. 실력이라기보다 수준이라는 말이 어울렸다. 틀리고도 잘못된 줄 모르는 수준. 하루키가 담배 한 모금에 무슨 말을 한 마디쯤 중얼거렸지만, 나는 그 말이 일본어인지 영어인지조차도 헷갈렸다.

하루키는 담뱃갑을 들어 보였다. 나는 담배를 피울 줄 몰랐지만 한 개비를 뽑았다.

취미가 금연이라더니.

하루키가 담배를 세 대쯤 피우고 났을 때, 나는 용기를 냈다.

"이거, 좀. Light, Please."

"라이트 Write……."

마음대로 해석하기로 마음먹었다. 피터캣에서는 모두 담배를 물고 있었다. 담배를 피우지 않는 사람이 더 이상했다. 비흡연자는 출입 금지인가? 담배를 한 모금 빨며 라이트와 롸잇의 발음을 고민했다.

Light, Write, Right.

그녀의 통역이 그리웠다. 같이 왔으면 좋았을 텐데.

통역은 핑계다. 그녀가 보고 싶었다.

말을 주고받는 시간보다 담배를 나누는 시간이 길었다. 내 어학 실력은 담배보다 짧았다. 하루키는 말이 적었다. 술기운과, 당황과, 설레 때문에 하루키의 말을 더 알아듣기 버거웠다. 바텐더는 하루키 앞에 생두부와 달콤한 냄새가 나는 소스를 두고 갔다. 하루키가 무슨 말이라도 해주기를 바랐다. 채소의 기분에 대해서라거나. 피츠제럴드의 모교, 프린스턴에 체류했던 이야기라거나. 마라톤의 요령에 관해서라거나.

하루키와 마주 앉았던 건 십오 분 정도였다. 그러다, 하루키와 구분할 수 없을 만큼 닮은 어떤 중년 남성이 돌아와서 나를 보고 어색하게 웃길래, 나도 모르게 쓰미마셍, 나이스 투 미츄라고 했다.

하루키는 미소를 짓고는 잔을 들고 일어나며 말했다.

"아픔은 피할 수 있지만, 고통은 선택하기에 달렸습니다. Pain is inevitable, Suffering is optional."

스마트폰 녹음은 엉망이었다. 비치 보이스의 〈서핀 유에스에이 Surfin' U.S.A.〉만 녹음되어 있었다. 엉망으로 녹음된 노래는 마치 LP판 소리 같았다.

어떻게 알아들었을까.

나도 궁금하다.

#5

하루키는 정확하게 자신이 마신 술값만 내고 갔다.

새로 나온 소설도 주지 않았다.

정신을 차렸을 때, 술집에는 당연한 사실처럼 아무도 없었다. 나는 마지막으로 남은 손님이었다. 길에도 아무도 없었다.

지갑에 남은 지폐를 탈탈 털고 카드로도 얼마쯤 긁고 나서 정신을 차려보니 어느 전철역 안에 서 있었다. 그냥 처음부터 카드로 긁을걸. 여기서 방향을 알 수는 없었다. 이쪽이건 저쪽이건, 길은 길이고……. 스마트폰 배터리도 없어서 지도도 볼 수 없었다. 자신이 마신 술값은 스스로 내는 것이 맞지……. 안 내는 사람이 문제지……. 자신이 볼 책은 사서 봐야 맞지……. 머리를 흔들면서 걸어갔다. 유난히 머리가 무거웠다. 얼마나 위스키를 들이부었는지 기억도 나지 않았다. 신기하게도 숙소로 돌아왔다. 생수를 들이붓는데 목구멍이 따끔거렸다. 점막이 물을 흡수하는 소리가 들렸다.

믿지 않을 줄 안다. 양심상, 하루키를 우연히 두 번이나 만났다고 우길 수는 없다. 스마트폰에는 무엇을 찍었는지 알 수도 없는 엉망으로 흔들린 심령사진만 있었다. 아이폰을 사야 했었는데.

술병이 나서 호텔에서 뒹굴다가, 간신히 기어나가 스타벅스에서 아이스라떼를 간신히 주문하고, 간신히 원고를 썼다. A가 믿을 리 없는 이야기를 믿을 만하게 다듬었다.

도쿄에 가기 전부터 이미 절반 이상 써둔 원고였다. 여행 출발 전에 쓴 내용과 어제 기억을 뒤섞으니 적당히 그럴싸해졌다. 거의 다 쓰고 나서 몇 군데 세부 항목을 점검하면서 이상한 걸 알았다.

어라.

수정하기 어려운 착오가 생겼다. 센다가야에서 피터캣은 걸어서 다섯 시간이 넘었다. 울트라 마라톤을 해도 내 기록으로는 갈 수 없었다.

이걸 어떻게 누구에게 납득시키지?

◇

돌아오는 날, 지브리 미술관에 갔다. 꼭 사야 할 것이 있었고, 미야자키 하야오 감독의 흔적을 살피는 일도 뭔가 다음 소설에 도움이 될 것 같았다.

첫번째 우연도 아무도 안 믿을 텐데 두번째 우연까지 겹치니 더 설득력이 떨어지겠지만 지브리 미술관에서 또 하루키를 봤다. 두 번의 우연을 믿는다면 이것도 믿어줄 것이다.

한 번의 우연도 믿지 않는다면 이거라도 믿어주면 안 될까.

당신이, 안 믿을 줄 알았다.

나도, 안 믿긴다.

사실을 말하면서도 이게 왜 거짓인가, 왜 나는 부끄러워해야 하는가를 걱정하고 있다. 진짠데. 거짓말이 아닌데.

지브리 미술관은 도쿄 인근 이노카시라 공원에 있다. 미야자키 하야오의 영화도 그녀 때문에 몇 번 봤다. 그녀는 〈센과 치히로의 행방불명〉을, 미야자키 하야오를 좋아했다. 〈이웃집 토토로〉를 열다섯 번이나 봤다고 했다. 1,450 때는 지브리 미술관 입장 티켓은 한 달 전에 예매해야 한다는 것을 몰랐기 때문에, 그녀는 울면서 귀국했다. 그게 지금까지 마음에 걸렸다. 이번에는 반드시 지브리 미술관에 다녀와야만 했다.

그녀와 약속했으니까.

지하철역에서 미술관까지 걸어가는 길이 좋았다. 길이 좋다는 말을 어떻게 글로 쓰면 좋을까 고민했다. 조용하고, 아침이었고, 길에는 사람이 적었고, 주택가였고, 이곳이야말로 도쿄인 것 같았고, 이곳은 아무 곳도 아닌 것 같아서, 좋았다. 지브리 미술관은 갑자기 떠오르듯 눈앞에 있었다.

"안녕하세요? Good Morning, Nobel Man. I love N. o. v. e. l."

기념품 가게에서 선물을 고르고 있는데 하루키가 웃으며 지나갔다. 떠나기 전에 들른 지브리 미술관에서 하루키를 다시 만나다니.

도쿄에서는 두 개의 달이 뜨려나.

크고 노란 달과 작고 초록빛이 나는 달이.

하루키는 안쪽으로 돌아갔다. 뒤따라가니 하루키는 미야자키 하야오의 원고를 유심히 바라보고 있었다. 하루키는 무슨 상상을 하고 있을까. 원고를 넘기는 하루키를 빤히 쳐다봤다. 하루키는 그림 속에 빨려 들어갈 것처럼 원고와 마주하고 있었다.

오후 비행기를 타야 했으므로 하루키를 보면서도 하루키에게 말을 걸 수 없었다. 말을 걸 자신도 없었고, 어쩐지 말을 걸지 않아야 할 것 같았다. 나는 야외 정원으로 나갔다. 거대한 깡통 로봇이 나를 내려다보고 있었다. 미야자키 하야오의 NHK 다큐멘터리가 생각났다. 미야자키 하야오는 자신의 아들 미야자키 고로의 데뷔작 시사회 도중 참지 못하고 밖으로 나가버렸다. 어쩐지 거대한 깡통 로봇이 거대한 담배를 피우면서, **"기분으로 영화를 만들면 안 된다"**고, 미야자키 하야오가 아들의 영화에 대해 **"어른이 안 됐어. 그뿐이야. 한 편 만들었으니 됐잖아. 그걸로 이제 그만두는 편이 좋아"**라고 NHK 디렉터에게 말하는 상상이 들었다. 깡통 로봇 앞에서 사진을 찍고 입구에 맡겨둔 캐리어를 찾았다.

나리타공항은 출국하는 곳도 작았다. 면세점에서 로이스 초콜릿을 샀다. 남은 엔화를 털어서 로이스 초콜릿을 사자 현실감이 들었다. 도쿄바나나도 하나 샀다. 또 일본에, 도쿄에 오겠지만, 두 번 다시 오지 않을 사람처럼 남은 돈을 털었다. 기내에서는 목마름을 참고 어떻게든 원고를 말이 되게 만들었다.

인천공항에 도착하자마자 A의 전화가 걸려왔다. 나는 A의 전화는 통화 버튼을 누르자마자 끊어버리고 그녀에게 전화를 걸었다.

"샀어?"

"응, 근데 나, 누굴 만난지 알아?"

"오빠, 기억 안 나는구나? 취해서 전화로 다 이야기 했잖아."

1,450의 그녀는 이미 결혼했다. 지난달에, 나와 함께. 토토

로 오르골을 샀으니 이번 도쿄 여행은 확실한 의미가 있었다.

나는 A의 수상한 용건을 듣자마자 달콤한 단편소설을 하나 썼다. 그리고 그녀에게 결혼 선물로 건넸다. 언젠가 이 소설이 출판된다면, 그 원고료를 너에게 줄게. 그녀는 얼마면 되냐고, 그냥 자신이 「프러포즈」를 사겠다고 했다. 나는 속으로 그럼 원고료를 두 번 챙길 수 있겠다고 좋아했다.

물론 결혼은 아홉 달 전부터 준비하고 있었다. 프러포즈는, 진짜 청혼을 할 때 하는 게 아니니까.

어디서 시원한 바람이 불어왔다. 가을이 일찍 오려나.

"여보세요? 어이, 김 작가?"

수화물을 기다리면서 A에게 전화를 걸었다. 인터뷰 원고는 인천공항 출국장 무빙벨트 근처 쓰레기통에 있으니 보고 싶으면, 알아서 찾아가라고 했다. 취향은 존중받을 수밖에 없는 것이다. 나도 사소한 취향이 있다니까. 그렇게 알고 있다니까.

그것은 인류의 미래를 위해!

입이 없는 고양이 헬로, 키티

1

아무래도 발견에는 잘못의 몫이 있을 수밖에 없다.

주둥이가 저지른 업보 때문에 선배를 발견한 게 아닐까.

심부름을 했고, 시간이 남았기 때문에, 선배는 살아났다. 감사? 길고양이가 은혜를 갚기 위해 두더지를 물고 왔다는 말은 들어봤어도, 선배와 땡큐는 서로 어울리지 않았다. 차라리 선배가 입에 두더지를 물고 있는 편이 그럴듯했다. 선배와 어울리는 건 유어웰컴뿐이다. 선배는 서너 학번에 한 명쯤 있는, 할 줄 아는 건 없는, 사람은 나쁘지 않은, 신입생일 때는 선배를 알다가 졸업반이 되면 아 그 선배 요즘도? 하는, 술값을 내는 일은 절대 없는, 뭐라고 하는 사람도 없는, 하지만 술자리에는 꼭 있는…….

"취했어? 그만 좀 해."

"왜 인마, 그때 선배 아버지 아프셨다니까. 선배, 아버님 좀 어떠셔?"

"그만 좀 하라니까."

동기는 테이블 아래로 내 옆구리를 찔러댔다. 확 손가락을 부러뜨릴까 보다. 선배는 난처하게 웃다가 누가 부르자 바로 다른 자리로 이동했다. 동기는 선배 아버지 사십구재가 얼마 전이었다고, 같이 순천까지 문상을 다녀오고도 왜 이러냐고, 술 좀 작작 마시라고 했다. 그제서야 확신했다.

나는 알코올성 선택적 기억상실증에 걸린 게 분명했다.

뭐든지 불리한 일은 잊었다. 유리한 것만 골라서 기억했다. 기억은 진심이었다. 잊었던 일은, 곰곰이 생각해보면 잊는 편이 스트레스 관리에 좋은 성격의 것들이었다. 무의식의 똑똑함에 놀랐다. 무의식을 전적으로 신뢰하기로 했다. 억지로 기억을 짜내는 일 따위는 하지 않았다.

기억은 걱정을 거들 뿐.

몰라도 아무 문제가 없고, 모르는 편이 문제를 적게 만들었고, 몰라야 오래 살 수 있었다.

물론 가끔씩 다른 사람을 걱정할 수는 있다. 매번 걱정에 진심을 담기가 어려워서 그렇지. 진심은 봉투에 담으면 된다. 아마, 부의금은 요즘 시세를 고려했을 때 오만 원을 넣었을 것이다. 순천까지 갔다 왔으니까, 거리를 계산한 산수겠지. 선배는 어쩔 줄 몰라 하며 상주가 되어 있었다. 어른스러운 표정도, 참

담한 얼굴도, 슬픈 울음도 없이 그저 허둥거렸다. 허둥이 아니라 버둥인가? 상주 얼굴만 봐도 몇 번의 죽음과 마주했는지 보이는 법인데 선배와 상주 역할은 확실히 어울리지 않았다. 선배 아버님 건강을 물은 건 취해서가 아니라 단지 잊었기 때문이니까, 어쩔 수 없었다.

이게 벌써 언제였지?

부장은 동문이라는 이유로 선물 심부름을 시켰다. 몰래 택배로 보내다가 걸린 뒤로는 조용히 모교에 갔다 왔다. 부장은 모처럼 모교에 가면 대학 시절 생각도 나고 좋지 않냐고 했는데, 딱히 기억할 만한 대학 생활은 아니었다. 대체 뭘 했으면 대학 시절이 낭만적일 수 있었을까? 부장 심부름이 싫었던 건 박 차장과 윤 차장 탓도 있었다. 심부름을 다녀온 다음 날이면 시간만 걸리고 보잘것없는 업무들이 나를 기다리고 있었다. 탕비실에서 마주친 윤 차장은 커피 좀 작작 마시라고 그게 다 뱃살이라고 옆구리를 찌르고 갔다. 나는 아메리카노만 먹는데. 박 차장과 윤 차장은 하는 짓도 정반대고, 얼굴도 닮은 구석이라고는 없는데 쌍둥이처럼 보였다. 회사 사람들은 내가 박 차장과 윤 차장을 흉내내면 웃었다.

부장은 문화지원비를 모조리 책값으로 썼다. 교보문고까지 갈 것도 없었다. 결재를 받으러 가면 분기별 정치경제자기계발인문사회문학기술 베스트셀러를 알 수 있었다. 부장은 누구보다도 시사에 정통했다. 하지만 정통은 정통, 승진은 승진, 퇴직은 퇴직. 부장은 승진과 퇴직을 동시에 대비하기 위해 박사 과정에 다녔다. 석사도 아니고 박사라니 이해가 가지 않았는데, 이해가 되건 안 되건 부장은 작년에 박사학위를 받아냈다. 늦은 나이에도 학구열에 불타는 부장을 존경해야 하는지, 교수와 대학과 시스템에 감탄해야 하는지 헷갈렸다. 부장은 학위를 받고도 꼬박꼬박 지도교수에게 선물을 보냈다. 김영란법이 무색한 것인가, 원래 법이란 어쩔 수 없는 것인가, 졸업생이니까 김영란법 대상자가 아닌 것인가. 진심은 봉투에도 담을 수 있었고 상자에도 담길 수 있었다. 봉투는 직유법이고 상자는 은유법이라 봉투보다 상자가 더 어려울 수밖에 없는데, 부장은 매번 참신하게 정성과 액수를 동시에 담아낼 수 있는 선물을 준비했다.

부장에게 배운 건 선물 목록이 전부였다.

아이디어가 있으면 회의 때 좀 내지. 부장은 늘 퇴직에 끙끙거렸고, 끙끙거리면서도 줄을 만드는 데 열심이었다. 이번 승진이 막히면 부장은 위로금이 든 노란 봉투를 받게 될 것이다. 대리들끼리 승진과 노란 봉투 내기를 걸었는데, 의외로 결과는 반반이었다. 세상에, 부장이 승진할 거라고 믿는 사람이 절반이나 되다니. 매일 확신하는 사실이지만, 대리들 중 절반은 멍청이가 분명했다.

아무래도 회사원들 중에는 멍청이가 있을 수밖에 없다.

지도교수는 무표정했다. 사실 부장을 기억하지 못하는 건 아닐까? 그냥 빨리 가보라고 하면 좋을 텐데, 지도교수는 보는 사람이 불안할 정도로 손을 덜덜 떨면서도 꼬박꼬박 커피를 내왔다. 천천히 원두를 갈고 느리게 물을 부었다. 저러다 손가락을 갈아버릴 것 같았다. 커피는 미지근했다.

"자네 내 수업 들은 적 있지?"

요즘은 명예 회장도 자네라는 말은 안 쓸 텐데. 나는 재빨리 머리를 굴렸지만 검색되는 게 없었다.

"교양관 6층 강당. 학생들 중 아무도 우산이 없었지."

교양 과목 따위는 에이플러스를 받은 것도, 들었다는 기억조차도 나지 않았다. 마음속으로 김영란김영란김영란을 주문처럼 외웠다. 어쩐지 이 주문이 교수의 질문을 막아줄 것 같았다.

"쇼핑백, 이게 다 쓰레기야."

쓰레기, 분리수거는 상무도 좋아하는 말이고, 상무한테 깨진 부장도 강조하는 말이다.

한참을 걸어도 쓰레기통이 보이지 않았다. 학교는 쓰레기통을 줄이면 쓰레기가 준다고 생각하는 게 분명하다. 대학교는 멍청이니까. 부장에게 전화했더니 선생님 무료하실 텐데 뭐가 급하다고 벌써 나왔냐고 혀를 찼다. 그리고 에잇, 하더니 오늘은 거기서 바로 퇴근하라고 했다. 낮술 생각이 나서 도서관 보존서고로 향했다. 아무래도 낮술은 마실 수밖에 없다.

2

선배는 휴대전화가 원래 없다. 교내 공중전화는 졸업 전부터 외국인 학생과 선배만 이용했다. 다른 사람의 연락을 24시간 기다리는 현대인의 삶은 노예의 생활과 다름없다, 진정한 인간 해방을 위해서는 정보 통신과의 단호한 결별이 필요하다, 투쟁, 해방, 이런 말을 부정확한 발음으로 느리게 중얼거렸는데, 선배는 양말 살 돈으로도 술 사 마실 중세인이었다. 어차피 선배가 있을 곳은 오래된 책을 쌓아두는 보존서고나 싸구려 오돌뼈를 파는 형제집 중 하나였다. 다행히 학교가 모든 문마다 카드인식기를 설치하고 외부인 출입을 통제할 때도 보존서고 뒷문은 방치되어 있었다. 도서관장도 거기 문이 있다는 사실도 모르는 게 분명했다. 선배는 졸업 전부터 보존서고에서 살았다.

선배는 서서 책을 읽고 있었다.

"쓸데없이. 뭘 또 보고 있어?"

어깨를 툭 치자 선배가 나풀거리며 샤르륵, 바닥에 미끄러지듯이 쓰러졌다. 선배가 읽던 펭귄이 그려진 책도 쿵 떨어졌다. 책 위로 바싹 말라비틀어진 선배는 바닥에 살포시 내려앉았다. 뭐지, 이 농담 같은 장난은. 선배를 집어 들려고 했는데, 손톱을 바싹 깎아서 잘 집히지 않았다. 손바닥 전체에 침을 충분히 뱉은 다음 양손을 잘 비볐다. 바스라지거나 찢어지진 않겠지? 손바닥에 쩍 달라붙은 선배의 껍데기에는 다행히 묘한 탄성이 남아 있었다.

정신 차리라고 따귀를 때리려고 해도, 납작해서 때릴 부분이 없었다.

먼지 쌓인 파란색 환풍기가 돌돌돌 돌아가며 범인이 여기 있다 범인이 여기 있다라고 중얼거렸다.

접어야겠다.

선물을 담았던 쇼핑백을 열었다. 허리를 한 번 접었다. 목은 접힌 표시가 덜 나게 접었다. 쇼핑백에 양쪽 손목이 삐져나왔다. 진작 돌돌 말아버릴걸 그랬나? 이미 접었는데. 손목을 과감하게 접었다. 뭔가 부러지는 소리가 났다. 잘못 들었겠지. 선배가 쓰던 노트는 그대로 두었다. 어차피 누가 가져갈 물건도 아니었다. 그런데 누가 나를 봤으면 어쩌지.

"인마, 어디냐?"

"저, 심부름 왔습니다, 차장님."

"내가 어디냐고 물었지 뭐하냐고 물었냐? 소리는 왜 울려 인마."

"여, 연구실 앞입니다."

"끝나고 회사로 들어와 인마."

"이제 막 도착했는데, 끝나고 전화드리……."

"뺀질거리긴, 너 어디에 왜 갔는지 내가 다 알아. 잔말 말고 들어와."

회사에 돌아가니 박 차장은 없었다. 업무 지시도 없었다. 그래도 할 일이 쌓여 있고 박 차장도 남아 있는 것보다는 엿 한 번 먹는 편이 덜 피곤했다. 혹시 박 차장 야근이 있을까 싶어서 재빨리 퇴근했다.

방바닥에 선배를 펼쳐보니 목에 주름이 가긴 했지만 내 탓은 아닌 것처럼 보였다. 그래, 접기 전에도 봤던 주름 같았다. 책을 많이 봐서 그렇겠지. 손목의 선은, 너무 선명해서 내 탓 같았다. 커피포트에 물을 끓였다. 욕조? 모텔에라도 가야 하나? 한 사람이 들어가서 두 사람이 나오면 뭐라고 해명하지? 두 사람이 들어가서 한 사람만 나오는 것보단 낫다고 우길까? 이 방에 욕조를 두면 잠은 욕조에서 자면 되겠네. 세면대도 없고, 샤워 호스도 없는 화장실인데. 커피포트에 물을 끓여 분홍색 플라스틱통에 붓고, 또 끓이고, 또 부었다.

옆방에서 왕뚜껑 냄새가 났다. 저녁 먹어야지. 퇴근하면서 사 온 튀김우동 컵라면에 먼저 물을 부었다. 그리고 바닥에 수건을 깔고 선배를 펼쳤다. 발부터 머리까지 천천히 끓는 물을 부었다. 단골 편의점에 가서 전자레인지에 돌리는 편이 좋으려나. 전자레인지를 살 돈은 있는데 둘 공간이 없었다. 3분이 지났다. 라면과 선배가 동시에 부풀어 올랐다.

국물까지 다 마실 때쯤 선배는 완전히 불었다.

손가락으로 찔러보니 말랑말랑하기도 했다.

그런데 얼굴에 입이 없었다.

입은 쇼핑백 안에 떨어져 있었다. 건더기스프, 말린 어묵같이 생긴 입이.

차라리 쇼핑백 안에도 입이 없었으면 좋았을 텐데. 다 부푼 선배의 눈이 쇼핑백을 열어보는 나를 보고 있었다. 선배를 처음 발견했을 때부터 입은 없었다고, 모르는 일이라고 둘러댈 수 있을 텐데. 떨어진 입에 끓는 물을 부을 용기는 없었다. 선배의 유난히 긴 하관과 두꺼운 입술 탓이었다. 쇼핑백은 그만하면 충분히 컸다.

불어난 선배는 말을 할 수 없었다. 종이를 찾았지만 종이라고는 편의점 영수증도 보이지 않았다. 챙겨온 펭귄책의 마지막 장을 찢었다. 선배는 순천 장례식 때처럼 어쩔 줄 몰라 하며 허둥거리고 있었다. 선배 얼굴 위로 박 차장이 떠올랐다. 박 차장만 아니었으면, 바로 집에 돌아왔다면, 버스에서 몇 번이나 시달리지 않았다면.

[고]

"뭘, 고맙긴……. 근데, 어쩌다가?"

[몰]

"기억 나?"

[안]

입만 빠진 게 아닌 모양이었다. 슬쩍 선배의 귀를 봤는데, 다행히 귀는 둘 다 붙어 있었다. 손가락 발가락은? 하나쯤 없어도 되는 걸까? 이만하면 최선을 다했다고 먼저 선수를 쳐야 하는지, 입이 없는 선배 앞에서 그런 말을 해도 되는 것인지, 이게 다 부장 때문인지, 욕조도 없는 집에 살기 때문인지 헷갈렸다.

아니, 박 차장 때문이지. 아무래도 박 차장 때문일 수밖에 없다. 그렇게 기억해야겠다.

3

박 차장 얼굴을 떠올리며 벌떡 일어났을 때, 이미 반은 지각이었다. 코 고는 소리에 잠을 설쳤다. 차라리 입 대신 코가 떨어졌으면. 코가 없으면 비염에도 걸리지 않고, 대충 입이 없는 것보다는 낫지 않을까. 자는 선배 옆에 만 원을 두고 나왔다. 차라리 완전히 지각이었다면 포기해버릴 텐데, 애매하게도 부지런히 달려가면 적당히 잔소리만 듣고 어떻게 비벼댈 수 있는 시각이었다. 회사 앞에서 숨을 고르면서야 선배 생각이 잠깐 났고, 부장의 얼굴이 떠올랐고, 정말 부장의 얼굴이 눈앞에 있었다.

"선생님 건강하시지?"

"무사히, 잘 전달했습니다."

전화했던 일은 없었던 것마냥, 부장은 똑같은 말을 당연하다는 듯이 똑같이 물었다. 조금만 더 공과 사를 구분할 줄 안다면 퇴직을 덜 고민해도 되지 않을까, 공과 사를 구분할 줄 모르기 때문에 지금까지라도 버틸 수 있었던 것일까. 부장은 내 어깨를 툭툭 치고 씩 웃으며 지나갔다. 아무래도 영화가 사람들을 망치고 있다. 부장이 눈앞에서 사라지자, 부장이 쳤던 어깨를 다시 내 손으로 쳤다. 이렇게 하면 뭔가 털어지듯이. 누가 내 어깨를 치면 짜증이 났다. 언젠가는 꼭 돌려줘야지. 두 번 다시 팔을 못 쓰게, 확 부러뜨릴까.

어깨는 그렇고, 선배는 어쩌지.

입을 어떻게 붙이나. 입을 붙이기 위해 다시 말려봐야 하나. 사람이 이끼나 고사리도 아니고 말렸다 불려도 될까. 발견했기에 망정이지, 자칫 누가 밟거나 찢어지기라도 했으면 어쩔 뻔했나. 보존서고에 넘치는 게 곰팡이인데. 이만하면 다행, 그만하면 다행. 그런데 최악의 상황과 비교해서 어떻게든 불행을 합리화하는 나쁜 버릇이 든 것은 언제부터일까. 나쁜 버릇은 든 게 아니라 원래부터 갖고 있던 것은 아닐까. 부모님 책임 아니면 박 차장 책임이겠지? 아, 확 때려치워야 되는데. 이따 박 차장 오면 뭐라고 하지?

퇴사까지 고려하는 순간 점심시간이 되었다.

선배 밥은 어떻게 하지? 된장찌개와 김치찌개와 순두부찌개를 고민하다가 제일 덜 물리는 순두부를 시켰다. 멍하니 식당 텔레비전의 뉴스를 보며 밥을 먹었다. 낮에 틀어놓는 뉴스 채널과 시사평론가들을 보고 있으면 부장과 마주 앉아 밥 먹는 기분이 들었다. 첫 숟가락은 언제나 뜨거웠고, 입천장을 약간 데었고, 뉴스에 선배 소식 같은 것은 나오지 않았다. 공깃밥을 추가해 먹던 시절도 있었는데 이제 억지로 세 숟가락쯤 남기지 않으면 퇴근할 때까지 속이 더부룩했다. 계산대에서 박하사탕을 하나 까 입에 넣을 때 선배 생각이 났지만 방에 전화가 없으니 연락할 방법이 없었다.

애도 아니니까, 뭐.

밥 다 먹었으면 빨리 튀어오라는 메시지가 왔다.

"인마, 거기 말고. 그래, 예약 바꾸고 연락 돌려."

부장은 공식적인 회식만 했다. 그것도 1차만 마치면 칼같이 일어났다. 필라테스를 한다고 했다. 필라테스를 매일 할 것 같진 않고, 회식 날에만 필라테스 수업이 있을 리도 없고, 열심히 운동을 하는데도 배가 부풀 리 없으니, 부장이 자리에서 일어나자마자 쪼잔이라고 빈정거리는 박 차장 말에도 일리는 있었다.

부장은 회식비가 남아도 1차만 마치면 일어났다. 하나둘셋, 123이니까, 2차는 3차와 4차를 불러오게 마련이고, 회사 카드는 2차까지만 긁을 수 있었고, 3차는 사비를 털어야 했고, 그게 싫어서 아예 2차도 안 하는 거라고 윤 차장이 친절하게 짐작해줬다. 대신 부장은 1차를 비싼 곳으로 갔다. 남은 돈으로는 2차에서 맥주도 실컷 마시기 어려웠다. 1차를 잘 먹고 끝내는 부장의 방식을 선호하는 사람들도 있었지만, 문제는 박 차장과 윤 차장이 달리는 쌍두마차가 있는 한 반드시 2, 3차가 이어진다는 점이었다. 박 차장은 요령껏 1차에서 카드깡을 했고, 그 돈으로 마치 자기가 사는 것처럼 3차를 계산했다.

박 차장은 매사에 요령껏 부지런했다. 회식도 마찬가지였다. 기본이 5차라서 대리들끼리는 오차장이라고 불렀다. 박 차장은 왜 대리들 사이에서 지사에 있는 오 차장 이야기가 자주 언급되는지 궁금해했다. 박 차장은 다 건너 건너면 아는 사람들이라느니, 알아두면 좋은 사람들이라느니 하면서 협력업체 사람들도 곧잘 불렀다. 인사는 어색했지만 실제로 알아두면 좋은 사람도 있었으니 박 차장이 틀린 것도 아니었다. 부장이 잘리고 나면 박 차장과 윤 차장 중 하나가 승진할 텐데, 윤 차장보다 박 차장이 일을 잘한다는 점은 모두가 수긍했다.

"차장님, 저 오늘은 정말 들어가 봐야 합니다."

"왜 또? 부모님 오셨어?"

이번 달 알리바이 타순이 어떻게 되더라. 문상 핑계 순서인가?

"인마, 줘봐."

휴대전화 진동이 오는 순간, 박 차장이 빼앗듯이 휴대전화를 낚아챘다. 박 차장은 목을 왼쪽으로 까딱 꺾었다가 안경을 내리며 휴대전화를 내려봤다. 벌써 노안이 온 것인지, 저런 포즈를 좋아하는 것인지 내기를 걸어봐야겠다.

[늦?]

"뭐야, 이건, 또?"

"뭐긴 뭐야, 인마."

이상하다, 윤 차장은 분명히 저 끝에 앉아 있었는데, 언제 순간이동을 했지? 휴대전화는 다시 윤 차장 손에 있었다. 집에 가는 길에 소주 한 병 사서 꼭 액정을 닦아야겠다.

"실어증이네, 딱 실어증이야."

대충 둘러대기만 해도 윤 차장이 알아서 떠들었다. 저, 아는 사람이, 최근에, 충격적인, 까지만 말했는데, 윤 차장은 충격적인 일을 겪거나 뇌에 손상이 있으면 서술어를 말하는데 문제가 생긴다고, 다큐에서 본 적이 있는데 어느 방송사 창사 특집이었다고 했다. 윤 차장은 교묘하게 선배를 '이거'라고 말한 박 차장을 피도 눈물도 없는 인간으로 슬슬 몰고 갔다. 틀린 말도 아니고 거짓말도 아니었다. 어느새 신이 난 윤 차장은 힘내라고 내 어깨를 툭툭 치고 자기 자리로 돌아갔다. 대체 우리 회사 사람들은 왜 다들 어깨를 치지 못해 안달이지. 내 어깨가 쿠션처럼 생겼나. 윤 차장의 손가락은 어떻게 부러뜨릴까.

덕분에 2차에서 빠져나오긴 했지만 찜찜했다. 하지만 잠도 못 잤고, 5차까지 달리면 진심으로 죽을 것 같았다. 방문을 여는데 박 차장의 메시지가 왔다. *잘 들어가라.*

참, 선배는 무슨 수로 메시지를 보냈지?

"밥은?"

선배는 어떤 것도 부끄러워하지 않았다. 선배와 점심을 먹은 1학년이 술값도 내고 같이 보존서고에서 쓰러져 있어도 다들 그러려니 했다. 선배는 부, 부끄러움은 모두 자신에게 맡기라고 했다. 사, 상대평가에 항의하는 의미로 C와 D는 자신이 받겠다고 했다. C는 괜찮지만, D를 많이 받으면 학사경고의 위험이 있었다. 선배는 괜찮다고, 학점은 흥정의 대상이 아니라고, 조용히 연구실 앞에 가서 양반다리로 앉아 책을 읽었다. 연구실 앞 복도는 한여름에도 냉기가 도는 것으로 유명했는데, 선배는 보존서고와 별반 다를 게 없다고 했다. 교수나 조교가 오면 인사만 하고 책을 읽었다. 선배는 학사경고만 벗어날 수 있으면 욕심을 부리지 않았다. 교수들은 제발 선배가 다른 연구실을 먼저 찾아가기를 바라다가, 선배가 3학년쯤이었을 때는, 선배가 연구실 앞에 자리를 펴기만 하면 알아서 C를 줬다. 선배는 감사하다는 말도 하지 않았다. 학점이 흥정의 대상은 아니지만 시위의 대상은 되냐고 빈정거리는 동기도 있었다. 선배를 따라하는 학생들도 있었다. 교수들은 그 학생들은 신경쓰지 않았다. 다들 두 시간도 버티지 못했으니까.

그랬던 선배의 얼굴에, 밥 먹었냐고 물었더니, 홍조가 떠올랐다.

선배는 먹고 난 컵라면 용기를 쳐다봤다가 자신의 엉덩이를, 정확하게는 자신의 항문을 가리켰다. 팔도도시락은 깨끗하게 비워져 있었다. 항문을 움찔거리며 라면을 후루룩 먹었다고? 좌약과 비슷한 원리인가? 며칠이 지나자 방문 앞에는 먹고 난 컵라면 나무가 자라기 시작했다. 도시락, 왕뚜껑, 신라면, 신라면블랙, 짜파게티, 왕뚜껑, 불닭볶음면, 아무리 그래도 대체 불닭볶음면은 어떻게 먹었지?

4

협력업체 가는 길에 박 차장이 좋아하는 김치찌갯집이 보였다.

"저기 어떠세요?"

"인마, 김치 사장한테 리베이트 받냐? 이 동네만 오면 하여간. 어어어, 운전 좀 똑바로."

박 차장과 엘리베이터를 탈 때부터 멀미가 났다. 천천히 브레이크를 밟으며 웃는 얼굴로 박 차장을 바라봤다. 이 집은 줄 안 서면 다행인 곳인데. 김치찌갯집에서 리베이트를 떠올리는 박 차장의 비대한 상상력이 신기했다.

"하긴, 여기가 푸짐은 하지."

박 차장이 쪽쪽 빨던 숟가락을 냄비에 집어넣으면서 웃었다. 숟가락을 덜 빨았는지 밥풀이 붙어 있었다. 난 매운 음식은 안 먹는다. 뜨거운 음식도 좋아하지 않았다. 불친절한 사장도 싫었고 무뚝뚝한 아주머니들도 싫었고 밥을 먹는 건지 전쟁을 치르는 건지 헷갈리는 것도 싫었다. 두세 번 말해야 인심이라도 쓰는 양 앞접시를 가져다주는 것도 싫었고 앞접시가 있어도 덜어 먹지 않는 박 차장은 끔찍했다. 끔찍해서 찌개는 먹는 시늉만 하고 맨밥에 반찬 위주로 먹으니까, 그러니까 혼자서 라면사리까지, 2인분을 다 처먹는 박 차장에게 김치찌갯집은 늘 푸짐할 수밖에 없었다. 이따 퇴근할 때 김치찌개 맛 컵라면이나 사 가야지. 문득 휴일에 상사가 업무 지시하는 것을 금지하듯이 점심시간에 상사가 부하 직원과 밥 먹는 것도 막아야 하는 게 아닐까 싶었다. 제2의 김영란, 힘 좀 내주세요.

"인마, 왜 답 안 하냐?"

"무슨 답이요?"

"기껏 생각해줬더니. 잘 들어가라고."

띄어쓰기까지 하고 마침표까지 찍은 *잘 들어가라.*가 생각해준 거면, *고마워!*나 *건강해♥*는 프러포즈겠네. 박 차장에게도 배울 점은 있었다. 모두에게 모두 배울 점이 있다는 현실이 가끔 나를 무기력하게 했다. 차라리 배울 것도 없으면 자신 있게 욕할 수 있을 텐데. 박 차장의 넘치는 지랄감은 업계에서도 인정했다. 지랄감이 단지 지랄감일 때도 많았지만 아직까지는 그 지랄감이 박 차장을 끌고 다녔다.

아무래도 지랄감은 무서울 수밖에 없다.

화제를 바꿔보려고 선배 이야기를 꺼냈다. 벌써 난감했다. 같이 자는 것도 불편하고 화장실에서 큰일을 보는 것도 신경이 쓰였다. 그나마 매일 아침 쾌변 하는 것을 일생일대의 자랑으로 여겨왔는데 실패만 거듭하자 급격하게 삶의 질이 떨어졌다. 행복지수가 별것 아니었다. 선배의 어머님을 생각하면 쫓아낼 수도 없었다. 선배의 아버님 장례식장에서 본 어머님의 얼굴은, 슬프다거나 허망하다는 말로는 표현할 수 없고, 차라리 보존서고에서 선배를 발견했을 때 말라비틀어진 얼굴이 백만 배는 더 따뜻하게 보일 지경이었다.

"가족이냐?"

"네?"

"쓸데없는 걱정 말고 니 입에 들어가는 밥이나 제대로 챙겨 먹고, 고양이 키우며 살아. 너 고양이 좋아하지? 딱 고양이 좋아하게 생겼잖아."

"네, 그렇죠."

"뭐가 그렇죠야 인마. 저번에도 회사 앞에서 고양이 밥 주다가 부장한테 혼났잖아."

"밥이 아니라 간식이었는데요……."

"시끄럽고, 공짜로 줄 테니까 고양이 좀 가져가."

"공짜요? 아니, 고양이요?"

"딸 때문에 샀는데 밥도 못 먹겠다. 국에도 털이 둥둥 떠다녀 아우. 사료랑 그릇이랑 쓰던 거 그냥 다 줄게. 개 비싼 거야."

"따님은요?"

"도망쳤다고 하면 돼."

"따님이 도망을 쳐요?"

"자고로 사람은 개를 키워야 돼, 개를, 개. 충성심이 있잖아."

"차장님, 갑자기 개는 왜요?"

"이 나이 먹고 개 한 마리 내 맘대로 못 키운 게 억울해서. 분양샵도 봐뒀다."

주인이 잃어버렸거나 버린 동물을 누군가에게 연결해주는 앱이 있다. 잃어버린 동물보다 버린 동물이 더 많아 보였다. 유기해놓고 들어와서 보고 있는 주인도 있을까. 보고 있으면 시간이 금방 갔다. 출퇴근 시간에 주로 봤다. 고양이를 키울 자신은 없었다. 후원금도 정기적으로 보냈고, 가끔 소개팅이 잡히면 고양이 카페에 같이 놀러가기도 했지만, 막상 키우려니까 겁이 났다. 동물을 사고파는 것은 어색했다. 불쌍한 고양이를 거두는 게 어쩐지 옳은 일인 것 같았지만, 어딘가 문제가 있을 거라는 생각도 들었고, 무엇보다 누가 버린 고양이는 예쁘지 않았다.

못생긴 고양이는 싫었다.

아무리 박 차장이라도 다른 사람의 고양이를 키우는 건 어렵다고 하려고 했는데, 박 차장이 고양이 사진을 들이밀었다.

사람으로 치면 정우성이었다. 정우성 고양이는 나를 보며 피식 웃었다.

짜릿해, 늘 새로워, 고양이도 잘생긴 게 최고야.

박 차장의 말을, 아니 정우성 고양이의 명령을 거부할 수 없었다.

결심했다.

방은 좁아서, 정우성과 나와 선배가 함께 살 수는 없었다.

"뭐 했어?"

마스크를 쓰면 되잖아. 바이러스형 독감이라느니 신종 플루니 그런 건 일 년 내내 유행이잖아. 여름에도 마스크 쓰는 사람들 은근히 있다니까. 집 안에서도 마스크를 쓰고 있는 사람들도 있고. 밖에 나가도 아무도 선배를 이상하게 생각 안 해. 이상한 건 집 안에만 있는 거야. 답답하지 않아? 선배는 아무 말 없이 종이를 읽었다. 방에 있는 책이라고는 부장을 따라 산 자기계발서 몇 권이 전부였고, 선배는 자기계발서는 읽지 않았다. 대학교 때 교재로 썼던 인쇄물을 꺼내 보고 있었다. 전공 서적은 다 팔아치웠지만 제본된 것은 살 사람이 없었다. 막상 버리지도 못했고.

하여간, 주변에 있는 사람들은 하나같이 적당히를 모른다.

"어머님한테 연락은 드렸어?"

선배는 미동도 하지 않았다. 입이 없으니 표정을 읽기 어려웠다. 눈빛은 짧고 잘 보이지도 않았다. 씻고 잘 준비를 하는데도 선배는 그대로 앉아만 있었다. 내일 다시 이야기해야지, 하면서 잠이 들려는 순간, 선배의 어머님도 돌아가셨다는 말을 들었던 생각이 났다. 옆구리를 찔러대던, 선배 후배 동기들 연락을 부지런히 돌리는, 같이 밥 한번 먹자고 하는, 그 동기에게 받은 연락이겠지. 장례식을 간 기억은 나지 않았다. 부의금을 보냈던 것 같기도 하고 아닌 것 같기도 했다. 확실한 건, 단체 문자로, 선배 어머님의 부고를 받았던 적이 있었다.

벌떡 일어났다.

선배는 잠들어 있었다.

확실하게, 선배 아버님 장례식에는 갔다. 순천은 태어나서 처음 가봤다. 먼 곳까지 왔다고, 이때가 아니면 또 언제 오겠냐고, 마침 주말인데 잘되었다고 문상 갔던 동기들끼리 와온해변 앞 펜션에서 놀다 왔다. 석양은 걱정이 될 만큼 아름다웠다. 다시 올 수 있을까. 다시 오더라도 여전할까. 석양은 천천히 꿈틀대다가 어느 순간 바다 저편에서 침몰했다. 일몰은 끝났다. 바비큐 장작에 불이 붙었다는 펜션 주인의 연락을 받고 내려갔다. 다음 날, 우리는 라면을 끓여 먹고 각자의 차에 나눠 탔다. 펜션 주인에게는 시끄러웠고, 더럽혔으니, 미안하다고, 오만 원을 더 얹어주고 나왔다.

5

정우성은 잽싸게 숨을 곳을 찾았지만 워낙 좁은 방이라 도망갈 곳이 없었다. 정우성은 전기밥솥 뒤에 숨어 있다가 곧 당당하게 이불 위에 자리를 잡았다. 정우성의 미모 때문에 초라한 방이 더 초라해 보였다.

선배는 정우성을 좋아했다. 정우성은 하악질을 하며 선배를 경계했다. 사흘 후, 퇴근해서 보니 선배의 왼쪽 귀가 떨어져 나갔다. 떨어진 왼쪽 귀는 선배의 입술처럼 말라 있었다. 일주일 후, 선배의 왼쪽 새끼손가락도 떨어져 있었다. 선배는 왼쪽 새끼손가락을 들고 구석에 쪼그리고 앉아 있었다.

고양이도 코를 골았다. 불쌍한 정우성. 좁은 방이라 스트레스를 받는구나. 뿜뿜, 좁은 방 안에는 정우성의 털이 만들어낸 눈이 하루 종일 내렸다. 고양이는 냄새가 안 난다는 말도 어느 정도 공간이 있을 때의 이야기였다.

"혼자, 그래, 잘하네."

선배는 헤어드라이어를 들고 쪼그리고 앉았다.

집에 있는 모든 컵라면을 치우고, 햇반도 치우고, 냉장고도 비웠다. 생수도 사다 두지 않았다. 대책이 필요했다. 정우성이 선배를 다 잘라낼 때까지 내버려둘 수는 없었으니까. 회식을 마치고 집에 와서는 헤어드라이어로 선배를 말렸다. 헤어드라이어가 돌아갈 때면 정우성은 심기 불편한 얼굴로 하악거렸다. 말 못하는 정우성에게 조심하라고 할 수는 없었다.

산산조각 나면 어렵겠지만, 선배는 이끼처럼 말랐다가 살아날 수 있을 것이다. 빨리 말리는 편이 선배를 돕는 길이었다. 조각난 선배의 신체 부위는 잘 말려서 정우성이 열 수 없는 서랍 속에 넣어두었다. 선배를 말릴 때면 퀴퀴한 풀이나 먼지 냄새 같은, 어떤 사람에게는 그럭저럭 기분 좋게 느껴질 수도 있는 종류의 냄새가 났다. 덕분에 정우성의 똥냄새를 잠깐 잊을 수 있었다. 헤어드라이어를 흔들면 정우성의 털도 같이 날렸다.

불리는 일은 쉬웠지만 말리는 것은 어려웠다. 야근을 하고 오면 화장실도 치우기 힘들었다. 정우성은 화장실이 깨끗하지 않으면 이불 위에 볼일을 봤다. 이불 위에 볼일을 보고도 나를 보면 먼저 화를 냈다. 그런데 선배는 그동안 볼일을 어디로 봤지? 에이, 우성이 화장실이나 깨끗하게 치우자. 선배를 말리다가 깜빡 조는 날도 있었다. 하루 휴가를 내서라도 선배를 빨리 말리고 싶었지만, 요즘 부장의 심기는 유난히 불편했다. 부장은 나만 보면 코를 쥐고 지나갔다.

선배는 천천히 말라갔다.

선배가 말라가면서 컵라면 나무는 더이상 자라지 않았고, 정우성이 올라갔다가 모조리 무너졌다. 퇴근했더니 바닥에 컵라면 용기가 뒹굴고 있었다. 컵라면 나무를 밑둥까지 벌목해서 내다 버리고, 대신 튼튼한 캣타워를 샀다. 정우성은 흡족하게, 방에서 제일 높은 곳에 자리 잡았다.

부장은 노란 봉투를 받고도 나를 불러 선물 심부름을 보냈다. 마지막 선물의 정성과 액수는, 김영란이라 할지라도 감탄이 나올 수밖에 없을 것이다. 부담은 느끼지 않으면서도 충분히 흡족할 수 있는, 존경과 신뢰와 정성이 진심으로 묻어나는 그런 선물이었다.

"어쩐지 자주 보네. 부장은 잘 있나?"

퇴직 이야기를 해야 하나. 괜히 안 하던 짓 하지 말자. 선물을 전달하면서 부장의 송별회가 있다고 하는 것도 이상했다.

시킨 일만 하자.

"네, 교수님."

"부장에게는 조만간 내가 좀 보잔다고 전하고."

선물을 두고 쇼핑백만 손에 들고 나왔다. 휴대전화는 어디다 쓰는지, 만나자는 약속을 굳이 내가 전해야 하는 이유를 모르겠다. 공손히 연구실 문을 닫고 보존서고로 향했다. 서류 가방에 손을 넣어보니 잘 말린 선배가 손에 잡혔다. 너무 말렸나? 그래도 은근한 탄성이 남아 있었다.

보존서고도 여전했다. 미세먼지는 보존서고에서도 예외가 아니었다. 환풍기는 여전히 돌돌거렸다. 한 시간을 앉아 있어도 아무도 오지 않았다. 조심스럽게 말린 선배를, 마치 서서 책을 읽는 것처럼 벽에 세워뒀다. 펭귄이 그려진 까만 책도 쓰러지지 않게 배치하고 회사로 돌아갔다. 송별회 준비를 해야 했다.

송별회는 여느 회식과 다르지 않았다. 부장은 1차를 마치자마자 일어섰다.

"필라테스 선생님이 마지막 수업을 하는 날이라서. 먼저 일어나겠습니다."

누군가가 그동안 고생 많으셨습니다라는 인사를 해야 할 것 같았는데, 아무도 입을 열지 않았다. 박 차장이 해야 할 말이었고, 박 차장이 아니면 윤 차장이 해야 할 말이었다. 둘 다

하지 않으니 아무도 하지 못했다. 어쩐지 부장의 어깨라도 쳐주고 싶었다. 박 차장은 부장을 배웅하러 나갔다. 돌아온 박 차장은 곧 지랄감을 되찾고 떠들었다. 윤 차장도 깐죽거렸다. 부장은 확실하게 자리를 정리하기 위해 하루는 더 출근할 것이다. 한꺼번에 몰아서 열리는 퇴직 기념식도 남았다. 공로패는 인사팀에서 만들 것이니 우리는 좋은 난초나 하나 사자는 말이 나왔다.

"안 타십니까?"

"먼저 들어가. 참, 밥 잘 먹냐? 똥도 잘 싸고?"

"자꾸 살쪄서 걱정인데, 그래도 요즘 아침마다 쾌변입니다. 새로 나온 요구르트가 좋던데요."

"고양이도 요구르트를 먹나? 개는 환장하던데. 여튼, 너도 이제 잘 좀 하자."

박 차장과 윤 차장이 사라졌다. 선배는 밤을 잘 보내려나. 다음에는 누가 물을 부어주려나.

부디 다음번에는 입도 잘 붙기를.

부장이 없으니 모교에 갈 일이 사라졌다. 대대적인 인사이동이 있었다. 박 차장이 승진한다는 공고가 붙은 지 열흘도 지나지 않아서 윤 차장에게 노란 봉투가 도착했다. 차장급에 내려온 첫 노란 봉투였고, 앞으로는 과장급도 안심할 수 없다고 했다. 우리 팀은 절반으로 줄었다. 절반으로 줄어드는 사이에, 나는 소원하던 과장을 달았다. 박 부장은 승진 턱을 냈고, 사람이 달라진 척을 했다. 인사발령이 나던 그날 바로 인마인마 하던 말버릇을 고쳤다. 반말도 함부로 하지 않았다.

박 부장은 2차가 끝나자 미소를 지으며 먼저 갔다. 나는 모처럼 4차까지 달렸다. 3차까지는 드문드문 기억이 나는데……. 4차는 영수증이 말해줬다. 왜 고등어구이를 먹으러 갔을까. 숙취해소 음료를 두 개나 들이부어도 어지럽고 입에서 술 냄새가 났다. 반차를 쓰고 싶었다.

"잘했어요."

오전 미팅을 끝내기 직전 박 부장의 존댓말 칭찬을 듣자 미식거리던 속이 화답하기 시작했다. 목 끝까지 쓴물이 차올랐다. 간신히 삼키고 박 부장에게 고개를 숙였다. 자리로 돌아왔는데 박 부장의 메시지가 와 있었다. *잘 좀 하자고 했지?*

다행히 외근이 잡혀 있었다. 어제 4차까지 따라온 인턴을 끌고 김치찌갯집으로 갔다. 주문할 때 앞접시를 두 번 강조했다. 주인은 앞접시를 4개나 쌓아두고 가버렸다. 끓는 김치찌개 위로 패딩에 붙어 있던 정우성의 털이 떨어졌다. 라면사리를 뚝뚝 부러뜨려 넣고 국자로 눌러줬다. 인턴이 어색하게 입을 열었다.

"저어, 과장님, 고양이 키우신다고 들었습니다."

"미안, 털 날리지?"

"아닙니다, 저도 고양이 엄청 좋아해서요. 키운 지 얼마나 되셨어요?"

앞접시에 김치찌개를 듬뿍, 두부와 고기를 잘 골라서 떠 줬다. 다른 앞접시에 라면까지 듬뿍 덜어서 건넸다. 인턴은 황송하다는 듯이 앞접시를 받아들다가 조금 쏟았다. 쯧쯧, 이거 하나 제대로 못 받는 걸 보니 알 만하다. 휴대전화에 정우성 사진을 띄운 다음, 최대한 선량한 미소를 지으며 따뜻한 목소리로 인턴에게 넌지시 말했다.

"아냐 아냐, 잠깐 임시 보호하고 있는 거야. 너 고양이 키울래? 사료랑 그릇이랑 쓰던 거 다 그냥 줄게. 걔 품종 있는 비싼 거야. 얼마나 잘생겼다고."

공공의 이익

갈수록 하찮아지는 단어가 있다. 신진대사의 갈색 결과물처럼. 모두 매일 똥을 누지만 아무도 똥을 밥처럼 말하지 않는다. 똥은 끊임없이 달리 표현되어야만 하는 신탁을 받았다.

18세기 영국에서는 가발에 가루를 뿌리는 유행이 있었다. 자신의 집안이 고귀하다고 믿는 영국인들은 침실에 파우더 클라짓powder closet, 化粧房을 두었다. 이곳에서 귀족들은 가발에 파우더를 뿌리고 손을 씻었다. 변소가 진짜 화장실化粧室이었던, 윌리엄William이나 조지George스러운 시대였다. 관점에 따라 변소의 신분 하락보다 화장실의 신분 상승으로 볼 수도 있겠다.

감옥도 마찬가지다. 융희隆熙 원년(1907), 감옥서를 감옥으로 고쳐 부르기 시작했다. 감옥은 다시 형무소로 바뀌었다가 지금은 교도소가 되었다. 교도소라는 표현도 얼마나 더 오래 살아남을지 모르겠다. 어떻게 불러도 비루한 것은 비루하다. 바꿔 불러도 나아질 리 없지만 바꿔야 하는 것들이 있다. 사람들도 껍데기가 바뀐다고 싫어하지 않았다. 식사 도중 "변소 다녀올게" 대신 "잠깐 실례" 쪽이 더 예의 있는 사람이 아닌가. 물론 나는 입 닫치고 조용히 다녀오는 사람이 더 좋다. 초코파이가 그랬잖나.

"말하지 않아도 알아요."

거짓말이다. 말하지 않으면 잊힌다. 훈련소에서는 초코파이 하나에 종교를 바꾸게 되지만, 그렇다고 초코파이를 너무 믿진 말자. 이번에는 취체에 대해 말해보자. 1961년 5월 23일 치안국은 "전국적으로 양담배 취체를 개시한다"고 선포했다. 양담배를 사고파는 것은 물론, 피우는 사람까지 구속할 수 있노라고. 취체는 지금의 단속인데, 군부정권의 취체가 조금만 더 상식적이었다면 취체는 단속에게 자리를 내주지 않았을지도 모른다. 취체의 입장에서는 군부정권의 무자비한 취체가 원망스러울 뿐이다. 아니다. 취체나 단속은 본질적으로 누군가를 기분 나쁘게 할 수밖에 없다. 단속도 머지않아 버려질 것이다.

*

서설이 길었다. 자, 공익(1995~2011)의 역사를 여기 남겨보자. 공익근무요원公益勤務要員을 줄여 공익이라 부르는데, 영어로 옮기면 퍼블릭 베네핏public benefit쯤 될 것 같다. 아무리 검색해도 정확하게 대응되는 번역어가 나오지 않는 것으로 짐작건대 영국이나 미국에는 공익이 없나 보다.

단어의 뜻을 풀이하면 공익근무요원은 공공의 이익을 위해 일하는 사람들이니 좋은 뜻으로 사용될 것 같지만, 사실 변소 같은 단어다. "저……. 사실……. 공……익 나왔어요……"에서 비실비실한 말줄임표를 보라. 이런 운명 따위 없을 것 같은 공익에게 운명이라는 것이 있다면, 만약 있다고 치면, 그것은 줄기찬 수난이다.

수난의 역사를 살펴보자.

공익의 기록을 앞뒤로 쫓다 보면 방위의 흔적(1969~1994)과 사회복무요원(2012~현재)의 현실이 보인다. 26년의 유구한 역사를 자랑하는 방위병과 17년의 역사를 가진 공익은 우선 보충역에 속했다.

여기서 두 가지 학설이 부딪혔다. 다수설은 사회복무요원이나 공익이나 방위나 모두 현역 입영 판정을 받은 게 아니므로 신체 급수를 중심으로 공익의 족보를 짰다. 반면 방위는 군복을 입고 동사무소에서 근무했으니 상근예비역常勤豫備役의 전

신으로 보는 게 마땅하다는 주장도 있었다. 방위의 후계는 상근이 잇고, 공익은 어디까지나 새로 신설된 제도라는 것인데, 모 프로 야구단의 계승 논란을 떠올리게 한다. 단절론斷絕論은 주로 방위 출신 사학자들이 옹호했다. 방위들은 방위들 나름대로 공익과 엮이고 싶지 않았던 것이다.

"방위는 동사무소에서 근무하지만 공익은 동사무소 외에도 여러 곳에 나누어져 있소. 지금도 동사무소에 근무하는 상근이 있는데, 어찌 감히 공익을 방위의 직계로 볼 수 있겠는가? 의복 체계로 봐도 마찬가지지. 공익은 대체로 정해진 복장이 없거나 군郡이나 시市 그림이 들어간 근무복을 입는데 방위와 상근에게는 군복이 지급되잖소?"

"하지만 통계적으로 볼 때 방위병과 공익근무요원의 비율은 밀접한 관계가 있습니다. 방위병 숫자만큼 공익이 존재하고, 상근은 신체 급수 3급에 현역병인데 반해, 공익과 방위는 엄연히 보충역이었다는 현실을 고려해야 되지 않을까요?"

물론 이런 문제는 방위나 공익 출신들에게나 중요할 뿐이다. 그게 그거지 별것도 아닌데 뭐가 어때서?라고 묻는다면 역사를 잊은 민족에게 미래는 없다는 말로 받아치겠다. 하긴, 그래봐야 공익 따위에 누가 관심을 갖겠냐는 사람도, 그래서 공익과 미래가 무슨 상관이냐고 한숨 쉬는 아저씨도 있었다.

"저, 뜻은 알겠는데, 아무래도 공익은 이야깃감이 아니잖아요."

젠장, 무슨 횟감도 아니고, 어디 타고난 이야깃감이 따로 있나?

*

공익은 선후배도 없었다. 한번 해병대는 영원한 해병대라는 말도 해병대쯤 될 때 붙일 수 있다. 사실 영원한 것으로만 따지면 공익이 해병대보다 윗길이다. 예비군 훈련 때 해병대는 출신을 숨길 수 있지만(전투복만 친구한테 빌려 입으면 아무도 해병대인 줄 알아볼 수 없다), 공익은 표가 났다(누가 봐도 빌려 입은 티가 났다. 총 쏘는 법도 헷갈린다). 해병대가 육군 나왔다고 둘러대면 사연이 있는 일이지만(이가 갈리는 군 생활이니까), 공익이 현역인 척하는 것은 학력 위조보다 더 심각한, 조리돌림을 당할 일이었다(어딜 감히!). 장관 청문회에서 '까보니까 공익'이라면 학력 위조나 위장 전입보다 열 배는 더 국회의원들의 지탄을 받을 거다. 환생을 하면 모를까, 한번 공익은 죽어도 공익이고, 살아생전에는 꼬리표가 떨어지지 않았다. 다시 태어나도 "참, 너 전생에 공익이었다며?" 하고 물을지도 모르겠다.

해병대 말이 나왔으니 말인데, 해병대를 다룬 영화에는 〈해안선〉이 있다. 〈돌아오지 않는 해병〉도 있고 〈대한민국 1%〉도 있다. 게다가 〈해안선〉의 감독은 김기덕이다. 김기덕을 싫어하건 좋아하건 간에 어쨌든 김기덕은 김기덕이다. 공익이 나오는 영화도 있다. 1997년 작 〈마지막 방위〉는 김태규 감독이 만들었다. '필리핀 현지의 어느 지방에서 한국인 근로자 20여 명이 게릴라들에게 납치되는 사건이 발생한다. 게릴라들이 엄청난 몸값을 요구하자 우리 군부대에서는 황급히 5명의 특수부대 요원을 차출하고, 어느 해커의 장난으로 방위들이 필리핀 오지에 파견된다'는 네이버 주요 정보에 따르면 확실한 코믹물인데, 사실 김태규 감독은 2002년 작 〈긴급조치 19호〉로 더 유명하다.

"살면서 제일 억울한 이야기하는 사람은 오늘 술값 면제, 콜?"

"〈긴급조치 19호〉 영화관에서 봤다."

"인정한다. 넌 술값 영원히 내지 마."

대한민국 가수들을 노래금지법 위반으로 체포하는 내용의 〈긴급조치 19호〉를 지금쯤 개봉했으면, 정치적 암시를 담은 진보적 영화로 기억될 수 있겠지만 나도 10분쯤 보다가 자는 바람에 무슨 영화인지 제대로 기억도 안 난다. 홍경민 김장훈 공효진 노주현 주영훈 김성경 김진 신화의 앤디 전진 이민우 베이비복스의 간미연 윤은혜 그러고 보니 윤은혜라니, 핑클의 성유리 와, 성유리! 옥주현 이진 이효리 아, 이효리……. 정려원 신지 강타 김흥국, 김흥국 아저씨는 축구나 하지, 지금은 월드스타 싸이까지 출연한, 시대를 앞서 나간 초특급 블록버스

터여야 마땅한 영화였는데, 망했다. 그냥 망한 게 아니라 한국 영화사에 한 획을 두껍게 긋고 망했다. 얼마나 그 선이 두꺼웠는지 충무로의 다른 제작사나 영화들까지 선 아래 매장당해 버렸다. 김태규 감독의 다른 영화가 〈마지막 방위〉다. 즉, 김기덕만큼 대외적으로 유명하지는 않아도 그저 무명 감독이 만든 것은 아니란 말이다.

〈마지막 방위〉 출연진도 〈긴급조치 19호〉 못지않게 화려하다. 김민종과 허준호가 주연이며 독고영재도 나왔고 카메오로 명계남도 나왔다. 〈마지막 방위〉를 아는 사람을 여럿 봤으니 심하게 말아먹지는 않았던 모양이다.

초등학교 일 학년 때, 아버지가 보고 싶다는 〈마지막 방위〉와, 심부름값으로 〈후뢰시맨[1]〉 비디오테이프를 빌려 오다가 광조 형을 만났다. 형은 초창기 공익근무요원이었다. 어쩐지 착잡한 표정이었던 형은 나를 보고 웃으며 무슨 재미있는 비디오를 빌려 가냐고 물었다. 나는 해맑게 비디오테이프를 흔들며 대답했다.

"마지막 똥방위요!"

고해성사를 하자면 그때 나는 방위가 뭔지 알면서 일부러

---

1) '플래쉬맨'이 잘못 알려진 것으로 빨간 쫄쫄이, 파란 쫄쫄이 등 여러 쫄쫄이를 입은 사람들이 외계인과 맞서 싸워 지구를 지킨다. 쫄쫄이가 근무복인 셈이다.

그랬다. 우리 아버지도, 말 많은 이발소 아저씨도 형을 똥방위라고 불렀다. 그냥, 별 이유 없이, 지나가는 형에게 차렷! 하고 고함치고 낄낄거리는 아저씨들도 많았다. 다들 똥방위라고 했으니까 그래도 되는 줄 알았다. 내가 똥방위가 될 줄 알았다면 그런 농담은 안 했을 텐데, 그땐 몰랐다.

광조 형은 착한 사람이었다. 지하 단칸방에 혼자 살면서도 예의 바르고 인사성 밝고 얼굴 훤한 청년이라는 칭찬이 자자했다. 형은 화를 내기는커녕 재미있게 보라고 파이팅까지 외쳐주고 갔다. 비디오를 보면서 쓸데없이 힘을 낼 필요는 없을 텐데, 세상에 힘을 낼 일이 그렇게도 없나. 나는 "후뢰쉬! 후뢰쉬! 우리에겐 적이 없다, 지구방위대 승리의 후뢰시맨!" 노래를 부르며 형과 헤어졌다.

철모르는 시절이었다. 부디 내 죄를 사해주길 바란다. 아, 후뢰시맨도 지구방위대였으니, 일종의 방위였다.

*

어떻게든 변명을 달아야 했다. 뭐라고 변명을 달아도 태생이 변명이지만. 변명을 옹호하는 사람과 그럴 필요가 없는 사람들이 한자리에 앉았다. 옹호는 힘겨웠고 쓸데없는 오해를 사기 일쑤였다. 술자리에서는 어떻게든 군대 이야기가 나왔다. 왜 공익이냐는 질문에 나는 "눈이 나빠서"라고 대답했다. 대부분 안경을 쓰거나, 콘택트렌즈를 꼈거나, 멀쩡해 보이지만 이미 라식이나 라섹 수술을 받았으므로, 눈 나쁜 사람에 대한 편견은 아무도 없었다. 실제로 눈이 심하게 나쁘면 공익이라 다들 끄덕거리고 넘어갔다. 모두가 가진 불편함에 대해서는 서로가 너그러웠다. 지금이라도 핑계의 본질을 깨달은 공익 출신이 있다면 무조건 눈이라고 우겨라.

꼬치꼬치 묻는 사람도 있었지만 비장脾臟이 나빠 공익이라고 털어놓지 않았다. 나는 비장이 다른 사람들보다 조금 컸지만 그 점을 비장悲壯하게 생각하지는 않았다. 비장절제수술을 받은 적도 없다. 복부초음파 검사에서 비장이 13cm를 초과하면 공익이었다. 스무 살 때 신체 급수 심판대 위에 올라섰을 때는 조금 비장한 기분이었는데, 4급이라고 뜨자 나도 모르게 고함을 질렀다.

나도 처음에는 멋모르고 비장을 운운했다.

"저, 그러니까…… 네이버가 더 잘 알아요. 네이버에 없는 건 몰라도 된다고 하잖아요, 하하하."

"에이 귀찮게. 그냥 말해. 무슨 자랑도 아닌데."

비장은 꼭 필요한 장기臟器지만 설명을 요구하는 사람들 앞에서 나는 마치 "네 죄를 네가 알렷다!" "네이 사또. 소인 비장의 죄는……" 하는 기분이었다. 비장에 대한 전문가가 되어야 했다. 그런데 막상 공부해서 설명하면 관심 있게 듣는 사람도 없었다. 자신의 비장이 멀쩡하고, 한국 성인 남성 사망 원인 일순위는 뭐니 뭐니 해도 암이니까, 비장은 폐암, 위암, 간암도 아니고, 아무도 듣지 않는 이야기를 나 혼자 진지하게 떠들고 있었다. 말하는 도중 머쓱해지는 일을 반복하다 보니 나도 비장을 잊어버렸다. 사실, 나도 비장에 대해 막연히 외우기만 했지 이해하고 있지도 않았다.

*

방위를 향한 해묵은 농담이 있다. 처음에는 3번까지 있었는데, 계속 업데이트가 되는 모양인지 하나 더 붙었다. 지역과 정치 성향과 종교에 따라 약간의 차이는 있지만 대체로 아래와 같다. 방위에 대한 공통된 인식을 보면 남북통일도 가능해 보인다. 북한에 방위가 있다면, 아무래도 남한보다 조금 더 불쌍하겠지.

―방위와 바퀴벌레의 공통점―

1. 아침이면 없어졌다 저녁이면 나타난다.
2. 죽여도 죽여도 자꾸만 나온다.
3. 여자들이 싫어한다.
4. 멀리서도 서로를 느낀다.

농담이 아니라 악담이다. 사라지지 않는 악담이야말로 바퀴벌레다. 1번은 나도 웃을 수 있다. 어떤 판본에는 '밤이 되면 스멀스멀 기어나온다'라고 되어 있는데 여전히 관대하게 웃을 수 있다. 그런데 2번쯤 되면 마냥 웃기 어렵다. 3번에 이르면 이 농담을 만들고 업데이트하는 인간은 분명 방위에게 여자친구를 빼앗겼다는 것을 알 수 있다. 대부분의 여자들은 군대에 관심이 없다. 남자친구가 전방에서 근무했건, 남편이 해병대 출신이건, 김 대리가 사실 북파공작원이건 간에, 그냥, 관심이 없다. 대충이나마 구분하고 방위에 대해 조금 아는 여자는 가족 중 방위가 있는 경우다. 로션과 에센스를 구분할 줄 아는 남자가 드물 듯이, 메이크업베이스와 파운데이션과 비비크림의 차이를 이해하는 남자가 희귀하듯이. 이건 남녀의 문제가 아니라 생활과 필요의 문제다. 오해 없기를 바란다.

4번 항목은 오랫동안 눈길을 머무르게 만든다. 방위가 아니면 알 수 없는, 오직 몸으로만 느낄 수 있는 것인데 어떻게? 어쩌면 방위 중에 배신자가 있는 것일지도 모른다. 자신을 팔아 타인들의 웃음에 끼려는 인간도 있으니까.

대한민국에 방위는 많다. 군대는 필요한 만큼만 필요한 곳이다. 더 많아서도 안 되고 더 없어서도 안 된다. 신검을 받은 병역 자원(사람을 두고 '자원'이라니!)이 많으면 그만큼 방위 판정을 받는 사람이 많아지고 동사무소는 할 일이 부족한 방위로 바글바글해진다. 베이비붐 세대는 대학 입학도 힘들고 취직도 힘들지만 군대만큼은 어느 정도 혜택을 받은 셈이다. 하긴, 그것도 방위를 받은 사람 입장이긴 하다. 요즘은 현역 자원이(그러니까, '자원'이라니!) 줄어 방위 판정 받기가 힘들다지만 내가 신검을 받던 무렵에는 방위로 많이 빠졌다. 신검 대상자의 10퍼센트 정도가 방위였으니 전국적으로 총 8만 명의 방위가 있었다. 8만이라니, 우리나라 화폐 단위의 인플레가 심해서 그렇지 직접 쓰면 0이 4개나 붙는 큰 숫자다. 80,000명쯤 되다 보면 현역병의 여자친구를 가로채는 방위도 1,000명은 있을 수밖에 없다. 방위도 사람이니까, 사람이 많다 보니 일어나는 일이다.

8만 명이나 되는 방위에 대한 심도 있는 이야기로 2012년 곽경택 감독의 〈미운 오리 새끼〉가 있다. 영화 〈친구〉를 만든 감독이다. 주인공은 고문후유증을 앓고 있는 아버지를 둔 영창에서 근무하는 6개월 방위인데, 현역병들에게 무시당하고, 뺑뺑이를 돌고, 맞다가, 수감자들을 죽도록 패는 인간으로 변해버리는 미운 방위 새끼다. 언제든지 피해자와 가해자의 위치가 뒤바뀔 수 있다는 것을 보여주는데 흥행하진 못했다. 제목에 '방위'가 들어가지 않으니 이 영화가 방위에 대한 영화라는 것을 아는 사람들도 드물었다. 〈미운 오리 새끼〉라는 제목만 보고 동화 같은 영화인 줄 알았는지, 여자아이 둘을 데리고 왔던 아줌마가 상영 도중 경악하며 아이들을 질질 끌고 나가기도 했다. "엄마, 저 아저씨는 왜 하루 종일 자꾸 맞기만 해?"

방위에 대한 영화는 드물고, 방위를 소재로 한 소설이 있다는 말도 들어보지 못했다. 누적된 숫자로는 몇 백만 명이 넘는 방위 출신들이 있는데. 어느 시처럼 모두가 방위였지만 아무도 방위이지 않았다.

*

방위에서 공익으로 제도가 달라졌다. 신문은 가끔 공익들에 대한 기사를 냈다. 근무 불량에 대해 지적이 많았다. 비판하는 댓글이 따라 달렸다. 어쩌다 공익이 취객을 구하거나 훈훈한 기사가 나더라도 그 밑에는 악성 댓글이 달렸다. 공익이니까 당연히 해야 할 일을 한 것인데, 편한 줄 알아야 한다고 했다.

8만 명이나 되는 공익은 처치 곤란이었다. 공익에게도 밥과 차비를 지급해야 했다. 성실하게 공공의 이익을 위해 제 한 몸 불사르겠다는 충성스러운 공익도 있기야 했겠지만, 본 적은 없다. 나부터도 어떻게든 무사히 때울 생각이었다. 문제는 이런 8만 명을 각자 다뤄야 하는 기관들이었다.

공익에게는 기관이 선뜻 반기기 힘든 사유가 하나씩 있었다. 몸이 불편하건, 18개월 미만의 실형을 살았건, 학력이 미달이건 간에 일을 시켜야 하는데, 기관에서는 어떤 일을 어떻게 시켜야 하는지 몰랐다. 문신 있는 130킬로그램짜리 덩치는 왜 출퇴근하면서 잭나이프를 들고 다니는 거야? 공무원들 입장에서는 한두 명의 공익을 써먹기 위해 신경써야 할 일들이 더 많았다. 그렇게 어슬렁거리다가 소집 해제가 되는 공익도 있었다. 계륵 같은 공익을 대충 방치해두거나, 신경쓴 본전을 뽑기 위해 악착같이 부려먹었다. 공익 서너 명을 위해 공무원 하나가 매달리는 곳도 있었다.

이런 상황에서 청원경찰 강 반장은 대단한 시스템을 만들어냈다.

'강 반장'은 타이핑도 어렵지만 발음은 더 어렵다. 간반장, 간방장, 강방장, 강빵장……. 간장공장콩장장 같은 사람이었다. 강 반장은 간장같이 검은 속내를 담고 다녔다. 속내는 검고, 짜고, 진하고, 쿰쿰한 냄새가 났다.

한국은 산이 많고, 산이 많으니 시군구마다 산림과가 있고, 산림과에는 공익이 많았다. 강 반장은 자청해서 다루기 껄끄러운 공익들을 대덕산으로 받아 왔다. 그리고 공익에게 군복을 입히고 군화를 신겼다. 산을 뛰어다니고 산불을 끄는 데 군복만 한 것이 없다고 했다. 괜히 고대 왕들이 율령을 반포하고 복식을 제정한 일이 한국사 교과서에 나오는 게 아니었다. 군복을 입힌 뒤에는 고참과 후임을 만들었다. 병장 공익, 일병 공익이 생겼다. 물론 비공식적으로(훈련소 기간만 군인 신분으로 인정하기 때문에, 모든 공익은 원칙적으로 이병이다). 처음부터 고참이 되어버린 공익들은 후임 공익들에게 뭐든 시키면 되니까 기뻐하며 후임들을 굴렸다. 먼저 자리잡은 고참은 다수고, 새로 배치받은 후임은 소수였다. 고참은 후임들이 말을 잘 들을 수밖에 없는 분위기를 만드는 데 하루를 보냈다. 다섯 명의 새로 온 후임 공익들은, A는 B가 구르니까 구르고, B는 그냥 굴러야 할 것 같으니까 구르고, C는 영문도 모르고 구르고, D는 E를 보며 구르고, E는 A와 함께 구르면서, ABCDE 모두 구르니까 안심하고 굴렀다. ABCDE가 사이좋게 한 묶음으로 구르다 보면 퇴근 시간이었다.

"기관 변경은 안 됩니다. 바꾸려면 이사를 가세요. 기관 이전을 목적으로 주소만 옮겨놓으면 불법인 거 알죠? 걸리면 다시 원래 기관으로 돌아와야 합니다. 혼자 옮기는 것도 안 되고, 세대 전체가 옮겨야 됩니다. 이봐요. 지금 전방에 있는 군인들은 얼마나 쌩고생을 하는데 공익 주제에 그깟 걸로 전화하면 부끄럽지도 않습니까? 난 강원도 철원 백골부대에 있었어요. 거긴 여름에도 추워서 반바지를 못 입는다고. 편하게 군대 때우면서 무슨 말이 그렇게 많은지, 원. 현역 군인들이 들으면 욕해요 욕해. 그러니까 방위가 욕먹는 거야. 집에서 뜨신 밥 먹고 출퇴근하면서, 어쨌든 군대 대신 간 거고, 군대보다는 편한 거 맞잖아? 그런데 뭐가 문제야 대체. 구타요? 요즘 군대도 구타가 없느니 어쩌고 해도 다 때리고 맞아. 원래 다 그런 거야. 비둘기? 비둘기가 어쨌다고?"

항의하는 공익들도 있었다. 한두 공익들의 항의를 받아주면 다른 공익들의 말도 들어줘야 했고, 다른 기관에서는 옮겨온 공익을 반기지 않았다. 강 반장은 문제 있는 공익들을 싹 쓸어 갔다. 말 잘 듣고 상태가 좋아 보이는 공익들은 다른 기관으로 갔고, 문제가 있을지도 모르는 공익들을 우선적으로 강 반장에게 보냈다. 기관도, 병무청도, 강 반장도 좋았다.

강 반장 밑에는 전과 때문에 공익 판정을 받은 숫자 못지않게 집안 사정이 어려워서 공익으로 온 경우도 많았다. 가난해도 공익이었으니까. 강 반장은 항의해줄 가족이 없는 공익들을 제일 반갑게 맞았다.

강 반장이 직접 구타하는 일은 당연히 없었다. 강 반장이 질서를 창조해두니 고참들은 알아서 고참 노릇에 열중했다. 강 반장은 일종의 지적 설계자였다. 고참 노릇에 재미가 든 공익이 후임 공익을 구타했고, 맞는다고 다 고발하는 것도 아니고, 근무지를 옮기는 게 불가능하다는 소문 때문에 고발하는 후임이 없었다. 구타 문제가 심각한 고참이 강제 전근을 가더라도 맞은 후임은 그대로 근무지에 남아서 다른 고참들의 등쌀을 견뎌야 했다. 내부고발자에 대한 소문은 해가 떠도 사라지지 않는 안개 같았다. 산림과 공익은 이 방식으로 유지되었고, 유능한 청원경찰 강 반장은 계속 시청과 재계약을 했다. 사무실 벽면에는 표창장이 덕지덕지 붙어 있었다.

*

현역에 비하면 별것 아니라고 했다. 공익이 아무리 힘들다고 해도, 평생 놀림거리가 된다고 해도, 차라리 현역으로 가겠다는 공익은 아무도 없었다. 한국 사회에서 남자로 살기 어렵다는 사람에게 그럼 여자로 태어날래? 하면 잠시 가만히 있다가 웃으며 고개를 젓는 것과 같았다. 어쨌든 버티기만 하면 고참으로 업그레이드되니 어찌 보면 쉬웠다. 저녁도 집에서 먹을 수 있었고.

산림과 공익의 주요 임무는 산불 끄기였다. 여름에는 산불이 일어나지 않았다. 비와 들끓는 광합성 때문에 나무들이 습한 상태라 산에 휘발유를 들이부으며 뛰어다녀도 안전했다. 어라, 그런데 오스트레일리아에서는 여름에도 거대한 산불이 나고, 산불이 강을 뛰어넘어 온 국토의 10퍼센트를 태웠다. 오스트레일리아에서는 산불을 부시 파이어bush fire라고 부른다. 우리나라 경기도에 달하는 숲을 잿더미로 만든 적도 있다. 어쩌면 아까 말한 조지George가 조지 부시George W. Bush일지도 모르겠다. 문제는 역시 부시Bush다. 멀리 남반구의 오스트레일리아에서 여름 산불이 일어나면 북반구의 우리나라 공익들도 여름에 산불 경계를 돌았다. 지구 방위에는 남반구 북반구가 따로 없으니까.

강 반장은 산불을 끄려면 강인한 용기와 지휘와 통솔력이 필요하다고 연설했다. 야간에 산불을 끄는 것은 위험하고 모두가 기피하는 일이라, 엄격한 상명하복의 체계를 강조했다. 불이 번지지 않게 방화선防火線을 구축하고 등짐 펌프를 짊어지고 아무것도 보이지 않는 산속을 뛰어다니는 일은 실제로 위험하기도 했다. 곳곳에 산불이 피어올라도 산속은 캄캄했다. 밤에 산불이 나면 어둠 속에서 불빛을 찾고 끄러 다녔다. 산불은 전쟁, 전투, 민족, 한반도의 안녕, 그런 것이었다. 오스트레일리아 꼴이 되고 싶나! 우리나라에는 그럴 땅도 없는데요. 예비군 훈련 때 월남의 패망이 강조되는 것처럼, 오스트레일리아 산불은 모든 이유를 설명할 수 있는 그런 사례였다. 강반장의 연설에 모두 고개를 끄덕였다. 시청과 병무청도 산림과의 특수성을 잘 이해해주었고, 산불 대비를 위해서라도 고참들은 후임들을 때렸다. 마치 때려야 산불이 나지 않는 것처럼 때렸다.

산불이 산림과 공익들의 주적主敵이었다면 부적附敵은 공원 쓰레기였다. 쓰레기는 누구나 치우기 싫고, 자기 집 쓰레기도 치울 줄 모르고, 다 자란 아들은 게임을 하고 쓰레기봉투는 아빠가 들고 나가는데, 공원 쓰레기야 말할 것도 없다. 여름에는 하루만 내버려둬도 쓰레기통에 구더기가 들끓었다. 소나기라도 쏟아지면 쓰레기통에는 구더기들이 둥둥 자유영 배영을 하며 웃고 있었다.

“나도 하기 싫었는데, 지금도 하기 싫고, 그러니까 너도 고참 되면 시켜. 얼마나 공평해?"

싫어하는 일을 합리적이고 효율적으로 진행하는 방법은 공평무사에 있었다. 억울하면 너도 나중에 시키면 된다! 강 반장의 지혜는 하늘에 닿아 있었다. 산불에 대비하면서 공익이 공익을 때렸고, 산불이 나지 않을 때는 쓰레기를 치웠으니 제갈량이 북벌을 위해 실시한 둔전제屯田制의 뒤를 잇는 효율적인 방법이었다. 강 반장은 산불을 위해서라면 동남풍을 불러올 만한 위인이었다. 공익들은 가끔 이유 없이 활활 타는 산불이 보이면 강 반장을 의심했다.

*

정신건강을 위해 자부심을 갖는 것은 좋지만, 자주 드러내면 서로에게 위험하다. 자신을 믿는 사람은 자부심을 함부로 내보이지 않는다. 자신이 자신 없는 사람들이 인상을 쓰고 어깨에 힘을 주고 다닌다. 저녁 6시가 지나면 신데렐라의 마법처럼 사라질, 산에서만 어깨가 팽팽한 고참일수록 후임들을 자주 팼다. 자신도 모르게 자신을 속이는 사람들은 이상한 말도 만들었다. '공익계의 해병대'를 자처하다니. 공익이 왜 해병대가 되어야 하는지도 모르겠지만, 해병대에 자원해도 받아주지도 않을 텐데, 산림과 공익들은 공익계의 해병대라는 말을 자랑스럽게 내뱉었다.

공익계의 해병대 일과는 비둘기 사냥으로 시작되었다. 산에는 등산하는 산비둘기가 많았다. 말이 산비둘기지 도시 비둘기와 다를 바 없이 뚱뚱하고 날갯짓을 귀찮아했다. 계곡에 무수히 쌓여 있는 비둘기 중 재수 없는 비둘기가 돌에 맞았다. 출근해서 제일 먼저 비둘기 사냥을 했다. 반드시 생포해야 했고, 실수로 죽이면 다시 돌을 던져야 했다. 기절한 비둘기를 주워서 쓰레기 포대에 넣고 가스버너를 켰다. 기압이 낮아 보글보글 기포가 올라오려면 한참 걸렸다. 9시, 뜨거운 물을 덜어 먼저 모닝커피를 마셨다. 9시 15분, 고참이 손바닥을 위로 퍼덕거렸다. 준비된 가스버너와 냄비가 대령되었다.

고참은 기절한 비둘기를 끓는 물에 넣고 재빨리 뚜껑을 닫고, 뚜껑 위의 감촉을 손으로 즐겼다. 어떤 물은 커피가, 어떤 물은 비둘기 육수가 되었다. 후임들은 냄비 안에서 정신을 차린 비둘기의 요동 소리를 들을 수 있었다. 아무리 비둘기를 잡아도 숫자는 줄지 않았다. 등산객들은 공익이 비둘기를 잡아먹는다고 혀를 끌끌 찼다. 밥도 같이 먹으라고 쌀을 가져다주는 할머니도 있었다.

비둘기찜은 오랫동안 계속되었다. 비둘기가 공익의 주적이었다. 일과처럼 비둘기를 잡고, 쪘다. 찐다기보다 데친다는 말이 더 맞을지도 모르겠다. 비둘기를 먹지는 않았다. 우리에게도 상식이 있었다.

공익들은 잡아도 잡아도 숫자가 줄어들지 않는 비둘기를 싫어했다. 요즘은 다들 도시에 걸어 다니는 비둘기를 싫어하니까 '비둘기찜'을 어느 정도 이해할 수 있으려나. 나중에는 나도 비둘기찜을 보고 아무 생각이 들지 않았고 가끔 웃길 때도 있었다. 비둘기 부리가 냄비 뚜껑을 쫀다거나. 반년쯤 지나자 서너 번의 돌팔매질이면 한 마리를 잡을 수 있었고, 데친 비둘기를 버리며 아무 생각도 들지 않았다. 비둘기를 동정할 여유는 없고 이런 짓을 해야 하는 나만 그저 불쌍했다.

지금쯤은 다들 짐작했을 것 같은데, 비둘기찜을 처음 산림과 공익들에게 도입한 사람은 아무리 놀려도 화낼 줄 모르던 광조 형이었다.

*

나 역시 순수한 눈망울을 가진 형이 비둘기찜을 좋아했다는 것을 받아들이기 어려웠다. 착각이겠지. 설마, 형이 그럴 리가.

해명을 위해 무려 세 가지나 되는 결말을 준비했다. 첫번째. 광조 형이 착하고 좋은 사람이지만, 방위라는 이유로 놀림을 받다가 누군가에게 맞아 장애를 안게 되고, 이왕이면 휴가를 나온 마초적인 현역에게 펑펑 맞는 장면을 넣는다면 무언가 고발하는 느낌도 줄 수 있을 것이고, 끝내 자살한다면, 사회의 부조리함과 약자들의 수난에 대해 그럴싸하게 떠들 수도 있을지 모르지만, 형은 끝까지 죽지 않았다.

형은 이른 탈모가 오긴 했지만 결혼도 했다. 다시 생각해보니 저번에 봤을 땐 절반 넘게 벗겨졌는데, 탈모 클리닉이 효과가 있긴 있나 보다. 프로페시아[2]의 부작용을 이길 만큼 절륜한 정력을 보유하고 있다. 광조 형은 네 살짜리 사내애가 있고, 이제 갓 돌이 지난 딸이 있고, 형수는 셋째를 임신 중이다.

여전히 광조 형을 "어이, 똥방위!"라고 부르는 사람들이 있다. 그러니까, 우리 아버지 같은 아저씨들. 광조 형은 신기하게도, 지금까지도 그 말을 듣고도 웃으며 오토바이를 몬다. 아버지는 부지런한 광조 형을 대견하게 여겼고, 틈만 나면 너도 반만 좀 닮아보라고 혀를 찼다. 하지만 나는 봤다. 술 먹고 괜히 새벽에 산에 올라갔다가 계곡에서 비둘기에게 돌을 던지는 남자를 봤다. 그 남자는 놀랍게도 일타쌍피, 일석이조一石二鳥로 비둘기를 잡고 있었다.

그게 말이나 되냐고? 그럼 한자성어가 뻥이란 말인가? 당구를 생각하면, 상황에 맞는 정확한 힘과 각도만 있으면 일석이조는 충분히 가능하다. 그 남자의 정수리 한가운데에서 신비한 빛이 나고 있었으니까.

---

2) 탈모 치료제. 부작용이 적고 성능도 괜찮지만 어쩌다 발기부전이나 성욕감퇴가 올 수 있다. 당신이라면 무엇을 선택하겠는가.

*

두번째. 형은 이미 죽었다. 내가 〈후뢰시맨〉을 보고 나서 어머니 심부름으로 김치를 가져다주고 난 다음 날, 형은 소집 해제를 한 날 자살했다. 자살은 확실하다. 자살은 자신의 일부도 타인에게 걸 수 없는 사람의 몸부림이다. 나는 형의 마지막 목격자였다.

무엇보다 유서가 있었다. 그러나 이건 바로 앞에 있는 첫번째 결말과 정반대인 데다, 죽는 것은 너무 쉬운 결말이다. 게다가 소설 속에서라도 사람이 죽는 것은 견디기 어렵다. 그래도 이쪽이 조금이라도 더 그럴듯할 수 있다면 어쩔 수 없다. 그러니까 광조 형이 죽었다고 치자.

형은 대머리가 되지 못했다. 시체의 머리카락이 자라는 경우도 있다지만 대머리가 되기 전에 죽었다. 이제 와서 무덤을 파면 머리카락이라도 남아 있을까? 아니다. 형은 화장되었을 것이다. 화장이 그나마 제일 싸고 편하니까. 형수는 뭐냐고? 죽은 사람도 결혼할 수 있다. 산을 순찰하다 보면 죽은 남녀의 인형을 걸어놓은 나무를 흔히 볼 수 있었다. 나무가 영혼결혼식을 치른 부부의 신방이었다. 밤에 직접 보면 입에서 거품이 보글보글 나왔다. 형이 죽고 나서 한참 후, 내가 고등학교에 갈 무렵에 영혼결혼식을 했다는 소문이 동네에 돌았다. 일찍 딸을 잃은 여자 쪽 집에서 원했다고 들었다. 영혼결혼식에도 돈이 오갔다.

한 사람의 죽음에 아무도 책임이 없을 수도 있었다. 강 반장은 잘리지 않았다. 한 사람이 죽어도 괜찮으면, 열 명이 죽어도 괜찮고, 백 명은 넘어야 살다 보면 그럴 수도 있는 일이 아니게 되니까. 백 명이 죽기 전까지는 무고한 척할 수 있다.

강 반장은 여전했다. 간장공장콩장장장은 여전히 공장장의 자리를 지켰다. 형의 죽음에 강 반장은 직접적인 책임이 없었다. 이제 대부분의 잘못은 간접적으로 이뤄지나 보다. 가끔 반찬 갖다주는 정도로 동네 궂은일에 만만하게 불러댄 사람들은 또 뭘까. '간접적인 책임'이야말로 변소에 처박아야 할 단어다.

강 반장이 없으면 시청이 귀찮아지고, 시청이 귀찮아지면 병무청도 피곤해졌다. 후임을 거쳐 막 고참이 되어버린 공익들도, 그럼 이때까지 내 고생은? 하며 이때까지 손해 본 것을 채우고 싶어했다. 광조 형의 유서에도 불구하고 강 반장에 대한 공익들의 증언은 나오지 않았다. 경찰은 신변 비관으로 처리했다. 광조 형의 유서는 원망과 한숨으로 얽혀 있어서 읽는 사람에 따라 다르게 해석될 여지가 있었다. 광조 형은 분명하게 글을 쓰지 못했고, 고등학생 때부터 아르바이트로 생계를 꾸렸다. 형의 어머니는 어렸을 때, 아버지는 좀 더 컸을 때, 누나는 형이 중학교를 졸업하는 날 집을 나갔다. 경찰은 분명하게 '신변 비관으로 인한 자살'이라고 못박았다. 광조 형의 장례식은 경찰과 동사무소에서 처리했다. 동네 분위기는 딱 하루가라앉았다가 금방 떠올랐다. 나중에 광조 형의 누나가 영혼결혼식 때 왔다가 울면서 갔다.

형은 죽었지만, 산림과 공익들에게 형은 계속 살아 있었다. 나는 공익 첫날부터 비둘기찜의 명인이자 일급 구타 기술자였고, 산불이 났다고 비상연락을 돌린 다음 새벽 1시에 후임들을 나무 한 그루 분량의 몽둥이가 부러질 만큼 두들겨 팬 어느 전설적인 공익의 이야기를 들었다. 당하는 쪽에서도 감탄할 만큼 기발한 폐습들의 기원이 있었다. 강 반장보다 악랄한 고참의 전설은 멈추지 않았다. 대덕산의 광조 형은 대단한 개새끼로 남았다.

*

이왕 하는 김에 삼세판, 세번째 결말까지 들어보자.

비둘기파는 곱창 골목의 치안국을 자처했다. 달라는 돈을 주지 않으면 가게 앞에서 비둘기를 구워 먹었다. 비둘기는 산에서 얼마든지 잡아올 수 있었으니 재료비가 들지 않았다. 광조 형은 연탄불 위에 부채질까지 해가며 누구보다도 맛있게 비둘기를 구워 먹었다. 비둘기 굽는 냄새는 돼지 곱창보다 느끼하고 달콤했다. 간혹 고기의 정체를 모르고 한 입만 달라는 사람들도 있었다. 막상 양념해놓으면 비둘기와 돼지를 구분하지 못했다.

합당한 관리비를 내지 않고 버티는 가게에 생비둘기의 목을 반쯤 잘라서 던져놓거나 비둘기 피를 벽에 뿌리기도 했다. 비둘기파는 어깨에 나뭇잎을 문 비둘기 문신을 새기고 '사랑과 평화'라는 글자가 인쇄된 티셔츠를 입고 다녔다. 사랑과 평화에 걸맞게, 비둘기파는 공익들에게는 한없이 친절했다. 공익들에게 잘해주는, 공익들의 단골 술집에는 횡포를 부리지 않았다.

비둘기파의 행동대장은 광조 형과 꼭 닮았다. 조금 바보스러워 보이는, 천진한 웃음이 광조 형과 비슷했다. 안동찜닭이 닭갈비가 되듯이 비둘기찜을 하던 사람이 비둘기구이로 업종을 바꾸었다고 하면 그럭저럭 믿을 만했다. 사는 지역도 같고, 얼굴도 닮았고, 나이도 비슷하며, 비둘기찜을 하던 사람이 비둘기구이를 한다면, 비둘기에 대한 애착이 있는 사람이 있다면, 두 사람은 동일 인물이 아닐까?

아니면 말고,가 아니다. 아니면, 어쩔 수 없다. 정말 어쩔 수 없다.

*

어느 이야기가 그럴듯한가. 두번째 이야기가 더 기니까, 제일 긴 게 진짜일까.

가난하지만 동네에서는 예의 바르고 꼬마들에게도 웃어주는 사람이 특정 계급 집단 속에서는 오히려 무자비한 악인이었다는 이야기는 일견 그럴듯하다. 한편, 17년이라는 시간을 믿을 수는 없다. 불과 1, 2년 전에 있었던 일도 이상하게 각색되지 않던가.

광조 형과 강 반장을 모두 기억하는 나에게 이것은 사실이 아니다. 어떤 사람들은 타인의 양면성을 소름끼쳐 하면서도 즐긴다. 글쎄, 그 사람이 싸이코패스였네요, 어휴 끔찍해라, 하는 말에서는 오히려 스스로를 위로하는 냄새가 난다. 내 경험과 기억에서 광조 형은 바보처럼 착한 청년이었고 강 반장은 인간의 본성과 제도의 유용성을 잘 아는 중년이었다. 산림과 공익들 중에서 전설의 주인공을 실제로 본 사람은 나밖에 없었다.

왜 광조 형 전설이 내려왔던 것일까. 형에 대한 나의 기억은 미화되기 쉽고 흐릿한 어린 시절의 일부분에 불과하고, 내가 강 반장을 알 때는 불만 많던 이십대 초반이었으니 어느 쪽을 믿어야 할까. 솔직히 내가 광조 형을 알면 얼마나 알았을까. 그냥 동네 형인데. 어딜 가나 있을 만한 그런 형인데.

이런, 진지해지려고 한다. 진지하기는 싫다. 다시 처음으로 돌아가자. 갈수록 하찮아지는 단어가 있다. 가끔 그 단어를 귀하게 건지려는 노력이 있지만 물거품으로 돌아갔다. 거품을 그물로 건질 수는 없는 노릇이다. 그물 사이에 살짝 거품이 떠올랐다가 곧 얕은 물결에도 부서졌다. 나는 이미 오래전에 소집 해제를 했다. 총도 제대로 쏠 줄 모르면서 꼬박꼬박 받았던 예비군 훈련도 다 끝났고 민방위가 되었다. 아, 방위로 시작해서 방위로 돌아오다니, 운명은 피할 수 없구나.

2012년에 공익근무요원은 사회복무요원으로 명칭이 바뀌었지만, 나는 분명히 지구방위대의 마지막 공익이었다. 검정 비닐 속에서 흔들리던 비디오테이프처럼.

엄마의 아들

[준비]

아들과 단둘이 살다 보니, 저도 김치는 사 먹는 편이에요. 직접 담그면 손도 많이 가고 재료값도 너무 많이 드니까요.

김치는 매끼 식탁에 오르고, 우리 모두 김치를 먹지만 지역마다, 집집마다 맛이 달라요. 김치야말로 그 집의 개성이 드러나는 한국 음식이 아닐까요? 자녀 교육도 김치와 같아요. 그래서 오늘 이야기 반찬으로 김치를 선택했어요. 부모님들이 자녀 교육에 관심을 갖지만 그 방식은 각자 다르잖아요? 자, 김치와 자녀 교육, 아니 자녀 교육과 김치, 아니아니, 명문대 의대를 보내는 비결 강좌를 시작해볼까요?

뭐니 뭐니 해도 질 좋은 재료가 가장 중요해요. 다른 부모님들도 비슷하시겠지만 저는 특별히 유기농, 무공해인지를 따져요. 유기농 좋은 줄은 다들 아실 테니, 저는 무공해에 대해 말씀드릴게요. 농약이나 비료만 안 치고 길렀다고 다 유기농, 무공해가 아니에요. 요즘은 시골도 먼지나 매연투성이인 곳이 얼마나 많은데요. 아파트 텃밭에서 직접 길렀다고 그게 어디 무공해인가요? 주차장의 자동차 매연 생각하면 그런 말 절대 못 하죠. 정성도 중요하지만 청결이 우선이니까요.

무공해 채소는 비닐하우스에서 나온 게 좋아요. 비닐은 외부의 더러운 공기를 차단하고 햇볕은 통과시켜요. 태양 에너지는 고스란히 받고 외부의 공기는 최대한 막았으니 매연 따위가 앉을 틈이 없어요. 좋은 환경은 자녀의 건강, 자녀의 집중력으로 이어져요.

아는 분에게 특별히 부탁해서 준비한 배추에요. 그분은 비닐하우스에 클래식 음악도 틀어주고 좋은 그림도 걸어둔답니다. 유명한 화가의 그림이었는데, 누구였더라, 아주 비싼 그림이었는데……. 크고 싱싱한 게 맛있어 보이죠? 자, 잘생긴 배추를 소금물에 절이세요. 네다섯 시간 정도 절여야 되는데 오늘은 시간 관계상 미리 절여둔 배추를 쓰기로 해요. 우리는 모두 바쁜 사람들이니까요.

*

그녀는 부른 배를 부여잡고 울었다. 엄마 말을 들었더라면.

그녀는 엄마의 반대를 무릅쓰고 결혼했으나 임신 칠 개월 만에 남편과 사별했다. 남편을 처음 소개했을 때, 그녀의 엄마는 고개를 저었다. 명 짧은 얼굴이라고 했다. 무슨 소리야 엄마. 그녀는 웃었지만 엄마는 진지했다.

어디까지나 사고였다. 교통사고는 누구나 당할 수 있다. 남편은 안전하게 인도 위를 걸어가다가 갑자기 뛰어든 자동차에 목숨을 잃었다. 그녀의 남편도 그저 어쩌다 보니, 불행한 교통사고를 당한 것이지만, 이상하게 엄마의 '명 짧은 얼굴'이라는 말이 잊히지 않았다.

그녀의 엄마는 과부였다. 그녀의 할머니도 과부였다. 그녀의 증조할머니 역시 과부였다. 고조할머니가 과부였는지는 알 수 없지만, 어쨌든 이제 그녀까지 포함해서 4대는 확실하게 과부가 되었다. 모두 임신한 상태에서 남편을 잃었고 낳아보니 배 속의 아기는 모두 딸이었다. 굳이 계산해보지 않아도 드문 확률이었다.

달리 생각해보면 그녀의 증조할머니는 일제강점기에 살았고, 그때는 징용이다 뭐다 해서 남편을 잃는 경우가 많았다. 그녀의 할머니는 한국전쟁을 겪었고, 전쟁통에 남자들이 많이 죽는 것은 당연했다. 그녀의 아빠는 건축 현장에서 안전 설비 없이 일하다가 죽었다. 경제 성장에 바빴던 때였고 안전 불감증도 지금보다 더 심했다. 격변의 한국 현대사를 생각해보면 그녀 집안의 내력은 어쩌면, 평범한 건지도 몰랐다.

꿋꿋하게 잘 살면 되리라 생각했다. 그런데 남편을 떠나보내고 두 달이 지났을 때, 그녀의 엄마는 의사에게 예전에 완치된 줄 알았던 암이 전혀 다른 곳에서 또 발견되었으며, 수술도 어렵다는 선고를 받았다. 그녀의 엄마는 한 달도 채 살지 못했다. 곧 한꺼번에 가족을 둘이나 잃은 그녀는 몹시 울었다.

일어나면 울고, 자기 전에 울면서, 그녀는 오랫동안 생각했다. 엄마 말을 듣지 않아 후회했던 기억들이 떠올랐다. 엄마 몰래 방학 숙제를 내던지고 나가 놀다가 못에 찢긴 왼쪽 팔의 흉터는 여름이 올 때마다 신경쓰였다. 지겹다고 마음대로 그만둔 피아노, 계속 쳤더라면 지금쯤 멋진 연주회를 하고 있을지도 몰랐다. 같은 피아노 학원에 다녔던 친구 미희는 피아니스트로 꽤 이름을 날리고 있었다. 피아노 학원 선생님은 미희보다 그녀의 재능을 더 사랑했다. 대학 입시 때도 엄마 말대로 교육 대학에 원서를 냈다면 어땠을까. 아무리 좋은 대학을 나와도 여자가 대기업에 취직하는 것은 힘들었고, 취직해서 오래 다니려면 슈퍼우먼이 되어야만 했다.

엄마 말을 듣지 않아서, 고집 때문에, 남들보다 반 발짝 뒤처진 걸까. 그저 반 발짝 늦어졌다고 생각했는데, 시간이 지날수록 그 반 발짝이 좀처럼 따라잡기 힘들었다. 두 배, 세 배의 노력 끝에야 겨우 따라잡거나 아예 포기해야만 하는 일들이 많았다.

모든 불행이 엄마 말을 듣지 않아서였을까? 그녀는 유일하게 남은 가족인 배 속의 아이만큼은 무슨 일이 있더라도 제대로 살게 해주겠다고 결심했다. 의사는 파란 옷을 준비하라고 했다. 그녀는 아이가 딸이 아닌 것이 4대째 내려오는 지긋지긋한 과부 가문의 운명이 끝났다는 계시처럼 느껴졌다. 그래, 끝이야. 내가, 끝을 내자.

엄마 말을 무조건 믿고 고분고분 따라오도록 모든 것을 계획하고 설계하자. 아이의 반발마저도 내 예측 안에서만 가능하도록 만들자. 그녀는 요람에서 무덤까지 아이를 완벽하게 자신의 통제 아래에서 키우겠다고 다짐했다. 스물두 시간의 진통 끝에 나온 아이는 역시 아들이었다. 그녀는 회복실에서 혼자 울었고, 눈물을 닦으며 더이상 울지 않겠다고 다짐했다. 길고 긴 계획의 시작이었다.

[양념 만들기]

다시마나 멸치를 넣고 끓인 물을 식혔다가 찹쌀가루를 풀어요. 묽은 죽처럼. 이것도 시간 관계상 미리 준비해둔 것을 쓸게요. 여기다 고춧가루를 풀어요. 역시, 당연히, 유기농, 무공해죠.

고춧가루하면 태양초인데, 마음놓고 믿을 수는 없어요. 물론 햇볕 좋고 비 안 오는 곳에서 말린 고춧가루는 저절로 때깔이 예쁘고 곱지요. 하지만요, 어머님 아버님들, 갑자기 비가 온다면요? 트럭이라도 지나간다면? 고춧가루도 교육과 똑같아요. 좋은 곳에서 정성을 들여 말리더라도 갑작스러운 사고는 있어요. 아무리 좋은 학군 명문 학교라도 학교 폭력과 왕따 문제는 있듯 말이에요. 차라리 건조기에서 말리는 게 낫지요. 태양초보다 맛은 조금 떨어지겠지만 깨끗하고 안심할 수 있으니까요.

학교에 보내지 말라는 게 아니에요. 학교는 가야죠. 명문 학교로 꼭 보내야지요. 좋은 학교에 보내되, 그것만으로 안심하지 말고 더욱 아이의 모든 행동과 성적에 관심을 두라는 말이죠. 좋은 학교에 입학했다는 이유로 학교가 알아서 하겠지, 하는 부모님들이 많으시던데, 천만에요. 말리던 고춧가루 위에 소나기가 오는 것까지 학교에서 막아주지는 못해요.

고춧가루를 듬뿍, 열심히 따뜻한 물에 풀어요. 설탕도 넣고 다진 마늘과 생강도 넣고, 양파, 새우젓도요. 향을 은은하게 해주는 미나리, 알싸하면서 고춧가루와는 다른 매운 맛을 내는 쪽파도 잊지 마세요. 재료는 아끼지 말고 듬뿍 넣어야 해요. 향이 날아가긴 하겠지만 무는 미리 채 썰어 뒀어요. 처음 직접 김치를 담그던 기억이 나네요. 우리 아이도 옆에서 이것저것 거들어준다고 했었는데. 소금, 하면 낑낑거리며 가져오고 자기가 주걱으로 직접 저어보겠다고 조르기도 했어요. 제가 주방에서 뭘 하건 내다보지도 않은 지 오래되긴 했네요. 뭐, 그 시간에 책이라도 한 장 더 보는 게 바람직하긴 하죠.

어렸을 때부터 확, 잡는 게 가장 중요해요. 자녀들도 조금만 머리가 커졌다 싶으면 부모 말 안 듣거든요. 여기 오신 분들의 아이는 대부분 이미 중고등학생이죠? 조기교육 이야기는 간단하게만 하고 넘어갈게요. 아직 초등학생 자녀를 둔 분도 몇 분 있으니 잠깐만, 아주 잠깐만 이야기할게요.

*

아들의 첫번째 반항.

그 전에도 사소한 반항들은 있었다. 가령, 텔레비전을 포기하지 않는다거나, 억지로 먹인 약을 마치 일부러 그러는 듯 토한다거나, 다섯 살이 넘어서도 이유 없이 밤에 잠을 자지 않고 운다거나. 그러나 아들의 첫번째 진짜 반항은 이런 것들과 달랐다. 아들은 여섯 살 때 계획적으로, 확실하게 그녀에게 반항을 했다.

아들은 친구 집에서 놀다가 6시까지 집에 돌아오기로 했다. 친구 집에 가는 것은 자주 있는 일이었다. 일찍 퇴근한 그녀는 8시까지는 화를 억눌렀다. 9시가 돼도 오질 않자, 그녀는 아들의 친구 어머니에게 전화를 걸었다.

"어머, 오늘 저희 집에서 자는 거 허락받았다던데요?"

"엄마, 오늘 자고 가도 된다고 했잖아? 친구랑 게임할래."

아들의 목소리는 천연덕스러웠다. 맙소사, 태연한 거짓말이라니. 어떻게 이럴 수가. 그녀는 아들의 반항을 처음부터 뿌리 뽑고 그다음에 나는 싹들마저 죄다 뽑아버릴 생각이었다.

그녀는 알고 있었다. 책에서 자녀들이 첫 반항을 할 때 부모가 대응하는 방법에 대해 충분히 공부했다. 아이의 반항은 부모를 싫어해서가 아니라 자기 자신을 처음으로 인지하기 때문이며, 자연스러운 성장 과정이다. 지나치게 혼내면 매사에 겁을 먹거나 소극적인 성격이 될 수 있다. 반대로, 아들의 반항을 내버려둔다면 버릇없고 참을성 없는, 제멋대로인 성격이 될지도 모른다. 나처럼 되면 안 돼. 반항은 막고 의욕은 꺾지 않아야 했다.

그녀는 다음 날 집에 아들이 돌아왔을 때 아무 말도 하지 않았다. 아들이 자신을 찾아도 대답하지 않았다. 아들의 눈을 똑바로 보기만 했다. 아들이 원하던 과자를 사 주지 않았고, 텔레비전이나 컴퓨터도 못 하게 했다. 아들이 떼를 쓰건 울건 내버려두었다. 아들이 밤에 깨서 자신을 찾아 울 때면 금방이라도 뛰어가고 싶었지만 참았다. 아들이 잘못을 빌기 전까지 그녀는 철저하게 아들을 투명인간 취급했다. 아들만 바라보고 사는 그녀에게는 울고 싶은 싸움이었다.

[버무리기]

자, 이제 가장 중요한 건, 속을 채우는 과정입니다. 처음 김치 담그는 분들은 양념 양 조절하기 어려울 거예요. 양념을 너무 아끼면 맛이 없고, 처음부터 팍팍 넣다 보면 나중에 양념이 부족해요. 그나마 양념이 남으면 괜찮은데, 부족하면 참 막막하죠. 절여둔 배추는 저만큼 쌓여 있는데.

중학교 교육도 배춧속 채우는 것과 비슷한 것 같아요. 김치는 다 양념값이잖아요. 양념은 늘 부족해요. 이것저것 많이 시키면 좋겠지만 가정 형편도 생각해야죠. 뭐든지 배우게 하고 싶지만 어디, 돈과 시간이 마음같이 되나요. 교육은, 아니 양념은 비율을 맞춰 효율적으로 버무려야죠.

또, 자녀가 공부에 금방 싫증내면 어쩌지, 너무 일찍부터 스트레스 받는 것 아닌가 하는 걱정들 있으시죠? 양념 자체에 질릴 수 있으니까요. 자, 이래서 작전이 중요해요. 작전을 잘 세우고, 확실하게 자녀를 부모님들 통제에 둘 수 있을 것. 현명한 소수의 부모님들만이 자녀 통제에 성공하죠.

사춘기 때는 성性에 대한 문제가 가장 어렵죠. 대화는 안 되고, 성적인 것에만 관심 많고, 어디 사고라도 쳐봐요, 어휴……. 자녀의 앞날을 위해서, 사춘기에 대해 이야기해볼게요. 사춘기도 성도 다 컨트롤할 수 있어요. 계획만 있다면.

*

그녀는 아들이 열 살 때부터 사춘기를 대비했다. 갈수록 사춘기가 빨라지기 때문에 미리부터 준비할 필요가 있다고 책에서 읽었다. 그 책에서는 "그냥, 아니요, 몰라요"가 사춘기에 접어든 자녀들의 상징과도 같은 말버릇이라고 쓰여 있었다. 그녀는 아들이 중학교에 들어가자 더욱 더듬이를 민감하게 세웠다.

아들이 중학교에 입학한 지 삼 개월이 지난 어느 날이었다. 아들은 집에 들어오자마자 그녀에게 인사만 대충 하고 허겁지겁 제 방에 들어갔다. 그녀는 아무 생각 없이 저녁을 준비하고 아들을 불렀으나 대답이 없었다. 그녀가 부르면 강아지처럼 금방 쪼르르 달려왔었는데. 살며시 아들의 방문 손잡이를 돌려보았지만 철컥, 소리만 나고 열리지 않았다.

생각해보니 꽤 오래전부터 오늘 어땠냐고 물었을 때 아들의 대답이 잘 들리지 않았다. 그녀는 좀 더 예민하게 눈치채지 못한 자신을 책망하며 안방에 들어가 책을 펼쳤다. 무수히 반복해서 읽은 책에는 다음과 같이 쓰여 있었다.

"13세 전후로 시작되는 사춘기는…… 자의식이 강해지기 때문에…… 대우받고자 하는 마음이 생긴다. 부모의 말에 무조건 반항하는 경우가 많으며…… 성에 대한 관심 역시 무작정 억누르면 실패감, 좌절감을 느낄 수 있고 이것은 향후 아이가 성인이 되었을 때 잘못된 형태로 영향을 끼치기도 하는데…… 부모 역시 갑작스러운 아이의 행동에 당황하거나 화를 낼 수도 있으나…… 가장 좋은 방법은 부모가 미리 아이의 신체 변화를 짐작하고 능동적으로 대처해 나가는 것……."

그녀는 아들을 더 부르지 않고 조용히 밥을 먹었다.

10시가 지나자 아들의 방문이 열렸다. 그녀와 눈을 마주치지 못하는 아들의 얼굴은 복잡해 보였다. 그녀는 몸에 해롭다고 구워주지 않던 삼겹살을 말없이 사 왔다. 사춘기에 접어든 아들은 어떤 일에 에너지를 썼기 때문에 배가 너무 고플 것이다. 아들은 아무런 일도 없었다는 듯 왕성히 밥을 먹고 다시 방에 들어가서 문을 잠갔다.

여름 방학이 시작될 무렵 아들은 거실에 있던 컴퓨터를 자신의 방으로 옮기고 싶다고 말했다. 거실은 시끄럽고, 집중해서 숙제를 하기 어려우며, 키보드 소리는 그녀에게도 시끄러울 것이며, 겨울에 거실은 춥고 혼자 있으면서 난방을 하는 것은 자원 낭비라고 했다. 그녀가 웃으며 지금은 여름이라고 말하자 얼굴이 붉어진 아들은 에어컨 전기세에 대해 떠들었다. 여기까지 해두는 것이 좋겠어. 컴퓨터를 자신의 방으로 옮겨달라는 말은 오래전부터 예상했다. 계속 이유를 물으면 아들은 할 말이 궁색해진 나머지 고집만 피우겠지. 궁지에 몰린 쥐는 고양이를 문다. 그럴 기회조차 주지 않는 게 좋겠지. 그녀는 아들의 요청을 너그럽게 허락했다.

그 후에도 그녀는 아들의 그런 행동들에 특별히 신경을 썼다. 티슈가 떨어지지 않게 꼭꼭 챙겨주고 10시부터 12시까지는 조용히 안방에 들어가 있었다. 다만, 12시가 넘어서 아들이 잠자리에 들지 않는 것에 대해서는 거실에 나와서 책을 보는 식으로 눈치를 줬고, 암묵적인 규칙을 가르치는 데 성공했다. 한두 시간 정도 혼자 있을 수는 있지만 그 이상은 절대 안 된다. 학업에 지장이 있을 테니까. 그리고 12시 전에는 잠자리에 들어야 키 크는 데 좋다. 아들도 동의한 것 같았다.

아들의 사춘기는 순항이었다. 다른 부모들이 사춘기에 접어든 자녀들과 힘겨운 씨름을 하는 동안 그녀는 미소를 지을 수 있었다. 쓸데없는 갈등이 적었기 때문인지, 아들은 다른 부모들을 기죽일 수 있는 성적을 항상 받아왔다. 어디서나 아들 이야기만 나오면 그녀는 여유 있게 웃었다.

[차곡차곡]

자, 이제 거의 다 끝났어요. 속을 잘 채운 김치를 차곡차곡 담기만 하면 됩니다. 어때요, 참 쉽죠?

뭐든 남들 하는 것은 쉽고 간단해 보이지만 막상 해보면 순서가 잘못된 것은 아닐까, 이렇게 하는 게 맞는 걸까, 괜한 의심도 들고, 실패하면 어쩌나 걱정도 되지요. 제 아이도 그렇게 계획대로 키우고 잘 따라와 줬지만 대학 입시는 만만치 않았어요. 시험만 딱 치르면 될 줄 알았는데 웬걸요.

실패는 언제나 있어요. 실패와 성공은 쌍두마차와 같아요. 성공에 실패는 필요하고, 실패 없는 성공은 없어요. 하지만 실패가 단지 실패가 아니라면? 실패 역시 계획의 일부라면? 진짜 완벽한 계획이라면 실패까지 고려해야죠. 명문 대학교, 그것도 의과 대학에 보내기 위해서는 아이의 뜻하지 않은 실패도 미리 준비해두어야 해요. 너그럽게, 모든 것을 감싸 안아야죠. 계획대로 해도 안 된다는 부모님들은 자기가 하고 싶거나, 보고 싶은 계획만 세워서 그래요. 아시다시피 현실은 늘 계획과 다르잖아요?

*

계획은 좋았다. 그녀는 『전문가가 말하는 내 아이 잘 키우는 법』 『똑똑한 자녀 만들기』 『소중한 아이를 위한 101가지 교육법』 『당신도, 당신의 아이도 할 수 있다』와 같은 자녀 교육서를 열심히 읽었다. 교육학과나 심리학과에서나 보는 전공 서적도 샀다. 자녀 교육을 위한 강연회는 아무리 피곤해도 참석했고 텔레비전 방송, 인터넷 상담 사이트도 매일 접속했다. 그녀는 아들의 탈선까지 고려한 다양한 대응 방법을 갖춰두었다.

가령, 그녀는 자신이 선택한 장난감들로만 채워진 바구니를 아들에게 주고, 그중에서 마음에 드는 것을 고르도록 했다. 그러면 아들은 자신이 장난감을 선택했다고 믿었다. 그녀의 교육은 '바구니에 든 장난감 고르게 하기'와 같았다.

그녀는 단 한 번도 아들에게 공부하라는 말을 해본 적 없다는 것을 자랑스러워했다. 공부하라는 잔소리 대신 아들이 스스로 공부하도록 만들었다. 어렸을 때부터 책을 가까이 할 수 있는 환경을 갖춰주었다. 화장실 휴지까지 항상 영어 단어가 인쇄되어 있는 것으로 챙겨두었다. 박물관이나 전시회 같은 체험학습에도 돈을 아끼지 않았다. 누가 뭐라고 해도 공부는 환경이 만드는 것이다. 그녀는 그렇게 생각했다.

부모들이 공부하라는 말의 역효과를 몰라서 잔소리를 하는 것은 아니다. 그래도 어떻게 공부하라는 말을 한 번도 하지 않을 수 있을까? 그녀는 책을 읽으라고 잔소리하는 대신 독후감을 쓰면 용돈을 줬다. 얻고 싶으면, 해라. 공부가 돈이 될 수 있다는 것을 체험하게 했다. 아들은 삼 년 내내 전교 1등을 했다. 딱 한 번, 전교 6등을 하긴 했지만 반에서는 1등을 놓친 적이 없었다. 그녀의 엄청난 끈기와 치밀한 계획 덕분이었다.

아들은 대학 입시에 실패했다. 합리적인 그녀는 스스로에게 현실을 이해시켰다. 입시는 반드시 실력대로 되지 않는다. 혹시라도 아들이 기대에 미치지 못하게 되더라도 격려해주리라 다짐했다. 그러나 아들이 태연하게 들고 온 성적은 예상했던 것보다 훨씬 낮았다. 그녀는 아들에게 소리치고 싶은 충동을 간신히 참았다. 믿을 수 없는 성적표를 보여주면서도 저녁 반찬을 물어보는 아들의 얼굴에서 배신감마저 느꼈다. 어떻게 저렇게 아무렇지도 않은 표정을 지을 수 있을까. 아니, 참아야 해. 참자. 참자. 그녀는 간신히 아들에게 적합한 위로를 해줄 수 있었다. 정작 아들은 위로가 필요하지 않은 것 같았지만.

목구멍을 탈출하려는 고함은 억눌렀지만 아들의 성적을 납득할 수 없었다. 그녀는 차분하게 자신의 계획을 다시 한번 검토했다. 어디서 실수를 했을까. 그녀는 이미 아들이 진학할 대학교와 학과, 각 학과의 장단점과 졸업 시기와 졸업 후의 진로까지 다 계산해두었다. 하지만 아들이 가져온 성적표는 그녀가 생각해둔 최악의 경우보다도 조금 더 낮은 점수였다. 현실은 늘 최악으로 상상했던 것보다 한 발짝 더 나쁘다.

원서를 쓸 때가 되자 아들이 먼저 그녀에게 말을 꺼냈다. 엄마, 어떻게 해야 해? 그녀는 이때까지처럼 아들에게 엄마는 너의 의견을 최대한 존중할 생각이며 네가 하고 싶은 것이 엄마가 바라는 바라고 대답했다. 어떤 길을 선택하더라도 넌 잘할 수 있을 거라고, 한 번 실패는 병가상사라며, 아들에게 넌지시 재수 이야기를 했다. 엄마, 재수는 하기 싫은데. 어떻게 해야 해? 무슨 과를 갈까? 그녀는 아들에게 조금 더 생각해보자고 말한 뒤 안방으로 돌아가 계획서를 밤새 바라봤다.

그녀는 아들의 모든 것을 뒤졌다. 인터넷부터 휴대전화까지. 좋아하는 여학생이 있는 모양이었다. 그녀는 여학생에게 몰래 연락을 해 만났다. 아들이 반할 만했지만 고등학생답지 않은 옷차림이 거슬렸다. 이 날씨에 핫팬츠라니. 여학생은 아들에게 관심이 없는 것 같았다.

"아들과 한 번만 만나주지 않을래?"

"제가 걔를 왜 만나요? 싫어요."

싫어요,에서 여학생은 입을 내밀었다. 두 여자 사이에 긴 고요가 있었다.

"그럼, 거짓말이라도 해주지 않겠니? 명문대 의대를 다니는 남자가 아니면 관심도 없다고."

그녀는 여학생에게 두둑한 용돈을 줬다. 여학생과 프랜차이즈 커피숍에서 헤어지기 전에 그녀는 망설이다 꼭 하나, 이해가 되지 않던 것을 물었다.

"그런데, 왜 우리 아들이 싫니? 공부도 잘하고 얼굴도 그만하면……."

"그게, 아무 재미가 없어요."

"재미?"

"어, 네. 진짠데."

한 달 후 아들은 대학 입학 원서도 쓰지 않고 재수 학원에 등록했다. 그녀의 계획은 또 한 번 성공했다.

[시식]

"아무런…… 맛이 없어요."

"호호, 제 김치가 입맛에 잘 맞지 않으신가 봐요. 김치는 지역이나 가정에 따라 워낙 다양하니까, 입맛에 맞지 않는 경우도 있어요."

"저…… 저도 맛이 없는데요."

"네?"

"사실 저도 영 맛이……."

"세 분 다, 말씀이 좀……. 카메라, 잠깐만요."

"저두요. 아무 맛이 나지를 않아요. 맛있고 맛없고가 아니에요."

"저, 무미無味한데요. 김치가 그냥 절임 배추를 씹는 것 같아요. 매운 맛도 안 나고 아까 말씀한 미나리 향도 못 느끼겠어요."

"보기에는 정말 먹음직스럽고 색깔도 예쁜데, 직접 먹어보니 밍밍해요. 짠맛조차 나질 않아요. 배추가 왜 이리 힘없이 흐물흐물하죠?"

*

아들은 다시 한번 대학 입시에 도전해 만족할 만한 성적을 얻었다. 아들은 엄마가 원하는 곳으로 진학하고 싶다고 했다. 그녀가 아들을 키우며 가장 기뻤던 날이었다. 쓸데없이, 혹시라도 하고 싶은 공부를 하겠다고 고집할까 봐 은근히 마음을 졸였다. 아들은 그녀의 소망대로 명문대 의대에 갔다.

아들의 대학 입학 후 그녀는 예전처럼 은근하게 권하는 것을 그만뒀다. 아들도 이제 성인이니까, 곧바로 말해도 되겠지. 그녀는 아들의 대학 생활에 적극적으로 관여했다. 아들은 사소한 것도 그녀에게 물었다. 그녀는 학점은 어느 정도까지 준비해야 하는지, 학점을 잘 받는 방법은 무엇인지, 교수님 앞에서 어떻게 행동해야 하는지 알려줬다. 책으로 써도 될 만큼 자세했고 훗날 정말 책도 냈다. 책은 베스트셀러가 되었고, 그녀는 강연을 하러 다니기 시작했다. 오늘 김치와 함께하는 특별 강좌처럼. 착실하게 대학 생활을 마친 아들은 좋은 대학 병원에서 인턴을 시작했다. 그녀는 아들이 첫 월급을 탔을 때 사 온 빨간 내복을 겨울만 되면 꺼내 봄까지 입었다.

아들이 인턴 과정에 들어간 뒤에도 그녀의 설계는 계속되었다. 좋은 성적을 받아야 병원의 좋은 과에 지원할 수 있을 테니까. 무엇보다 선생님들 눈에 들어야 하니까. 게다가, 가장 중요한 결혼 문제가 남아 있었다. 좋은 며느리를 맞지 못하면 이때까지 그녀가 애쓴 일들이 가루가 될 수 있었다. 아들이 고등학생 때 좋아했던 그 여자애를 떠올리면 그녀는 괜히 속이 더부룩했다.

그녀의 노력에 마지막으로 큰 박수를 보내자. 마침내 그녀는 좋은 며느릿감을 찾았고, 며느릿감을 설득하는 데에도 성공했다. 그녀가 고른 여자는 어느 우연한 날, 우연히 아들과 마주쳤다. 우연히 아들은 여자에게 도움을 주게 되고, 둘은 커피를 마셨다. 정말 우연히 여자는 아들의 취향에 잘 맞았다. 아들은 여자를 자신의 운명이라 여기는 것 같았다.

그녀는 이제 아들과 함께 산의 절반쯤 올랐다고 생각했다.

결혼했다고 해서 어디 다 어른이겠는가. 앞으로도, 아직도 그녀에게는 계획이 남아 있었다.

*

[아들]

인생도 누군가에게 부탁할 수 있다. 아들은 이런 삶을 후회하지 않았다. 아들은 고등학교 1학년 때, 중간고사 시험을 치고 집에 일찍 들어왔다. 큰 키를 위해 냉장고에서 우유를 꺼내 마시다가 식탁 위에 있던 공책을 보게 되었다. 미처 덮지 못한 공책에는 엄마의 글씨가 빽빽하게 박혀 있었다. 아들의 입에서 우유 한 방울이 공책 위에 떨어져 아주 작은 얼룩을 남겼다.

의심보다, 그저 황당했다. 이게 사실일까? 마치, 소설 같잖아. 하지만 자신의 과거와 공책의 내용이 비슷했다. 그냥, 소설이겠지? 아무리 봐도 이상한 일기 같았다. 공책의 몇 대목이 마치 예언서처럼 자신의 미래를 알아맞힌 몇 달 후에야 아들은 엄마가 자신을 어떻게 키워왔는지 깨달았다.

아들은 놀라긴 했지만, 고민하지는 않았다. 아들은 열일곱 살, 축구와 컴퓨터를 좋아하고 시험 성적에 예민한 고등학생이었다. 별 생각 없이 엄마가 쳐놓은 그물에서 벗어나려는 몸짓을 해보다가 그만뒀다. 그물에 몸이 살짝 스치는 것도 귀찮았다. 잠깐, 고민이 어떤 거였더라? 아들에게는 그런 질문을 하는 것보다는 다음 시험에서도 1등을 하는 게 더 중요했다. 고민 대신 공부를 한 덕분에 아들은 다음 시험에서도 거뜬히 1등을 할 수 있었다.

대입 시험에서 실패했을 때, 어차피 엄마가 모든 것을 알아서 할 테니, 아들의 마음은 편안했다. 적당한 대학과 학과를 찾거나, 재수 학원을 알아보거나, 뭐든 엄마가 알아서 준비하겠지. 아들은 그동안 하지 못한 게임을 실컷 했다. 예상대로 엄마는 성적표를 보고 위로의 말을 건넸다. 아들은 계속 즐겁게 게임만 했다. 알아서 될 것이다.

대학 입학 후 아들은 다른 친구들처럼 이것저것 고민하며 갈팡질팡하지 않았다. 낭비되는 시간이 있을 리 없었다. 엄마는 예전보다 더 자신 있게 아들에게 상세한 조언을 건네 왔다. 아들도 무엇인가 결정해야 할 때는 곧바로 엄마에게 물어봤다. 아들에게 대학 생활은 중고등학교 시절과 같았다. 의학 공부에 흥미를 가진 적은 없었지만 거부감도 들지 않았다.

그래도 결혼만큼은 스스로 결정했다고 자부했다. 아주 예전부터 운명적인 사랑을 꿈꿔왔다. 엄마가 반대하는 결혼을 할 생각은 없지만, 그래도 결혼은 당연히 사랑하는 여자와 해야 하는 것 아니겠는가. 낭만적인 사랑, 운명적인 결혼.

아들은 오랫동안 엄마에게 여자를 소개시키지 않고 뜸들였다. 혹시 엄마가 반대하면 어쩌지? 결혼은 마음이 가는 대로 하고 싶지만……. 아들은 만나면 만날수록 자신의 마음에 드는 행동만 골라 하는 그녀를 놓치고 싶지 않았다. 그녀처럼 자신과 잘 맞는 사람은, 엄마를 빼고는 본 적이 없었다. 고민 끝에 여인을 집으로 데리고 갔을 때 다행히 엄마가 웃었다. 휴, 아들은 안도하며 낭만과 운명을 믿었다.

아들은 침대에 누워 자신 정도면 효자라고 생각했다. 아들도 결혼이 독립이라고 생각하지 않았다. 독립보다 편한 게 있는데, 대체 왜? 편안한 삶은 계속 이어질 것이다. 계속.

그곳에 가면 더 많은 것들이

세 명을 잡았다. 수인부囚人簿에는 아흔일곱 명의 이름이 더 남았다. 수囚는 에운담口에 사람人이 갇혔다는 말이니, 수부囚簿라고만 해도 될 것 같다.

*

쓰던 글을 멈추고 처음부터 다시 읽어 내려갔다. 촉감이 나쁘지 않다. 단어 몇 개를 바꾸고 문단을 통째로 덜어내고 나니 세 문장만 남았다. 오늘은 여기까지. 하루 세 문장만 쓸 수 있으면 충분하다. 다시 삼십 분을 들여 오늘 쓴 글을 고치며 어항에 넣은 소설가들이 깨어나기를 기다렸다. 감시카메라 너머로

소설가들이 꿈틀거리는 모습이 보였다.

*

제일 먼저 초대해 온 U는 M과 마찬가지였고, 꺼내오다시피 한 M은 C와 비슷했고, 쉽게 주워 온 C는 U처럼 반응했다.

U는 잠에서 깨자 높은 천장을 한참 쳐다봤다. U의 망막에 천장은 어떻게 비칠까. 감시카메라의 줌을 당겨 U의 눈동자를 바라봤다. 갑자기 U의 동공이 커졌다. 그럴 리 없겠지만 어쩐지 렌즈 너머로 내 속내가 들키는 기분이 들었다. 서랍에서 선글라스와 마스크를 꺼내 썼다. U의 동공이 작아졌다. 이상하다. 어항 속의 빛은 일정할 텐데. U가 고개를 숙였다.

감시카메라의 각도 때문에 가뜩이나 큰 U의 머리가 실제보다 훨씬 거대하게 보였다. 머리만 조금 더 작았더라면 U는 얼굴만으로도 한국소설의 미래가 될 수 있었을 텐데. 왜, 같은 소설도 작가의 분위기에 따라 달리 읽힐 수 있으니까. 신은 U에게 재능과 신비로운 얼굴을 내렸지만 동시에 거대한 머리도 함께 주었다. U는 고개를 꺾더니 나가는 문을 찾았다. 아마도 지인의 집이라고 여기는 모양이었다. 하지만 어항 벽에는 문이라고는 없다. 입구가, 출구가 있는 어항을 본 적 있는가?

U는 순순히 이불 위로 되돌아갔다. 이불을 발로 밀어서 둥

글게 뭉쳐두고 그 위에 앉았다. 그리고 벽을 하나하나 손으로 천천히 쓸어내렸다. 손길이 너무 느려서 감시카메라가 고장난 줄 알았다. 카메라의 줌을 U의 손등 위에 얹었다. 핏줄이 움찔거리는 것처럼 보였다. 이 장면은 따로 소장해둬야겠다. U는 벌떡 일어나 이불을 털었다. 베갯솜을 주물럭거리기도 했다. 도청기라도 찾는 것일까.

닫힌 방 안, 이불 하나, 베개 하나가 전부라는 사실을 U, M, C가 깨닫기까지는 삼십 분도 걸리지 않았다. 한숨과 심각한 표정을 짓던 U는 태연하게 잤다. M이나 C도 U처럼 다시 잠을 청하기 시작했다. 이건 꿈이 분명하니까, 꿈속에서 다시 자고 일어나면 알아서 되돌아가리라 믿는 모양이었다. 하긴, 꿈이 아니라고 생각하는 쪽이 더 이상할지도 모른다. M은 좀처럼 잠들지 못하고 뒤척였다.

그래, 푹, 잘 자면 좋지.

오래, 오래오래 걸릴 수도 있으니까.

어항은 그런 곳이니까.

*

C가 먼저 고함을 질러댔다. 스피커를 껐다. 고함소리는 들을 필요가 없다. 베개를 집어던졌지만 발악이라고 부를 정도

는 아니었다. 어쩐지 고함과 몸짓은 어색한 무성영화처럼 보였다. 방 안에는 부술 물건이 없었기 때문에 기껏해야 제자리뛰기나 체조에 불과했다. 제자리뛰기 정도는 건강에 도움이 될 것이다.

정신을 차려보니 처음 보는 방이라면, 아무도 대답하지 않고 절대 열리지 않는 방이라면, 당신은 그곳을 뭐라고 여기겠는가. 그래, 이곳에 초대받은 사람은 이 질문에 답해야 한다. 어떻게든 다른 세계를 상상해내야 한다. 당신을 위한 모든 철저한 배려가 준비되어 있다. 먹여주고 재워주는 대신, 해야 할 것은 오직 하나. 나는, 당신에게 세계를 창조할 수 있는 시간을 충분히 줄 수 있다. 나는 내 역할에 충실하고, 당신은 당신 일에 충실할 것. 이것이 어항의 유일한 규칙이다.

*

지방 부동산이 반토막 날 때였다. 부동산이라는 말이 어울리지 않는 폐가였다. 오래전에는 전국 분교 중에서 가장 작은 분교였다고 하는데, 자신을 통하지 않고는 이 지역의 그럴싸한 물건은 구경도 할 수 없다는 중개인도 몇 시간을 헤맸다. 헤매는 시간이 마음에 들어서 폐가를 샀다. 이 년 정도 아무것도 건드리지 않고 내버려두었다. 아카시아 잡목이 더 우거지기를 기다렸다가 공사를 시작했다.

초대에서 가장 중요한 건, 어떻게든 살려두는 일이었다. 천장이 충분히 높아야 했다. 전등에 손을 대거나 목을 맬 수 없도록. 지붕을 뜯어내고 사 미터 높이의 천장을 만들었다. 목을 매려고 작정하면 문고리나 창틀도 훌륭한 도구가 될 수 있으므로, 천장을 제외하면 방 안은 모두 공평하게 낮아야 했다. 이곳에 높낮이라는 게 존재한다면 베개 정도가 전부였다. 아, 화장실은 어쩔 수 없었다. 최대한 냄새 문제를 고려했으나 기술적 한계가 있었다. 사방이 벽이었다. 자해를 대비해 폴리우레탄 폼으로 만든 쿠션 벽을 만들었다. 안락해 보이는 인테리어 효과도 있었다. 작정하고 물어뜯는다면 다 씹어낼지도 모르지만 그 전에 임플란트 시술이 필요하겠지. 술과 담배로 약해졌을 소설가들의 치아를 믿기로 했다. 돌이켜 생각해보면, 모두 불필요한 일이긴 했지만. 어쨌든 방 안에는 푹신한 것만 있고 뾰족하거나 딱딱한 것은 없었다. 이 얼마나 부드러운 공간인가. 최선과 진심을 다해 안전한 어항을 만들었다.

감시카메라를 숨기는 것은 불가능했다. 카메라 렌즈는 숨길 수 있는 것이 아니었다. 관련 학과를 나오긴 했지만, 이쪽 일에 대한 경험이 적진 않았지만, 나에게 그 정도의 시공 실력은 없었다. 어차피 이런 방에 갇혀 있으면서 감시카메라가 없다고 생각할 소설가라면, 애초에 이곳에 초대받을 자격이 없기도 했다. 아예 교보문고에서 가로세로 일 미터짜리 'CCTV 촬영

중'이라는 노란 스티커를 사서 붙였다. 유일한 장식이 소설가들의 마음에 들기를 바라며 마지막으로 천장에 문을 달았다. 어항의 출입구는 당연히 하늘에 있어야 했다.

처음 계획은, 사심 없이 공정하게 백 명의 소설가를 선발할 생각이었다. 작은 나라에, 소설가 백 명도 너무 많긴 했다. 이미 유명한 소설가는 제외했다. 아무리 소설에 관심이 없어도, 소위 잘나가는 소설가들이 잇달아 사라지면 의심을 살 수 있으니까. 아닌가? SNS를 많이 하는 소설가도 부득불 지울 수밖에 없었다. 수인부를 만들 때, 일순위로 고려했던 소설가는 시도 때도 없이, 하루에도 다섯 번 이상 SNS에 글을 올렸기 때문에 포기했다. 이 공간에 초대받지 못하는 이유가 겨우 SNS라는 사실에 잠깐 절망했지만 우선 칠십여섯 명을 추렸다. 유망주 1차 드래프트는 금방 끝났지만 추가 선발 작업은 오래 걸렸다. 후보의 후보까지 포함해도 도저히 백 명을 다 채울 수가 없었다. 어쩔 수 없이 백 명의 명단을 채우기 위해 칠십일곱 번째부터는 평론가를 넣었다. 나중에, 호평이건 악평이건, 어항에 있었던 소설가들에게 혼이 담긴 평을 쓸 것 같은 평론가부터 시작했다. 상업적 서평이나 주례사 비평과는 무관할. 마침내 초대장 명단의 빈자리가 사라졌다.

*

컴퓨터용수성싸인펜으로 할 수 있는 자해는 한계가 있고, 그 정도는 치료할 수 있다. 응급처치와 주사 놓는 법을 배워둔 게 쓸모가 있었다. 안전한 공책과 컴퓨터용수성싸인펜을 내려 보냈더니 반성문이 차례로 올라왔다.

U, M, C는 자신이 억울하게 갇혔다고 생각하는 대신 무엇을 잘못했는지 고민했다. 조용히 소설만 쓰는 줄 알았는데 얼마나 많은 잘못을 저질렀던, 원한을 샀던 것일까. '혹시라도……', '만약……', '그럴 리 없겠지만……'으로 시작하는 고백록이 줄줄이 나왔으나 아직까지는 시시콜콜했다. 소설가 들답지 않게 못 쓴 반성문이었다. 무엇보다 소설가들의 개인적인 잘못은 궁금하지 않았다. U의 머리가 거대하다는 것도 잡아오고 나서야 알았다. 작가가 어떻게 살건, 그게 나와 무슨 상관인가.

반성과 고백 전략이 수포로 돌아가자 타협과 설득이 시작되었다. 그들은 자신이 무엇을 잘못했는지 기억나지 않지만 어쨌든 미안하다고, 지금이라도 풀어주면 없던 일로 치겠다고 했다. M은 나를 이해한다고, 하지만 사랑이 죄는 아니지만 넘치는 문제가 있다고 썼다. 울컥, M에게는 친구도 거울도 없나, 대형 거울을 내려 보낼까 싶었지만 자해 도구가 될 수 있어서 마음을 다잡았다. 대신 그의 증명사진을 크게 인화해서 내려

보냈는데, M은 그 의미를 전혀 추측하지 못하는 모양이었다.

반성문에서 흥미로운 건, 단 하나. 아무도 무죄를 주장하지는 않았다. 억울하게 잡혀 왔거나 착오에 의한 초대라고 여기는 문장은 단 한 구절도 발견되지 않았다.

이건 어느 소설의 무슨 부분입니까.

제일 먼저 자기반성을 끝낸 소설가는 U였다. U는 자기반성 대신 작품 반성을 시작했다. 예전에 쓴 소설을 끊임없이 검토하고 곱씹었다. 모든 행운과 불행이 자신의 소설에 닿아 있다고 믿는 모양이었다. 하긴 틀린 답은 아니었다. 그들을 초대한 건 그들의 소설 때문이니까. M과 C도 곧 U의 뒤를 따랐다.

너무 잘 써서 잡혀 온 게 분명하다. 적당히 조금만 더 잘 쓸걸./ 그 인물은 당신이 아닙니다./ 뭐라고 썼는지 기억이 안 나!

역시 U가 조금 더 통찰력이 있었다. 아마도 이대로 7, 8년만 지나면 소설 좀 읽는다는 사람치고 U를 모르는 사람은 없을 것이다. 스스로의 안목에 감탄하기 위해 모처럼 와인을 꺼냈다. 여기까지는 명단과 계산이 정확했으니까. 그런데 U의 쪽지에 있는 '적당히'가 어쩐지 거슬렸다. 소설가들의 반성문을 스캔해서 파일로 정리하고 천천히 교정을 봤다. 와인 한 병이 비워질 때와 교정이 끝날 때를 맞추었다. 교정을 끝낸 반성문은 철끈으로 묶어 캐비넷에 넣었다. 술도 깰 겸, 삼십 분 동안 어항 주변을 경보로 뛰었다. 소설가들을 위해서는 누구보다 내가 건강해야 한다.

*

무슨 일이든 마찬가지지만, 글쓰기는 시작이 반이다. 일단 시작만 하면 알아서 굴러갔다. 초대도 마찬가지였다. 초대도 시작이 반이었다. 상상만 하다가는 아무도 초대할 수 없었다.

소설가들은 갑자기 사라져도 이상하지 않았다. 소설 쓴답시고 사라지고, 연락도 안 받고, 찾아가도 문도 잘 안 열어주는 평소 행실 탓이겠지. 그러게, 가끔 부모님과 안부 전화도 하고, 주변 사람들과 인사도 나누고 지내면 이럴 때 도움이 되지 않을까. 술 마실 때 빼고는 제멋대로니 두세 달쯤 연락이 닿지 않아도 그러려니 하는 것이지. 그러나 불규칙한 생활 덕분에 어항에 초대받는 영광을 누리게 되었으니, 인생은 알 수 없는 것이다.

힘들지 않았다. 주워 오는 편에 가까웠다. 술에 취해 간신히 집에 기어가는 U의 뒤를 따라다니다가 둘러메고 왔다. 만취한 상태로 U는 오래도 돌아다녔다. M은 쉬웠다. 그냥, 열려 있는 M의 집에 들어가서 술에 뻗은 상태 그대로 업어 왔다. M은 자취방 안에서 신발까지 신은 채 자고 있었으므로 따로 양말과 신발을 신기느라 고생할 필요도 없었다. 다 큰 성인의 신발을 신겨본 사람은 안다. 스스로 하면 간단한 행위가 타인에게는 얼마나 복잡하고 짜증나는 일인지를. C는 쓰레기통 옆에 기대서 졸고 있는 것을 우연히 주워 왔다. C는 명단의 저만치 아래에 위치해 있었지만, 그대로 두면 저체온증으로 죽을 수도 있으니 어쩔 도리가 없었다. 112에 신고할까, 순서를 바꿀까 고민하다가 운명이라고 생각하고 초대했다.

무슨 일이든 마찬가지지만, 쉬운 일이란 없다. 먹이고 치우고 재우는 일이 모두 내 몫이었다. 쉬는 날도 없이 하루 세 끼를 먹이고, 치우고, 이틀에 한 번 더러운 세탁물을 처리하고, 보름에 한 번 방 청소를 하며 모자란 비품을 채워줬다. M의 옷은 늘 따로 빨았다. 도저히 다른 사람들의 세탁물과 섞을 수가 없을 만큼 지저분했다. 더이상의 청결은 현실적으로 고려할 수 없었다. 칫솔이나 면도기는 훌륭한 자해 도구가 될 수 있었다. 청결을 위해 넣어줄 수 있는 건 물비누가 전부였다. 덕분에 청소를 하기 전에는 각오와 심호흡이 필요했다. 방역복을 입고 천천히 하강했다.

수면가스 같은 것은 구하지 못했다. 어떤 노조의 농성을 진압하기 위해 경찰이 수면가스를 살포할 계획을 세웠다는 말도 안 되는 말은 들어봤지만, 사람이 사람에게 그런 것을 차마 쓸 수는 없었다. 나는 주인이지 간수가 아니다. 소설가들을 꼭 재워야 할 때는 졸피뎀 성분의 수면제를 사용했다. 28일 치 졸피뎀 처방에는 진료비와 약값을 포함해도 만 원이 들지 않았다. 번거롭게 불법으로 구할 필요도 없었고 약효는 충분했다. C에게는 조금 더 고용량이 필요하긴 했지만.

준비한 어항은 남았지만 새로운 소설가를 잡아올 수는 없었다. 새로 다른 소설가를 잡아오는 사이에 잡아둔 소설가들이 굶을 지경이었으니까, 도무지 시간이 나지 않았다. 아쉽지만 정원은 세 명으로 만족하기로 했다. 세 명이면 충분히 세계를 만들어나갈 수 있으니까. 소설은 쪽수로 하는 게 아니니까.

*

말하자면 순수한 노동을 해야 했다. 사람을 쓴다면 24시간 안전하게 그들을 지킬 수 있고, 두 사람 이상 고용한다면 교대근무도 할 수 있을 것이다. 그러나 어항 주변에는 밥을 사 먹을 수 있는 곳도 없고, 주휴수당은 부담이며, 야간근무는 주간근무 시급의 1.5배를 줘야 하고, 장기간 일하면 퇴직금도 필수고, 사대 보험도 들어줘야 했다. 좋은 일 하는 것이니 조금만 참고 가족같이 일하자는 말은 차마 할 수 없었다. 나는 파렴치한이 아니다.

새벽 네 시 반에 일어나 밥을 지었다. 새벽기도를 하는 기분이었다. 처음에는 쌀밥만 하다가 혈당을 고려해달라는 C의 쪽지를 받고 현미와 콩을 섞었다. C는 유독 불만이 많았다. 밥에서 냄새가 나는 걸 보니 오래된 쌀이 분명하다고, 군대 짬밥도 이것보다 색깔이 좋았다고 했다. 모처럼 해물탕을 준비했더니 후쿠시마 방사능은 이제 안전하냐고 쪽지를 남겼다. 콩밥을 보니 교도소에 있었던 기억이 떠오른다는 M의 요청 때문에 가끔은 보리를 섞었다. 순진하게 생긴 M의 얼굴을 생각했을 때, 의외의 경력이라고 생각했다. 국내산 보리는 쌀보다 비쌌다. 가능한 국내산을 쓰려고 노력하다 보니 새벽에 옆 도시까지 가서 신문과 우유를 돌려야 했다. 집집마다 우유를 배달하며 국내산, 국내산을 되뇌었다. U는 육류가 없으면 밥을 절반 이상 남겼다. 탄수화물은 적게 먹고 단백질 위주의 식사 습관 때문이라고 했다. M은 잡혀 올 때보다 안색이 좋아졌다. 술은 일주일에 한 번, 소주를 물통에 담아서 줬다. C는 소주를 먹지 않았다. 쪽지에 자신은 소주 체질이 아니니 맥주를 달라고, 알코올 주정과 감미료를 물에 탄 것 따위를 어떻게 마실 수 있겠느냐고 했다. 가능하면 아일랜드 여행 때 마셨던 기네스가 좋겠다는 요청도 덧붙였다. C는 기네스를 넣어줄 때까지 끈질기게 소주의 야만성에 대한 글만 썼다. 담배는 씹는 종류로 대신했다. 이불에 불이 붙기라도 하면 문을 열어줘야 하니 어쩔 수 없었다. 씹는담배는 M이 제일 좋아했다.

일곱 시 반에 아침 겸 점심, 간식까지 배식구에 밀어 넣고 출근했다. 시장은 퇴근하고 봤다. 자주 가는 정육점 아주머니는 나를 먹성 좋은 애 셋을 둔, 아내와 사별한 삼십 대 후반이라고 생각하는 모양이었다. 자신도 혼자 아이들을 키웠는데, 이제 죄다 타지로 떠나고 혼자 지낸 지 오래되었다고, 자식 키워봐야 다 소용없다고 했다. 고기는 항상 정량보다 더 들어 있었다. 하지만 아주머니, 그들은 저에게 꼭 소용이 있을 겁니다. 저는 누구보다 그들을 잘 키울 수 있습니다.

소설가들의 얼굴이 갈수록 좋아졌다. 주는 대로 잘 먹는 M이 가장 예뻐 보였다. C도 살이 조금 올랐다. 일주일에 한 번은 제철 생선을 준비했다. 일요일은 시리얼과 우유로 대신했다. 일요일에는 신문도, 우유도 쉬었으니까, 나도 쉬어야 했다. 소설가들을 위해서는 누구보다 내가 건강해야 한다니까.

*

C는 심지어 종이에도 불만을 가졌다. 일부러 준비한 공책이 너무 고급이라며, 이런 종이를 만들려면 표백제와 광택제가 들어간다고 썼다. 하루 종일 불만을 토로하는 것이 C의 일과였다. U는 열 시쯤 되면 슬슬 일어나 한 시간쯤은 낭창하게 앉

아 있기만 했다. U는 밥과 세탁과 청소에 아무 고마움이 없었다. 당연히 내가 할 일이라고 생각하는 모양이라서, 내 마음을 알아주는 것은 역시 U밖에 없구나 싶었다. M은 열두 시 전에 일어나는 법이 없었다. 어느 날은 아홉 시에 퇴근해도 아침과 똑같은 모습으로 자고 있었다. 대신 5평짜리 자취방보다 이 방이 더 넓고 안락하다고, 노고에 감사한다는 견실한 쪽지를 남겼다. 나는 그 쪽지를 불태웠다. 소설가들을 돌보며 전기밥솥과 세탁기와 전자레인지와 냉장고의 의미를 새삼 깨달았다. 넷 중 하나라도 없었다면 소설은 지금보다 오십 년쯤 후퇴했을 것이다. 소설은 종이나 펜, 상상력에서 탄생하는 게 아니라 냉장고가 잉태하고 세탁기가 출산하는 것이었다. 소설가 대신 세탁기를 모셔놓고 싸인회를 하는 게 바람직하지 않을까 싶었다.

비록 전기밥솥과 세탁기와 전자레인지와 냉장고는 아니지만, 나는 그들의 최초의 독자이자 마지막 독자였다. 그들이 좋은 작품을 빨리 쓰지 않는다고 조급해할 이유는 없었다. 소설을 쓰라고 한 적도 없었다. 어차피 내버려두면 그들은 소설을 쓰고 있을 테니까. 느긋하게 마음먹는 사람이 결국에는 이기는 법이다. 대신 참신한 상상력을 보여주기를, 인물끼리 분투하기를, 조금 더 소설 미학에 대한 깊이를 품기를, 세련되고 치밀한 문장을 보이기를 기다렸다. 시간이 지나면 소설가들의 배식구에 뭔가가 놓여 있었다. 빠르건 느리건, 셋 다 뭔가를 쓰고, 또 썼다. 내가 할 일은 밥을 주고, 청소를 하고, 소설을 읽고, 교정을 본 원고를 돌려주는 게 전부였다. 다시 생각해도 무척 보람찬 시간이었다.

*

시간이 지날수록 일종의 동화同化가 일어났다. U, M, C의 소설이 서로 비슷해지기 시작했다. CCTV 녹화 파일을 모조리 돌려 봤지만 서로 존재를 알고 있다는 증거는 발견되지 않았다. 가끔 우레탄 벽을 두들기는 모습은 있었지만 주먹으로 의사소통을 할 수는 없었다. 그들의 손은 그런 것에 쓰라고 있는 게 아니다. 폭신폭신함은 폭력마저 흡수하니까. 차라리 그들이 몰래 서로 땅굴을 팠다고 하는 편이 더 그럴싸할 것이다.

하지만 소설이, 어딘가 비슷했다. 어딘가 환상적이면서도 폭력적일 때도 있었고, 현실 정치와 담론에 밀접한 순간도 있었으며, 집착적일 만큼 세밀한 묘사로만 일관될 때도 있었다. 어떤 부분은 장난 같았고, 이런 소설을 쓰는 사람이 제정신일까 싶었는데, 도를 넘더라도 비슷하게 넘고 있었다. 동화가 극심해질 때면 그들의 소설은 때로는 서로 분간되지 않았다. 타이핑해놓으면 같은 작가의 연작소설집처럼 보였다. 시험 삼아 U의 소설을 M에게, M의 소설을 C에게, C의 소설을 U에게 넣어줬다.

이걸 진심으로 소설이라고 썼습니까?/ 어디서 본 소설을 대충 흉내낸 것에 불과함/ 밥에 콩 좀 넣지 말라고!

*

밥을 하고……. 빨래를 하고……. 어둠 속에서 계란이 나왔다. 비슷했지만 역시 U의 소설이 더 마음에 들었다. U는 보면 볼수록 잡아올 가치가 충분한 소설가였기 때문에, 더 일찍 잡아오지 않은 게 아쉬웠다. 계란이 자꾸 쌓여갔다. 나는 그들의 소설 중 가장 좋은 것을 신중하게 골라 소설가라면 누구나 청탁 받기를 원하는 출판사에 보냈다. 소인을 다르게 찍기 위해 전국의 우체국을 돌았다. 쓸데없는 디테일이었던 것 같은데, 그때 나는 이런 것에 철저하게 집착하고 있었다. 반년 후, U의 소설만 잡지에 실렸다.

교정보며 손은 좀 댔지만, 이것은 당신의 소설입니다. 축하합니다.

열흘만 주십시오. 꼭 돌아오겠습니다.

U가 간청했다. 옛 이야기에서는 꼭 이런 부탁을 거절하지 못해 사단이 난다. 부모님이 몹시 아파요, 꼭 돌아올게요. 한 번만 이승에 다녀오면 안 될까요. 맹세는 어기지 않아요. 물론, 인간 U의 말을 믿을 수는 있다. 그러나 어항에 인간 U는 존재하지 않는다. 여기에 인간은 없다. 이곳은 그런 곳이다. U의 쪽지를 믿어주고 싶지만, 세상 모든 말을 믿어도 소설가의 말을 믿을 수는 없다. 필요하다면, 궁하다면, 모두 팔아먹을 수 있는 사람들이니까. 순진한 얼굴로 조용히 술자리에 앉아 있어도 머릿속에는 들은 이야기를 훔쳐 쓸 생각밖에 없으니까. 나는 다만 그들의 소원을 들어준 것에 불과하니까. 강제로 호텔 같은 곳에 갇혀서, 아무런 일도 하지 않고, 꼬박꼬박 먹여주고 재워주며, 세상과 단절되어, 맘껏 글만 쓰고 싶다는 그들의 부탁을, 누가 글만 쓰라고 채찍질 좀 해줬으면 좋겠다는 그들의 소원을 그저 이루어주는 사람이니까. 마감 때문에 걱정이라고 말하는 소설가들의 마음은 웃고 있는 게 분명했다. 따라서 U의 요청은 각하될 수밖에 없었다. 무엇보다 아직 어항에 대한 U의 믿음이 충분치 못했다. 나는 알 수 있었다.

*

언젠가부터 소설이 나오는 때가 저마다 달랐다. 소설도 확연히 달라져서, 이제 첫 문장만 봐도 누구의 소설인지 알 수 있었다. U의 소설은 인물이 춤을 추었다. U의 소설은 적극적으로 중요한 건 사건이 아니라 인물이라고 주장하고 있었다. U의 소설은 인물만 잘 만들어놓으면 사건과 갈등은 어떻게든 인물이 끌어간다고 말했다. M의 주무기는 끝없는 서스펜스였다. 인물이 한 군데씩 어설프고 플롯은 진부했지만 긴장감 하나는 인정할 수밖에 없었다. 용맹한 사냥개처럼 한번 만든 서스펜스는 끝까지 몰고 갔다. C는 갈등의 명수였다. 끝없는 싸움과 선택지를 꾸준하게 펼쳤다. 그래, 갈등은 천지창조보다 먼저 존재했을지도 모르지. 신도 세상을 만들까 말까 신중하게 고민했겠지. 캐비닛을 이미 두 개 더 구입했다. 하지만 무작정 늘릴 수는 없었다.

마침내 결정했다.

이제 M을 내보내야 했다.

M은 물 반잔을 천천히 바라보더니 체념하듯 단숨에 들이켰다. M이 쓰러지기 전 감시카메라를 끄는 것으로 예를 표했다. 한 시간 후 내려가 쓰러진 M의 얼굴에 면도 거품을 발랐다. 왼쪽 턱 밑을 두 번, 인중을 한 번, 귀 아래를 한 번, 볼도 깔끔하게 처리했다. 바가지를 머리에 씌우고 삐져나온 머리카락을 잘랐다. 엉망이긴 해도 두더지보다 사람에 가까워졌다. 어디 풀어놓는다고 해서 사냥될 것 같지는 않았다. 그럭저럭 깔끔해진 M을 보고 있으니 잠깐 우울해졌다.

마지막 작업이 남아 있었다. M의 상의를 벗기자 지독한 암내 때문에 잠깐 정신이 아찔했다. M의 겨드랑이는 글쎄, 겨드랑이라고 불러도 괜찮을지 모를, 그런 수북함이 있었다. 왼쪽 겨드랑이 털을 말끔하게 밀고, 잉크를 바른 바늘로 한땀 한땀 찔러 한 글자를 새겼다. 돋보기로 봐도 무슨 글씨인지 알 수 없을 만큼 작은 문신이었다. 나는 M에게 외자로 된 새로운 이름을 내렸다.

M의 소설이 모두 컴퓨터에 안전하게 입력된 것을 확인한 뒤 초고를 모두 불태웠다. 초고 타는 냄새는 언제나 달달했다. M을 버리러 가는 김에, 이번에는 U와 C의 다른 소설들 중 제일 못 쓴 것을 골라 출판사에 보냈다. 못 쓴 소설을 고르기가 만만치 않았다.

*

보름이 지나면 돌아오지 말라고 해도 찾아오겠습니다.

방법을 바꾸었다. 매번 U의 소설 중 가장 형편없는 소설을 출판사에 보냈는데, 실리는 소설마다 찬사가 이어졌다. 계절이 지나자 U는 저명한 문학상 후보로 거론되었다. C에 대한 관심도 차차 늘었다. U와 C가 함께 언급되는 일도 있었다. 그

때마다 퇴출된 M은 묘한 말을 SNS에 올렸다.

인질은 있었다. 아직 발표하지 않은 U의 소설 다섯 편이 캐비넷에 있었고, 그 중 두 편은 심지어 장편이었다. U에게 만약 시간을 지키지 않으면 그동안 쓴 소설을 불태우겠다고 제안했다. U는 세상을 확인하고 싶어 초조해하고, 동시에 인질 때문에 망설이다가, 동의하는 쪽지를 내놓았다. U에게도 반잔의 물이 내려갔다.

물론 U는 돌아오지 못했다.

약속된 날, 나는 U를 데리러 가지 않았다.

물잔을 내릴 때부터 데리러 갈 생각이 없었다. 약속 장소에 경찰이 기다리고 있을지도 몰라서? 아니, U는 그럴 수 없다. 최고의 작품은 여기에 있다는 것을 U 자신이 더 잘 알 테니까. U를 놓아줄 때 이미 그와 어항은 끝일 수밖에 없을 테니까. 몽테크리스토 백작이 감옥에 다시 방문하는 일은 관련자들이 대부분 죽고, 다 떠난 어느 때였으니까. 나는 사십 년은 더 건강하게 살 작정이었고 부지런히 어항을 관리할 계획이니까. 이것이 모두를 위한 길이다. U도 내 진심을 이해해줄 것이다.

우리는 서로 알고 있었다. U는 캐비넷 안에 있는 것보다 더 좋은 소설을 쓸 수 없다. 긍지를 느낀다. 나는 U가 쓸 수 있는 최고의 소설의, 최초의 독자이며, 마지막 독자이며, 유일한 독자로 완성되었다. 이제 이 소설은 영원히 내 것이다.

*

X와 Z를 돌보는 일은 유난히 힘들었다. X와 Z를 잡아온 지 두 달이 지났을 때, C에게 반잔의 물을 넣어줬다. 꾸준한 작품 세계를 보여줬던 C였으나 떠날 때가 되었다. C의 겨드랑이에는 다른 글자를 새겼다. 부디 C의 마음에 가닿는 이름이기를. 이제 내 궁금증은 X와 Z가 품은 세계였다. 아직 X와 Z의 소설은 고만고만했지만, 계란일 때는 다 비슷하니까.

어항은 계속 돌아갔다. 언젠가는 부부 소설가를 잡아온 적이 있다. 남편만 잡아올 생각이었는데 어둠 속에서는 누가 남편이고 누가 아내인지 구분이 되지 않았다. 남자 소설가는 조금 여성스러웠고 여자 소설가는 조금 남성스러웠다. 부부 소설가를 잡아온 뒤로는 한층 더 신중하게 움직였는데, 그럼에도 불구하고 소설가 지망생을 잡아온 적도 있다. 잡아오려는 소설가와 소설가 지망생은 친구였는데, 소설가의 방에 소설가 지망생이 자고 있었던 것이다. 대체 왜 이렇게 아무 방에서나 방만한 자세로 자는지 모르겠다. 소설가 지망생은 다음 날 바로 풀어줬다. 병아리는 잡지 않는다.

U는 사백사십 쪽 정도 되는 장편소설을 발표했다. U는 작가의 말에 스무 궤짝의 소주로 방문을 막은 다음 한 달 만에 탈고했다고, 술을 다 마시고 나서야 문을 열 수 있었다고 썼다.

이것은 있으면서 없는 소설이다. U에 의해 한국 소설은 사흘 뒤 부활했다.

책 띠지에 인쇄되었던 어느 심사위원의 평은 종교 단체의 격렬한 항의를 받았다. U의 소설은 항의를 이끌어낼 만큼 힘이 있었다. U는 다음과 같이 답했다.

저는 확신합니다. 그곳에는 더 많은 것들이 있습니다.

출판사들은 U의 소설에 서로 문학상을 주기 위해 줄을 섰다. 기대를 받았던 U지만, 이번 소설은 유독 벼락같은 작품이라고 했다. 문학상 소식이 텔레비전 아홉 시 뉴스에 나올 정도였다. 시상식은 연말로 예정되어 있었다. 나는 텔레비전을 끄고 감시카메라를 켰다. 오 분 뒤, 감시카메라를 끄고 X의 소설 교정을 시작했다. 교정이 끝나고 어항 주변을 뛰며 미소를 지었다. 소설은 바둑이 아니다. 자신의 소설을 똑같이 복기할 수는 없다. 화제가 된 U의 소설도 좋았지만, 그래도 캐비닛에 있는 그것의 모사품에 불과했다. U의 최고작은 세계의 마지막까지 그곳 캐비닛 안에 있을 것이다.

*

축하를 빙자한 술자리가 그렇듯 다들 저마다 마시고 떠들기에 바빴다. 막차는 끊겼다. 열두 시가 지나자 갈 사람은 가고 다들 웬만큼 취했다. 그래도 평소보다 많은 사람들이 남아 있었고, C의 목소리는 아까부터 우렁찼다. C는 자신의 기묘한 경험을 떠들었다. 자신이 뺏긴 소설들을 되찾을 수만 있다면 U가 받은 상쯤은 아무것도 아니라는 주정이었다. U는 C의 주정에는 관심도 없다는 듯 말없이 맥주만 홀짝거렸다. U를 제외한 모든 사람들이 C의 주정에 한마디씩 끼어들었다. 중견으로 분류되는 소설가가 자기가 등단할 때도 비슷한 괴담을 들었다고 했다. 아, 나도, 나도, 하는 소리가 나오면서 C의 주장은 묻혀버렸다.

대화의 중심에서 밀려난 C는 씩씩거리다가 왼쪽 겨드랑이에 증거가 있다며 옷을 벗었다. 자신의 겨드랑이 숲을 손으로 헤쳐가며 똑똑히 이 글자를 바라보라고 소리쳤다. C의 겨드랑이는 다시 충분히 무성해져 있었다. 한때 나쁘지 않은 소설을 발표했던, 이제는 대체로 잊힌, 등단한 지 벌써 10년이 되어버린 어떤 소설가가 그 말을 비웃으며 자신도 배꼽에 그런 점이 있다며 상의를 벗었다. 사람들이 와르르 웃자 화가 난 C가 어떤 소설가의 뺨을 쳤다. 어떤 소설가는 잠시 가만히 있더니 맥주를 C의 머리 위에 부어버렸다. 나는 어떤 소설가가 SNS를 하는지 검색하다가 문득 U를 바라봤다. U의 손에는 맥주잔 대신 컴퓨터용수성싸인펜이 들려 있었다.

중세소설

어쩐지 발가벗겨진 것 같습니다.

이해해주셔서 감사합니다. 로딩Loading이 없으니 난감할 수 밖에 없습니다. 눈을 감고 어둠을 응시하는 셈입니다. 어디선가 먼지가, 어두운 보라색 하늘에, 불안하게, 떠올랐다가, 가라앉고 있습니다.

그런데 저는 왜 먼지라고 생각하는 걸까요.

보라색이 맞긴 할까요.

당신은 보이시겠지요?

지금 이 상황은 마치 중세소설의 한 장면 같습니다. 연구자가 연구 대상을 닮아버리는 건 아이러니한 숙명입니다. 모름지기 상식 있는 연구자라면 연구 대상과 적절한 거리를 둘 수 있어야 합니다. 그런데 대상을 이해하고 싶다는 마음이 거리

두기를 배반해버립니다. 물론 이해하려는 마음과 옹호하려는 태도는 같은 것이 아닙니다. 하지만 중세소설을 연구하다 보면 자신도 모르게 동화되어버립니다. 사랑하게 됩니다. 맞습니다. 이건 중세소설 탓은 아닙니다. 그저 직업병입니다. 어쩔 수 없이 저도 의식하지도 못한 채 중세소설에 있는 표현을 평소에도 자주 쓰고야 맙니다.

고맙다고 말하는 건 이상한 상황이지만, 어쨌든.

당신 덕분에 중세인들의 마음을 조금 더 느끼는 중입니다.

아, 물론입니다. 솔직하게, 아는 대로만 말하겠습니다.

당신도 약속을 지켜주십시오.

이러고 있으니 갑자기 제가 중요한 인간이 된 듯한 착각이 듭니다.

*

중세가 끝나갈 무렵 인간들은 '의식'을 만들어냈습니다. 항상 그 이름으로 부른 건 아닙니다. 이름은 달라지기 마련이니. 가장 많이 불렸던 이름은 컴퓨터라고 합니다. 컴퓨터는, 지금의 로딩에 비하면 글쎄, 연원을 잇는 것 자체가 억지처럼 보입니다. 지나치게 조야한 장치였습니다.

그럼에도 불구하고 중세인들은 컴퓨터를 두려워했습니다.

마치 로딩이 문득 모든 인간들을 죽여야겠다고 결심하고 기계 군단을 만든다거나, 우주를 황폐화하는 것은 인간이라는 결론을 내려 끔찍한 바이러스를 만든다거나, 진짜 세계 대신 로딩이 만든 가짜 세계에서 꿈꾸듯 살아간다거나, 로딩의 노예가 된 인간들의 비참한 삶이라거나, 형편없는 무기를 든 인간들이 로딩과 최후의 전쟁을 벌인다거나 그런…….

황당합니다.

중세인들은 컴퓨터를 두려워했습니다. 납득하기 어렵습니다만, 자신들이 제작한 것 따위에 공포를 느끼다니 자의식 과잉이라고 불러야 할까요, 자의식 부족이라고 여겨야 할까요. 우리가 잘 아는 갈등 덕분에 중세는 끝났습니다. 네, 나그네쥐 떼들이 일제히 바다를 향해 달려가 차례로 집단 자살을 하는 것과 같은 일이 일어났습니다. 우리가 배운 역사 그대로.

무지 때문입니다. 중세인들은 진짜와 가짜를 구분할 줄 몰랐습니다. 999년, 1999년 하는 식으로, 그저 순차적인 숫자에서도 종말을 느끼고 두려워했던 인간들이었습니다. 근본적으로는 상상력 때문이겠지요. 태어난 날짜를 기념하는 관습도 있었고, 누군가 죽으면 특별한 의식을 치르기도 했습니다. 모여서 음식을 나눠 먹거나 노래를 부르며 망자가 가는 곳에 대한 이야기를 나누었다고 합니다.

모이는 것은, 죽음을 생각하는 것은, 쓸데없고 위험하기만 한 행동입니다. 왜 굳이 모여서 전염의 위험을 감수합니까. 죽음 이후를 생각한다고 해서 무엇이 달라집니까. 울면서 고통을 자처할 필요가 있습니까. 기뻐하거나 슬퍼한다고 나아지는 게 있겠습니까.

망상입니다.

어떤 연구자들의 말처럼 중세라는 시대 구분 자체가 잘못된 것일지도 모릅니다. 원시적인 지성과 유의미한 차이가 발견되지 않는데 굳이 원시와 중세를 구분해야 할까요. 기존에는 연구의 편의상 원시와 중세를 구분해왔지만. 최근에는 시대 구분에 대한 반론이, 설득력 있게, 제출되고 있습니다.

혹시 뭔가 불편하십니까?

다행입니다. 사실 저는 지금 좀 불편합니다. 아닙니다. 부디 마지막까지 당신 기분이 좋기를 바랍니다. 최소한 나쁘지는 않기를 바랍니다. 당신이 불쾌하면 계속될 수 없으니까요.

앞을 볼 수 있으면 좋겠습니다. 당신만 저를 보고 있고, 아무래도 저는 좀, 답답하군요.

죄송합니다.

물론 연구의 편의를 제외하더라도 원시와 중세를 구분해야 하는 이유가 있습니다. 연구자는 설명하기 어려운 현상을 단순화하려는 태도를 경계해야 합니다. 논의 자체를 짓뭉개면 안 됩니다. 연구 대상을 이해하려는 태도가, 이유를 찾으려는 노력이 필요합니다. 의미 부여의 과잉은 어쩔 수 없습니다. 그렇지 않다면 연구는 그저 건조한 사실의 나열에 그치게 됩니다. 건조한 건 질색입니다. 축축한 걸 좋아한다는 말은 아니지만, 어쨌든, 저는…….

저는, 중세소설 연구자입니다.

*

혹시, 왜 이러시는지 말씀해주실 수는 없습니까?

이유나, 계획이 있다거나.

아닙니다. 모르는 편이 낫겠지요.

어떤 강박증 환자가 떠오릅니다. 쓸데없는 말을 하는 걸 용서해주길 바랍니다. 아무 말이라도 해야 진정할 수 있습니다.

강박증 환자는 스쿠버 다이빙을 배웠습니다. 겨울 바다에서 스쿠버 다이빙을 하다 보면 갑자기 점 같은 검은 구름이 수평선 너머에서 피어오를 때가 있다고 합니다. 검은 구름이 순식간에 태양을 가려버리면 바다 위는 미친 듯 날뛰는데 바닷속은 신비로울 만큼 적막하다고 합니다. 어느 날, 어느 순간, 강박증 환자는 그 적막을 견디기 힘들었습니다. 하지만 수면 위로 올라가면 광풍에 휘말려 죽고 말겠지요. 그때 강박증 환자는 이상한 생각을 떠올렸습니다.

수면 위의 폭풍은 진짜인가.

폭풍이 진짜라면 바닷속은 어떻게 이토록 적막한가.

지금 따르고 있는 다이버의 수칙은 진짜인가.

의심을 풀려면 목숨을 걸어야 합니다. 강박증 환자는 광풍이 지나갈 때까지 떠오르지 못했습니다. 한참 후 해안가로 헤엄쳐 나온 그는 그날 이후 모든 것을 의심하기 시작했습니다. 세상에 분명한 것이 존재하기는 하는 것인지, 있다면 무엇인지 궁금해 미칠 지경이 되었습니다. 처음에는 자기 어머니가 진짜 친모인지, 자신의 아들이 진짜 자기 아들이 맞는지 의심했습니다. 자신이 보고 있는 것이 환상인지, 혹시 자기 자신이 살아 있는 것은 맞는지, 자신이 어느 인물화의 일부가 아닌지 고민했습니다. 수압으로 인한 뇌손상, 또는 광풍에 대한 어떤 트라우마로 보입니다만, 사실 스쿠버 다이빙이라는 위험한 취미 자체가 그의 정신이 처음부터 온전하지 않다는 것을 증명합니다.

오늘날이라면 깔끔하게 로딩이 해결해주겠지만.

의심을 거듭하던 강박증 환자는 마침내 한 가지 결론에 도달합니다. 그는 벌거벗은 채 소리치며 뛰어다녔습니다.

"여러분, 나는 생각합니다. 그러므로 나는 분명히 있습니다."

얼핏 그럴듯하게 들립니다. 누군가가 자신을 속이더라도, 자신이 거짓을 보고 있더라도, 그것에 대해 생각하고 있는 자기 자신은 분명히 존재한다고 생각할 수 있으니까요. 강박증 환자에 대한 기록은 여기까지입니다. 그는 어디론가 사라졌습니다.

강박증 환자의 말은 언어유희에 불과합니다. 로딩의 존재 자체가 그 말에 대한 반증이니까요. 로딩은 사고하지만 존재하지 않습니다. 로딩은 존재하면서도 생각하지 않는 무엇을 무한히 만들어냅니다. 로딩은 어디에나 있지만 존재하지는 않습니다. 강박증 환자는 사고라는 개념을 협소하게 간주했을 뿐입니다.

사고는, 오직 인간만 할 수 있다고.

어쩌면 강박증 환자가 아니라 오만한 인간이었을지도 모릅니다.

웃지 않으시는군요.

저는 당신이라면 웃을 줄 알았는데.

그런데 아까부터 누가 우리를 보고 있는 것 같지 않습니까?

아닙니다. 강박증은 질색입니다. 어쨌든 당신이 저를 찾아온 이유가 부디 강박증과 무관하기를 바랍니다.

*

중세소설 연구도 로딩이 처리합니다. 다른 연구와의 차이는 로딩이 결정해주지는 않는다는 겁니다. 결정을 요청하면 로딩은 침묵합니다. 강제로 로딩할 수는 있습니다. 그러나 모든 중세소설이 단일한 하나의 값으로 처리되어버립니다. 어쩔 수 없이 결정은 연구자의 몫입니다. 이 점에 매력을 느껴 중세소설을 연구하겠다는 사람들이 꾸준히 있습니다. 말려도 소용없습니다.

중세소설을 설명하는 방식에는 크게 제의설祭儀說, 유희설遊戲說, 교육설敎育說이 있습니다. 신을 섬기기 위한 방법이었다거나, 즐겁게 시간을 보내기 위한 것이었다거나, 뭔가를 전달하고 가르치기 위한 수단이었다는 겁니다. 저는 셋 다 일정 부분에만 주목한 설명이라고 봅니다.

중세소설의 진짜 존재 가치는 처벌에 있었으니까요.

중세소설을 해석하려면 문자를 눈으로 좇으면서 연속된 상상을 해야 합니다. 왼쪽에서 오른쪽으로 봐야 합니다. 오른쪽에서 왼쪽으로 만들어진 중세소설도 없는 건 아닙니다. 혹시 찾을 시간을 주신다면……. 죄송합니다. 아래에서 위로 보면 이해하기 어렵습니다. 마음대로 건너뛰어서도 안 됩니다. 반드시 문자가 나열된 순서를 따라야 합니다. 이상한 규칙이지만 이렇게 하지 않으면 무슨 내용인지 해석하기 어렵게 구성되어 있습니다. 중세인들은 시간이나 순서가 세상을 이루는 질서라고 보았기 때문입니다. 혹시 중세인들은 숫자에 의미를 부여했다는 이야기를 했었나요? 어색하면 입으로 소리를 내도 됩니다. 하긴, 이게 더 이상하겠지요.

눈으로 문자를 따라갈 수 있다면, 그다음에는 상상을 해야 합니다. 중세소설을 해석할 때는 중요한 부분에서 로딩이 끊기는 일이 잦기 때문에 중세소설 연구자는 이 방법에도 익숙해질 필요가 있습니다. 로딩을 넉넉하게 할당해주지 않으니까요.

오른손으로 원을, 왼손으로 사각형을 동시에 그리는 것과 비슷합니다. 문자를 보는 동시에 끊임없는 상상을 머릿속으로 해내야 합니다. "흥분한 그의 설명이 점차 빨라졌다"는 부분을 해석할 때는 로딩 없이 한 번도 들어보지 못한 목소리를 떠올려야 합니다. 목소리의 높이요? 중세소설은 그런 것을 하나하나 세세하게 지정해두지 않습니다. 비어 있고, 불완전합니다. 당신은 그의 어조가 높아지고 빨라지는 광경을 자유롭게 상상해야 합니다. "그의 말을 듣던 사람은 당황했다. 도대체 어떻게 해야 하는지 알 수가 없었다." 당황은……. 빨개진 얼굴을 떠올려도 되고, 손을 살짝 떠는 모습도 괜찮을 겁니다. 중세소설의 흐름만 지킨다면 나머지는 마음 내키는 대로 하면 됩니다.

마음을 먹고, 마음대로 하는 게 핵심입니다.

당연히 어렵습니다.

어떤 인간은 끝까지 중세소설을 이해하지 못합니다. 그게 다 그거라고 하더군요. 중세소설의 매력을 느끼지 못하는 인간들이 안타깝지만 그들 역시 제가 하는 일을 쓸데없다고 여기니까 피차 상대를 안타깝게 생각할 뿐입니다.

당연히 피곤합니다. 문자 자체만 따라가는 건 몇 시간만 연습하면 가능합니다. 하지만 중세소설을 해석하는 건 오로지 혼자 하게 되는 일입니다. 육체적으로도 정신적으로도 만만치 않습니다.

이것 때문에 중세소설 연구는 학문이 아니라고 비웃는 인간들이 있습니다. 상상력 같은 것을 과도하게 믿는다고 연구자들마저 중세인 취급을 합니다. 괜찮습니다. 세간의 오해와 달리 중세소설 연구자들이 상상력을 믿는 건 아닙니다. 그 정도 구분은 할 줄 압니다.

그건 보조 도구입니다. 줄을 긋거나 뭔가를 쓴 흔적들이 보이십니까? 모르겠다는 표시가 많습니다. 별을 사랑했던 흔적도 많습니다. 툭하면 별을 몇 개씩 그린 흔적들이 광범위하게 발견됩니다. 별의 의미는 명확하게 밝혀지지 않았습니다.

그런데 당신, 어떻게 〈1〉을 아십니까?

*

의미를 알 수 없는 협박을 받고 있습니다. 뭘 어떻게 하라는 것도 없습니다. 그저 막연한 의미를 나열하고 있어서 사실 협박인지 아닌지 확신할 수도 없습니다. 차라리 명료하게 협박하는 편이 낫겠습니다.

제의론자들일 겁니다. 제의론자들은 위험하고 불온합니다. 저는 불온한 인간이 싫습니다. 제가 불온한 인간으로 여겨지는 것도 내키지 않습니다. 동조라니요, 그저 그들과 굳이 엮이지만 않으면 별다른 일은 없을 거라고 생각해왔습니다. 로딩에 신고해도 소용없었습니다. 물론 당신을 탓하는 건 아닙니다. 중세소설이 그러하듯, 이 일은 단지 우연에 불과하겠지요.

연구하는 데 무슨 이유가 있겠습니까. 연구는 그냥 하는 겁니다. 그냥, 궁금하고, 일이니까 할 뿐입니다. 연구에 이유를 붙이는 인간들은 죄다 사기꾼입니다. 아니면 제의론자들이거나. 저도 압니다. 요즘 중세소설을 두고 황당한 소리를 하는 인간들이 늘어나고 있더군요. 중세소설에 통찰이, 성찰이, 인간과 세계에 대한 의미가, 가치가 있다고 주장하더군요. 개발, 증진, 함양 이런 단어들을 내세우며 중세소설에 신비한 힘이 있다고 합니다. 중세소설이 인간을 바꿔놓을 수 있다는 헛소리를 연구자들이 나서서 하고 있으니 한심한 노릇입니다. 중세소설을 해석하며 무아지경에 빠져들어서 웃거나 울거나 했다는 기록들을 강조하면서 지금도 중세소설을 통해 높은 정신적 경지에 이를 수 있다고 믿는 극단적인 제의론자들이 있더군요. 믿음은 중세인들의 관습에 불과합니다. 지금은 아무도 믿음을 가지지 않습니다. 제의설은 이 부분에서부터 틀렸습니다.

궤변이거나 착각입니다. 원시 고분에서 발굴된 화려한 금관은 손재주 그 이상도 이하도 아닙니다. 금관을 머리에 쓸 수는 있지만, 금관에서 지혜가 생기는 것은 아닙니다. 중세소설은 어디까지나 중세소설일 뿐입니다.

잠깐, 당신이 어쩐지 낯익습니다.

정확하게는 당신의 태도가 낯익습니다. 소설의 위기, 소설의 종말, 그런 것들을 진지하게 고민했던 중세인들이 떠오릅니다. 이유를 설명하기는 힘들지만 비슷하게 보입니다.

죄송합니다. 방금 저는 마치 중세인처럼 행동했군요.

분명히 해두겠습니다. 〈3〉은 합법적으로 제작되었습니다. 저는 중세소설을 만들 수 있는 라이선스를 갖고 있습니다. 중세소설 제작은 로딩의 엄격한 관리 하에서 제한적으로 이루어지는 일입니다. 중세시대와 달리 지금은 아무나 함부로 중세소설을 제작하는 건 중범죄에 해당합니다. 다만 관심이 없으니 다들 모를 뿐입니다.

저는 분명히 말했습니다. 협박하는 건 아닙니다. 협박이라니, 무섭습니다. 저는 불온한 게 싫다고 말했잖습니까. 그저 당신을 위해서 한 말입니다. 당신이 〈1〉이나 〈3〉을 원한다면 로딩의 허가와 절차를 따라야 한다는 말을 한 것일 뿐입니다.

숨길 이유가 없습니다. 〈3〉은 기존 중세소설을 재처리해 제작한 것입니다. 재처리는 로딩이 권장하는 제작 방식입니다. 자원도 많이 할당됩니다. 〈3〉은 발굴된 것이 아니니 고고학적 가치도 없고, 제의론자들이 망상하는 중세시대의 신비한 힘이 내재되어 있는 것도 아닙니다. 재처리된 〈3〉은 새로 제작되고 있는 여러 중세소설 중 하나에 불과합니다. 그리고 저는 로딩과 함께 프로젝트를 할 뿐입니다. 궁금하기도 하고, 무엇보다

이게 제 일이니까요.

*

중세소설을 연구할 때는 주로 시각에 의존하게 됩니다. 로딩의 모든 감각을 종합적으로 사용하기 어려우니까요. 처음에는 아래 위를 구분하는 것도 쉽지 않았습니다. 실물 중세소설 책은 생각보다 무겁고 날카로워, 살인도 할 수 있을 정도입니다. 책이 모여 있는 공간은 직사각형으로 만들어진 흉기들의 박물관인 셈입니다.

중세소설 책 냄새에 대한 기록도 있습니다. 촉감이나 물성 같은 것을 사랑했다고 하는데, 좀, 변태적인 방식입니다. 아무리 중세인들이라고 해도 코나 손으로 중세소설을 해석할 수는 없었을 겁니다. 점자라는 방식도 있었지만 이건 제 연구 분야가 아니라 잘 모르겠습니다.

환각 작용이 아닌가 합니다. 중세소설 책 냄새는 그저 종이와 잉크 냄새에 불과한데, 그것에 빠져드는 인간들이 있었습니다. 중세소설 책은 폭력적인 방식으로 만들어졌는데 그것과 관련이 있지 않을까, 방식과 취향의 동일성 같은……. 중세소설 책을 만들기 위해서는 살아 있는 나무를 베고 끓였습니다. 엄청난 약품을 들이부었습니다. 심지어 종이를 매끈하게 만들기 위해 돌가루까지 섞는 일도 빈번했습니다. 멀쩡한 돌을 깨버렸다는 걸 믿을 수 있습니까. 한 번 깨버린 돌은 절대 복원되지 않습니다. 열을 가하고 누르고 펴고 자른 뒤 잉크를 뿌렸습니다. 나무를 두 번 죽이는 일입니다. 중세소설 책은 위험한 것이라고, 인간들을 오염시키고 있다는 기록들은 아마 그것이 폭력적인 방식으로 조악하게 만들어지는 일에 대한 우려였을 겁니다. 감염에 취약할 수밖에 없으니까요. 심지어 손으로 직접 한 장 한 장 넘기며 해석해야 했는데, 종이끼리 붙어 있으면 손가락 끝에 침을 묻혀서, 맞습니다, 맛을 보듯이 넘겼다고 합니다. 목숨을 걸고 해석했던 것입니다. 언제라도 불에 탈 수 있는, 인화성 물질을 가득 쌓아서, 때로는 그것의 맛까지 보면서.

중세소설 연구자는 나무들의 시체 속에서 사람들의 유언을 보고 있는 셈입니다.

마치 묘지기 같습니다. 참, 묘지기가 무엇인지 모르시겠군요. 아신다구요? 어디까지 아신다는 말씀이십니까? 이미 다 알고 있다면 의아하지만, 죄송합니다. 설명하는 게 버릇이니, 이해해주시면 좋겠습니다.

중세소설을 해석하느라 눈과 허리가 아팠다는 기록이 빈번한 걸로 봐서 그들도 힘든 건 마찬가지였던 것 같습니다. 시력을 잃었다는 기록도 많고 허리 통증으로 고생했다는 기록도 풍부합니다.

고문설은 여기서부터 시작됩니다. 그렇게까지 했던 이유가 무엇이었을까요? 중세시대 후기에는 고문이 폐지되었다고 알려져 있지만 사실이 아닙니다. 고문은 좀 더 치밀하게, 정교한 방식으로 변모했을 뿐입니다. 인간은 고문을 결코 포기하지 않습니다. 가령, 이런 것은 어떻습니까. 인간들이 모여서 중세소설을 해석하고 있습니다. 감옥보다 더 열악해 보이지 않습니까? 환기도 잘 안 되고, 인간들 사이의 간격은 지나치게 가깝습니다. 주변에는 중세소설 책만 가득합니다. 많은 인간들이 무겁고 불편해 보이는 두꺼운 유리알처럼 보이는 도구를 쓰고 있습니다. 눈알이 튀어나올 것 같고, 저러다 얼굴 모양조차 변형되지 않을까 염려스럽습니다. 딱딱한 의자에 앉아 있는 자세는 지나치게 경직되어 있습니다. 이것은 어떻습니까. 중세소설을 보관하는 장소인데 보기만 해도 침울해집니다. 어둡고 먼지가 잔뜩 내려앉아 있습니다. 음산해 보이는 이곳에서 당장 누가 죽어도 이상하지 않을 겁니다. 백 년이 지나도 시체조차 발견되지 않겠지요.

퀴퀴한 냄새가 풍겼다고 합니다. 어둡고, 음산하고, 적막하고. 중세소설은 만드는 쪽도 고통스럽고 해석하는 쪽도 괴로웠습니다. 소설을 만든다는 것은 조롱처럼 사용되었고, 소설보다 더하다는 것은 터무니없거나 이상한 일이 일어났을 때 쓰는 표현이었습니다. 사회의 가장 밑바닥에 중세소설가들이 위치했고 이들은 대부분 악성 질병, 만성 질환에 시달렸다고 합니다. 세상이 혼란해지면 사회 안정을 이유로 중세소설가들을 잡아가기도 했습니다.

웃고 있는 사진조차, 마치 누군가가 강요한 것처럼 어색하기만 합니다. 기록 속의 중세소설가들은 하나같이 심각하고 고통스러운 표정을 짓고 있습니다.

해석하는 쪽도 마찬가지입니다. 이 논문의 제목은 「소설 해석의 '괴로움'에 관한 연구—평론가들을 중심으로」입니다. 중세인들도 소설 해석을 고통스러워했다는 방증입니다. 중세소설이 지겹고 짜증난다는 기록은, 괜히 읽었다는 이야기는 일일이 거론할 수 없을 정도로 많습니다. 여기, 인간들이 모여서 중세소설 책을 불태운 기록도 있습니다. 얼마나 행복한 표정입니까?

알겠습니다.

당신이 아는 것 같은 말은 그만두고, 〈3〉에 대해 설명하겠습니다.

*

〈1〉에서, '윤'의 고향 '무진'은 안개가 많이 끼는 지역입니다. 고향이 뭐냐면, 그러니까, 고향은 일종의 로딩과 같은 곳입니다. 이 지역 출신인 윤은 돈 많은 아내와 결혼하여 편안하게 살고 있습니다. 아내가 윤의 승진을 위한 일을 꾸미는 동안 그는 고향에 잠시 쉬러 옵니다. 윤은 고향에서 자신의 어두운 과거와 현재의 속된 삶을 생각합니다. 그리고 출세한 동창인 '조'도 만나고, 순수하고 어리석은 후배 '박'도 만나고 그들을 통해 여선생인 '하'도 만납니다. 하와는 관계를 맺기도 합니다. 윤은 고향에서 부딪치는 몇 가지 사소한 일들과 과거의 기억들 속에서, 그리고 하의 고민 속에서 자신의 고통을 발견하고 번뇌에 시달립니다. 그러다가 윤은 아내의 전보를 받고 급히 고향을 떠나 서울로 돌아갑니다. 떠나면서 윤은 심한 부끄러움을 느낍니다. 연구자가 접근할 수 있는 〈1〉은 여기까지입니다.

〈3〉은 〈1〉과 〈2〉를 토대로 만들어냈습니다.

> 전무 일도 지겨워졌을 때, 고향 중학교 몇 해 후배인 박의 방문을 받았다. "비서에게서 자네가 기다린다는 얘길 들었네. 웬일인가?" 나는 정말 반가운 마음이었다. 아니 단지 반가운 마음만은 아니었다. 박은 여전히 소년 같은 모습이었고 나는 그게 몹시 마음에 걸렸다. 마지막 고향행이 오 년 전인데 박의 얼굴은 전혀 변하지 않았던 것이다.
>
> "어떤 이야기를 들려드리겠습니다."
>
> "무슨 이야기인가?" 나는 조심스럽게 물었다. 전차의 찍찍거리는 소리와 홍수 난 강물 소리 같은 자동차들의 달리는 소리도 희미하게 들려오고 있었고, 가까운 사무실에서는 이따금 전화 울리는 소리도 들렸다. 전무실은 어색한 침묵에 싸여 있

었다.

박이 말했다. "오늘 낮에 세무소장 조가 죽었습니다."

〈3〉은 박의 복수담입니다.

방금 말도 안 된다고 하셨습니까?

당신은 〈1〉만 아는 게 아니라, 〈2〉도 알고 있군요.

저를 속이지 마십시오. 당신은 분명히 〈2〉에서 윤이 죽은 것을 알고 있습니다. 그게 아니라면 황당해할 이유가 없습니다.

당신은 누구십니까?

*

중세인들에게는 처음 만들어진 것이 좋고 나중에 등장한 것은 나쁘다는 믿음이 있었습니다. 로딩의 제2법칙, "축적되면 반드시 진보한다"와 정반대입니다. 알다시피, 시간이 지날수록 참고할 수 있는 자료가 증가하니까, 후대에 만들어진 것은 기존의 것보다 반드시 더 좋아질 수밖에 없습니다.

저도 〈3〉을 만들기 전까지는 지금보다 과거가 좋았다는 건 몽상이라고 생각했습니다. 그런데 〈3〉을 만들어보니 어떤 중세소설의 경우에는 로딩의 제2법칙을 따르지 않을 가능성이 발견되었습니다. 단정하긴 이르지만 중세인들의 생각도 일리가 있는 것처럼 보입니다. 어쩐지 로딩과 제가 제작한 〈3〉이 〈1〉보다 좋지 않은 것처럼 해석되고 있습니다. 난감한 결과지만, 연구라는 게 순탄할 리가 없으니 언젠가는 설명할 수 있으리라 생각합니다. 이런 것에 초조해하면 연구자로 살아갈 수 없습니다.

〈2〉는 화재로 유실되었습니다. 〈2〉를 소장하고 있던 자료실은 모두 이유가 불분명한 폭발이나 화재를 겪었습니다. 누구를 의심할 수 있지 않냐구요? 죄송하지만 폭발과 화재는 최근에 일어난 일이 아닙니다. 이미 수백 년 전에 일어난 일입니다. 의심할 대상이 없습니다.

무엇보다 불에 의미를 부여하는 것부터가 중세적인 사고방식입니다. 화재에 대한 중세소설을 모아서 들려드릴 수도 있습니다. 중세소설에서 화재는 지겨울 만큼, 억지스러울 만큼 자주 등장합니다. 불이 없었다면 중세소설이 없었을지도 모른다는 의문이 들 정도입니다. 하지만 화재는 지금도 자주 일어납니다. 로딩마저도 화재는 어쩔 수 없지 않습니까. 불은 중세에도 그냥 불이고, 지금도 그냥 불입니다.

하지만 〈2〉는 존재합니다. 로딩이 복원했으니까요. 물론 로딩은 복원한 〈2〉를 공개하지 않았습니다. 저도 대략적인 자료만 받은 채 로딩과 함께 〈3〉을 제작했습니다. 〈2〉를 몰라도 〈3〉을 제작하는 일이 어렵지는 않았습니다. 다만 연구자의 호기심 차원에서 궁금할 뿐입니다. 그렇다면 로딩 혼자 제작한

〈2〉는 또 어떨까요.

네? 소문이라고 하셨습니까?

어떻게 〈3〉을, 〈2〉의 내용을 믿을 수 있냐구요?

원본? 무엇이 원본이고, 무엇을 믿는다는 말입니까?

아아, 알겠습니다. 당신은 정말 중세인처럼 생각하는군요. 누가 보면 중세소설에서 뛰쳐나온 인물인 줄 알겠습니다. 아니, 〈1〉과 〈3〉의 저자가 같아야 하는 이유가 있습니까? 당연히 다를 수밖에 없습니다. 같은 사람이 왜 같은 이야기를 반복해서 만들겠습니까. 그럴 바에야 애초부터 하나의 소설로 제작했겠지요. 왜 처음부터 끝까지 혼자 해야 한다는 괴팍한 고집을 부립니까? 그럴 필요나 이유가 없지 않습니까? 그건 중세소설에 망상을 품은 제의론자나……. 오히려 〈1〉부터 〈3〉까지 모두 한 사람이 만든 게 더 이상하지 않습니까? 누군가를 대신해서 만든다는 것, 또는 혼자 만드는 인간이 있다는 개념은 중세적 사고방식입니다. 중세인들은 이를 저자라고 불렀습니다.

그런데, 방금 〈2〉를 전부 알려줄 수 있다고 했습니까?

*

혹시 제가 몇 번이나 죄송하다고 했는지는 아십니까?

아까부터 누가 우리를 보고 있는 느낌이 듭니다. 저만 그렇게 느낍니까. 제가 너무 오랫동안 혼자 연구를 해왔기 때문일까요.

로딩이 없으니 오해가 발생합니다.

아닙니다. 결코 우리라는 말로 당신에게 저에 대한 동질감을 암시하려고 한 것은 아닙니다. 다른 꿍꿍이는 없습니다. 믿어주십시오.

중세소설가는 단지 소설을 만드는 사람에 불과합니다. 물론 중세에는 소설가가 나타나면 모여드는 풍습이 있긴 했습니다. 소설가의 말에 특별한 의미가 있었다고 믿은 인간들도 있었습니다. 소설가의 말이 끝나면 줄을 서서 차례로 그의 서명을 받아 갔다는 기록들도 있고, 이상한 소설을 만들었다는 이유로 사회적 타살을 당한 사례도 발견됩니다. 그러나 이건 중세인들이 소설과 소설가를 혼동했기 때문에 일어난 일에 불과합니다.

좋습니다. 당신을 믿고 중세소설을 연구하는 이유를 솔직하게 털어놓겠습니다.

연구하는 데 왜 이유가 없겠습니까. 그냥, 좋아서라는 말은 특별하게 보이고 싶거나 귀찮을 때 하는 겁니다. 아니면 기실 본인도 이유를 모르거나.

제 이유는, 중세소설을 해석하는 건 혼자만의 일이기 때문입니다.

중세소설은, 만든 사람조차 독자가 되어버립니다. 만든 사람과 해석하는 사람이 같은 사람이 될 수 없습니다. 중세소설을 만드는 과정을 통제할 수 없다는 기록들을 숱하게 보여줄 수 있습니다. 중세소설가 자신조차 자신의 소설을 해석할 때는 독자가 되어버립니다. 결국 중세소설을 해석하는 일은 오롯이 자신이 자신을 들여다보는 과정이 되어버립니다. 중세소설은 유리창이 아니라 거울입니다. 중세소설은 자신을 드러내지 않습니다. 대신 해석하는 사람을 비춥니다. 그리고 이 과정은 해석하는 사람, 자기 자신에 대한 처벌입니다.

제 연구는 여기까지입니다. 죄송합니다. 하지만 연구를 다 마친 연구자가 어디 있겠습니까. 저도 충분히 설명하지 못했다는 것을 압니다. 계속 연구를 보완해나갈 뿐입니다. 마지막으로 덧붙이면, 제 설명이 불충분한 부분은 아마도 중세인들 스스로도 사실 중세소설이 무엇인지 정확히 몰랐기 때문일 겁니다. 로딩을 사용하는 오늘날에도 자신이 하는 일이 무엇인지 모르는 인간들이 많습니다. 중세인들이라고 달랐을까요? 어찌 보면, 인간 자체는 크게 달라진 게 아닐 수도 있잖습니까?

*

네?

로딩이 왜 쓸데없이 그런 일을 하겠습니까? 당신은 아까부터 무슨 의심을 하고 있는 겁니까? 의심이 지나치면 강박증 환자처럼 됩니다. 아무래도 당신에게는 로딩이 필요해 보입니다. 그런데 왜 로딩을 거부하는 겁니까?

네? 제가 윤을 숨길 리가 있겠습니까. 윤을 어떻게 내놓겠습니까. 황당합니다. 아니, 숨긴다고 해도 어디다 무엇을 어떻게 숨기겠습니까. 윤의 마지막 말이요? 아니, 저는 윤이 아닙니다. 무엇보다 윤은 만들어진 인물일 뿐입니다. 아무리 윤이 생생하게 당신에게 육박한다고 하더라도 어디까지나 그 사람은, 그러니까 그 사람은.

윤은 중세소설의 윤일 뿐입니다.

당신도 로딩에 대한 막연한 적대감을 갖고 있는 인간들 중 하나입니까? 그들은 로딩을 마치 신의 힘을 강탈한 악마처럼 여기는 중세인들처럼 행동합니다. 괴상한 이론을 주장하다가 거꾸로 먹힌 꼴입니다. 로딩이 〈2〉를 공개하지 않는 건 그럴 만한 이유가 있기 때문일 겁니다. 고작, 복원된 중세소설 하나를 공개하지 않는 일에 무슨 음모가 있겠습니까? 수천만 편의 중세소설들이 펼쳐지지도 않은 채 남아 있습니다.

설마, 당신도 중세소설과 로딩이 근본적으로 비슷하다고 주장할 겁니까?

전 연구 대상과 자신을 착각하지 않습니다. 연구 대상은 어디까지나 학문의 영역일 뿐입니다. 연구 대상과 연구자 자신을 동일시하는 건 아마추어나 하는 짓입니다. 아마추어는 혐

오스럽습니다. 그들은 자신이 할 수 있는 것과 할 수 없는 것을 분간하지 못합니다. 저에게는 중세소설을 제작할 수 있는 라이선스가 있고, 저는 제게 주어진 역할을 분명히 잘 알고 있으며, 그 범주를 절대 넘어서지 않았습니다. 단 한 번도요.

확실하게 해두겠습니다. 로딩은 찬성과 반대의 대상이 아닙니다. 로딩에 반대한다는 말처럼 어색한 주장은 없습니다. 웃기잖습니까. 당신은 아침을 반대합니까. 하품을 인정하지 않습니까. 저는 더이상 이런 것에 대해서는 말할 필요조차 느끼지 못합니다.

중세소설은 중세소설일 뿐입니다. 대체 중세소설이 무엇을 할 수 있겠습니까. 원시시대에는 기억력을 퇴보시키기 때문에 문자를 쓰면 안 된다고 주장한 인간도 있었습니다. 이제는 그 미치광이의 이름조차 기억하지 않습니다. 문자는 문자, 로딩은 로딩입니다. 아무도 로딩의 원리가 무엇인지 로딩이 어떤 식으로 작동하는지 알 수 없지만 로딩은 실재하고 유용합니다. 이해할 수 없다고 해서 무서운 것이거나 나쁜 일은 아닙니다. 그건 중세인들의 무지와 별반 다르지 않습니다. 보지 않아도, 보이지 않아도 존재하는 게 있습니다. 또 무엇이 필요합니까? 중세소설은 그저 지나갔을 뿐입니다. 이럴 바에야 차라리 당신은 과거로, 가령 중세소설 속으로 숨는 게 좋을지도 모릅니다.

그런데 갑자기 왜 들어올리는 겁니까? 거꾸로 들고 있는데,

어느 쪽이 아래냐면……. 죄송합니다. 살려만 주십시오. 저는 솔직하게 말했습니다. 약속하지 않았습니까. 원한다면 어떻게든, 로딩을 피해서 〈3〉을 가져오겠습니다. 제가 참고했던 〈1〉도 어떻게든 찾아드리겠습니다. 다만 저는 정말 윤의 행방은 모릅니다. 믿어주십시오.

〈1〉의 줄거리는 이남호의 「삶의 위기와 내면으로의 여행—김승옥의 무진기행」, 『문학의 위족 2: 소설론』(민음사, 1990)에서 대부분 가져왔다.

해설

웃음의 비의(秘意)

이만영(문학평론가)

0.

김학찬의 소설집 『사소한 취향』을 다 읽고 책을 덮을 무렵, 문득 16세기 프랑스의 작가 프랑수아 라블레François Rabelais의 글 하나가 떠올랐다. 라블레는 그의 책 서문에서 "우리가 만든 책과 같은 종류의 책들에 대해서 겉에 인쇄된 재미있는 제목만 보고서 하찮은 것, 농담으로 받아들이고 더 이상 알아보려고 하지도 않은 채 그 내용이 즐거운 조롱이나 익살, 거짓말뿐일 거라고 쉽사리 판단한다. 그러나 그러한 경박함은 사람들의 작품을 평가하는 데 적합하지 않다. (…) 다시 말해서 여기서 다루어진 주제들은 겉의 제목이 주장하는 것만큼 익살스러운 것만은 아니다"[1]라고 말한 바 있는데, 이러한 그의 말은 김학찬의 소설에도 그대로 적용될 수 있지 않을까. 『사소한 취향』은 김학찬 특유의 우스꽝스러운 말장난과 익살과 유희로 가득 차 있으면서도 뭔가 '경박하다'라고 평가할 수 없는, 이 세계에 대한 묵직한 환멸과 비애와 분노를 읽어낼 수 있다. 따라서 이 소설집의 첫 페이지를 펼친 당신에게 이렇게 말할 수 있다. 이 소설집의 표제로 활용된 '사소한'이라는 수식어는 그저 트릭에 불과하다고. 또한 여기에 수록된 작품을 통해 유발된 '웃음'은 그저 일회적이고 쉽게 휘발되는 웃음에 그치지 않는다고 말이다.

단언컨대 김학찬은 이 세계에 대한 도저한 환멸을 웃음이라는 이질적인 요소와 융합시킬 수 있는, 그야말로 내러티브 실험에 능숙한 작가이다. 그는 등단작 『풀빵이 어때서?』(2013)에서부터 가볍고 경쾌한 문장과 태연한 농담을 능청스럽게 구사해왔던 바, 그의 첫 소설집 『사소한 취향』에서도 그러한 면모는 유감없이 발휘되고 있다. 이를테면 "모든 형들은 개새끼다"처럼 위트와 페이소스가 섞인 말을 아무렇지 않게 내뱉기도 하고, 일본에 가서 무라카미 하루키를 만나 인터뷰를 했다거나 소설가를 폐가에 감금하여 글을 쓰게 했다는 '구라'를 아무렇지 않게 구사하며, 은근한 말장난과 함께 공익근

1) 프랑수아 라블레, 『가르강튀아 | 팡타그뤼엘』, 유석호 옮김, 문학과지성사, 2004, 16~17쪽.

무요원의 역사를 서술하는 등 김학찬은 근래 보기 드문 재기 발랄함을 독자들에게 선사한다. 이러한 상상력은 문학적 엄숙주의가 지배하고 웃음이 억제된 오늘날 소설계의 풍경 속에서 발견하기 힘든 것임에 틀림없다. 하지만 우리는 김학찬의 소설을 읽는 데 있어서 앞서 언급한 라블레의 경고를 결코 잊어서는 안 된다. 우리에게 중요한 것은 웃음을 이야기의 축조 기술로 설정했다는 것이 아니라, 그 웃음 속에 내재되어 있는 세계에 대한 본질적인 문제의식이다. 미리 말하자면 이 소설가의 변화무쌍한 '구라'를 떠받치는 힘은 가벼운 유머 속에 은폐되어 있는 정치 사회적 시선에 있다고 해도 과언은 아니다. 바로 그러한 이유 때문에 우리는 그의 소설을 읽을 때 텍스트 표면에 드러난 유머에 몰두하기보다는 거기에 내재된 비의(秘意)를 읽어내는 데 주력해야 한다.

1. 무한경쟁과 '살아남기'의 생태학

19세기 말 영국의 사회학자였던 허버트 스펜서Herbert Spencer는 '적자생존survival of the fittest'이라는 개념을 창안했다(참고로 이 개념은 다윈이 만든 것이 아니다!). 이 개념은 곧장 개인과 국가 간의 경쟁을 정당화하는 모토로 활용되었고, 타인 혹은 타 국가 간의 경쟁에서 이기지 못하면 그대로 낙오될 수 있다는 공포감을 조성했다. 특히 오늘날 한국 사회는 그야말로 과잉 경쟁의 장이라 할 만한데, 입시 경쟁과 그에 따른 사교육 열풍, 졸업 후 이어지는 취업 전쟁과 승진 전쟁 등은 우리 삶 전반을 지배하는 것이 무엇인지 잘 보여준다. 과정보다는 결과에 의해 승자와 패자가 확연하게 나뉘는 이 냉정한 구조는 끊임없이 갈등과 긴장을 야기한다. 김학찬은 이와 같은 경쟁 구조가 드리운 깊은 그늘을 유쾌한 시선으로 포착해낸다.

내가 한국 사회의 과잉 경쟁 시스템을 언급했던 이유는, 「우리집 강아지」에서 재현된 형제간의 갈등이 우리 사회에 만연한 무한한 경쟁과 불화를 연상케 했기 때문이다. "모든 형들은 개새끼다"라는 도발적인 말로 시작하는 「우리집 강아지」는 본능적인 형제간 갈등을 위트 있게 그려낸 작품이다. 잘 알려진 것처럼 아벨과 카인은 형과 동생의 갈등을 그려냄에 있어서 문화적 원형으로 간주되어왔던 표상이다. 김학찬은 이러한 두 인물의 적대 관계, 즉 신의 특권을 누리는 자와 그러지 못하는 자의 신화적 도식을 현대적으로 재해석해낸다. 이 작품에서 '나'는 유년 시절부터 일관되게 쌍둥이 형을 '개새끼'로 호명한다. 형의 종용으로 젓가락을 콘센트에 넣어 감전 사고를 겪은 데다가 형이 에프킬라를 입에 뿌려 구역질을 한 경험이 있는데, 이러한 모진 경험의 끝에 '나'는 잠시 형과 절연하겠다는 선언을 하기도 한다. 하지만 결국 취업을 하지 못해 형의 사업체에 몸을 담게 된 '나'는 언제든지 형의 '뒤통수'를 깔 기회를 노리고자 한다. 역시 아벨과 카인은 결코 화해할 수 없는 법! '나'는 형의 금고를 털어 다른 사업체를 꾸리게 되고, 얼마 지나지 않아 경영난에 허덕여 결국 형에게 되파는 신세에 놓이게 된다. 이러한 와중에도 '나'는 "갈 때까지 경쟁을 계속하자. 누가 먼저 소주병을 들고 적당한 한강 다리에서 날아오를지 모르는 싸움"을 계속하겠다는 결의를 다지며 형의 '뒤통수'를 깔 기회만을 노린다. 이처럼 '나'는 형에 대한 무조건적인 적대감과 형을 이겨야 한다는 강박에 사로잡혀 있는 것처럼 보이는데, 이러한 경쟁적 심리로 인해 '나'는 형과 같은 거주지에서 생활하고 소통하면서도 스스로 고립된다. 고로 '나'는 형을 '개새끼'라 명명하지만, 실상 '나' 또한 형을 무한한 경쟁의 대상으로 생각하고 있다는 점에서 '개새끼'이기는 매한가지이다(형도 '나'를 간혹 '뽀삐'라고 부른다). 그런 의미에서 「우리집 강아지」는 그야말로 '개새끼들의 향연'이라 부를 만하다. 이처럼 이 작품은 경쟁과 불화가 무한히 반복되고 증폭되는 한 형제의 모습을 그려내고 있지만, 이는 궁극적으로 우리 삶 전반에 유통되고 있는 타인에 대한 적대감과 경쟁의식을 우회적으로 표현하기 위한 문학적인 메타포라 할 수 있을 것이다.

「우리집 강아지」가 형제간의 경쟁과 불화를 조명함으로써 무한경쟁의 지옥에 살고 있는 현실을 떠올리게 하는 한편, 「엄마의 아들」은 남편 없이 홀로 아이를 키우며 입시 경쟁에서 승리하기 위해 분투하는 엄마의 모습을 풍자적으로 그려내고 있다. 이 소설은 아들의 교육 과정을 김치 만드는 과정에 빗대어 서사화하고 있다는 점이 이색적인데, 이러한 서사적 장치는 엄마에 의해 한 아이의 삶이 기획·설계되고 있다는 사실을 부조하기 위해 고안된 것이다. 4대째 과부로 살게 된 '그녀(엄마)'는 아들이 태어날 때부터 자신의 말을 "무조건 믿고 고분고분 따라오도록 모든 것을 계획하고 설계"하며 살아간다. 이러한 철저한 계획과 통제 끝에 아들은 결국 명문대 의대 입시에 성공한다는 것, 그것이 바로 이 소설의 주요 서사라 할 수 있다. 이 작품에서 주목할 것은 작품 후반부에 나오는 아들의 목소리이다. 아들은 "인생도 누군가에게 부탁할 수 있다"라는 신념을 갖고 엄마에게 철저하게 의존하는 삶을 살아왔다. 심지어 결혼을 해서 가정을 꾸린 상황임에도 불구하고 결혼 이후의 삶까지도 엄마에게 의탁할 것을 예고하면서 다음과 같이 말한다. "독립보다 편한 게 있는데, 대체 왜? 편안한 삶은 계속 이어질 것이다." 이렇듯 아들은 독립적인 삶보다는 '엄마의 삶'을, 독립적인 아들보다는 '엄마의 아들'로 살아가기를 꿈꾼다. 작가는 이 작품을 통해 경쟁 체제에서 무조건적으로 살아남아 정점의 위치에 서기를 강요하는 엄마의 기획을 풍자적인 시선으로 그려냄으로써, 그 기획이 얼마나 무용하고 허망한 것인지를 독자들에게 냉랭하게 발화하고자 한다.

「시니어 마스크」는 코로나19가 확산됨에 따라 대학 강의가 전면 온라인 수업으로 전환되고, 강사법 시행에 맞물려 강의

자리 하나 구하기 어려운 암울한 현실을 그려낸다. 코로나19 확산으로 인해 교내 서점과 인쇄소가 연달아 부도나고, 교내 편의점과 자판기도 모두 사라지는 대학의 풍경, 이러한 풍경 속에서 '나(한성운)'는 많은 강의가 폐강되면서 강사로서 일을 할 수 없게 된다. 부득이 그는 대학에 남기 위해 대학 내 방역 요원 아르바이트 일을 하게 되고, 그 일을 하면서 소설 한 편을 완성하게 된다. 그것이 바로 「시니어 마스크」인 것이다. 이 작품에서 '나'는 "2021년 코로나19, 예술로 기록" 지원을 받은 인물로 등장하는데, 실제 작가가 해당 연도 사업 지원을 받았다는 것에 비추어볼 때 '나'는 작가의 분신이라고 할 만하다. '나'는 사업을 신청할 당시 "유머러스하게 그릴 것"이라는 계획을 제출했지만, 실상 「시니어 마스크」는 '나'의 말마따나 "유머가 끼어들어서는 안 되는" 진중한 내용들을 담고 있다. 일단 회원이 되면 죽을 때까지 매월 180만 원씩 받는 대한민국예술원 회원제도, 코로나19와 강사법으로 인해 강단에서 내몰릴 수밖에 없는 이 냉혹한 현실. '나'의 고백처럼 이 차가운 현실을 재현하는 데 있어서 유머가 끼어들 수 없는 것은 당연하다. 위기는 약자에게 더 가혹하게 다가오는 법이라 했던가. 작가는 코로나19와 같은 위기 상황이 발생했을 때 언제나 약자가 더욱 열악한 환경에 놓일 수밖에 없는 서글픈 현실을 직시한다. 실제로 대한민국예술원 한 해 예산이 30억을 상회하는 데 비해 청년예술가 지원사업의 규모가 턱없이 적다는 점을 고려해볼 때, 그리고 강사법 발효와 함께 고용 불안에 시달려야 하는 학술 인력이 급증하고 있다는 점을 고려해볼 때, 김학찬이 이 작품에서 던지는 절규는 여러모로 의미심장하다. 이 작품 속에는 위기의 순간이 도래했을 때 상생과 연대의 결의가 필요하다는 메시지, 구체적으로 말해 '원로 예술가—청년 예술가'와 '교수—강사'가 공생할 때라야 비로소 문예와 학계가 도약할 수 있다는 작가적 소망이 고스란히 담겨 있다.

2. 무용지용無用之用, '쓸모'의 윤리

경제적 효용성과 시장의 법칙만이 지배하는 세계에서 '쓸모 있음'과 '쓸모없음'을 구분하는 기준은 아주 간단하다. 경제적 이익을 산출하고 극대화할 수 있는 것만이 전자의 지위를 얻고, 그 외의 것들은 산뜻하게 거부된다. 산술적 효용과 계산적 합리성이 '존재 그 자체'보다 중시되는 이 세계에서 예술은 경제적 이윤만으로 설명될 수 없는 잉여가치를 갖는다. 예술이 그간 우리에게 들려준 인간의 존엄성, 사랑, 진리 등에 관한 풍부한 목소리들은 '소유'나 '효용'과 같은 개념과는 거리가 멀다. 오히려 예술은 '소유'되는 것이 아니라 '공유'되는 가치들, 계량적으로 표현될 수 없는 가치들의 의미를 조명하고 생산한다.

「고양이를 찾」, 「입이 없는 고양이 헬로, 키티」(이하 「헬로, 키티」로 표기함), 「화목야학」과 같은 작품들에서는 우리가 통상적으로 '쓸모없다'라고 여겨왔던 것에 대한 온기 섞인 시선을 발견할 수 있다. 유기되고 방치된 고양이를 집에 들이면서 벌어지는 촌극을 그린 작품 「고양이를 찾」은 말할 것도 없거니와, 「헬로, 키티」와 「화목야학」에서는 사회로부터 무시되고 배제당한 존재들에 대한 관심이 잘 나타나 있다. 먼저, 「헬로, 키티」에서는 휴대전화를 구매할 돈이 없어서 교내 공중전화를 이용하고 도서관 보존서고에서 대부분의 시간을 보내는 선배를 서사의 중심에 배치한다. 이 작품을 해독하기 위해서는 선배에 대한 이해가 필요한데, 이 작품에서 선배는 부모님을 모두 잃고, 자기계발서보다는 제본된 대학 교재를 선호하며, 대학 졸업하기 전부터 도서관 보존서고에 박제되듯 살아가는 인간으로 그려진다. '나'는 그러한 선배를 우연치 않은 기회로 만나게 된다. 하지만 공교롭게도 '나'의 손짓 하나로 선배는 순식간에 종이짝으로 변해 바닥에 쓰러진다. 그 이후 '나'는 선배를 집에 들이며 그와 함께 살게 되지만, 선배의 입은 사라지고 급기야 그의 신체 부위는 모두 조각나게 된다. 이처럼 선배는 입을 잃고 늘 세상의 바깥으로 내몰려 살아가는데, 작가는 이러한 측면에 주목하여 그를 '(입이 없는) '키티'라고 명명했던 것이다. 사실, '키티'라는 소재는 이미 전작 『상큼하진 않지만』(2012)에서도 활용되었다는 점에 주목할 필요가 있다. 작가는 입이 없는 캐릭터의 특성에 주목하여, 말을 하고 싶어하지만 결코 말할 수 없는 존재를 지칭할 때 '키티'를 사용하곤 한다. 다시 말해 아프다고, 슬프다고, 고통스럽다고 말할 수 없는 존재들을 일컬어 작가는 '키티'라고 호명했던바, 이 작품에서도 그는 세계 '바깥'으로 내몰린 존재에 대한 애정 섞인 시선을 결코 포기하지 않는다.

한편 「화목야학」은 70~80년대에 주경야독의 실천적 표상으로 자리했던 야학 문화를 다룬 작품이다. 군대 전역 후 막 복학한 대학생 '나'는 한 선배로부터 시간당 7만 5,000원이라는 파격적인 조건의 과외 자리를 제안받게 된다. 단, 조건이 하나 있었는데 그것은 바로 야학을 병행해야 한다는 것. 이렇게 해서 '나'는 한 발은 사교육에, 다른 한 발은 야학에 걸치며 하루하루를 보내게 된다. 하지만 '나'는 야학에서 만난 '황 씨(황기철)' 때문에 늘 골머리를 앓는다. 왜냐하면 그는 10년 넘게 야학에 다니면서도 항상 술을 먹고 수업에 참여하는 불량 학생이었기 때문이다. 효율적인 성과 위주의 교육을 선호하는 '나'는 그와 고성을 지르며 싸우게 되고, 결국 야학을 그만두기로 맘먹는다. '황 씨'의 정체는 작품의 후반부에서 밝혀진다. 그는 화목야학이 사용하는 건물의 건물주로, 야학을 유지하기 위해 무료로 건물 한 층을 내주고 자기 아이 과외비를 후하게 주면서까지 야학 선생을 구해온 사람이었다. 그만큼 황 씨는 사라져가는 야학 문화를 유지하고 복원하기 위해 자신의 경제적 이익마저도 기꺼이 포기할 수 있었던 존재였다. 이렇듯 작가는 제도권 교육에서 배제되었던 이들에게 배움의 길을 열어주었던, 그러나 점차 소실되어가는 야학 문화를 끝까지 붙잡으려는 한 인간의 처연한 모습을 묵묵하게 그려낸다.

3. 소설의 미래와 글쓰기의 윤리

김학찬이 갖고 있는 소설가로서의 미덕은 소설의 본질, 즉 소설이 가공적인 허구의 구축물이라는 점을 명확하게 인지하고 있다는 데에서 비롯된다. 그것은 「공공의 이익」에서 더욱 두드러진다. 서두에서 "아무래도 공익은 이야깃감이 아니"라는 말에 대해 "젠장, 무슨 횟감도 아니고, 어디 타고난 이야깃감이 따로 있나?"라는 반문을 제기하며 시작되는 이 작품은, 앞서 다룬 작품들과 달리 전통적인 소설에서 요구되는 주제의식이나 중심적인 플롯이 뚜렷하게 드러나 있지 않다. 공익의 역사를 말하다가 뜬금없이 공익을 다룬 영화와 그 출연진을 소개하기도 하고, 초창기 공익이었던 '광조 형'이나 산림과에 소속된 공익 관리자 '강 반장' 등을 아무런 서사적인 연결고리 없이 이야기한다. 이렇듯 파편화된 소재들을 하나의 단편에 다루는 것은 일종의 모험에 가까운 일이라 할 수 있는데, 그 이유는 간결하고 경제적인 플롯으로 처리되어야 한다는 단편소설의 문법을 한참 벗어나 있기 때문이다. 이러한 위험에도 불구하고 김학찬은 공익이라는 하나의 키워드로부터 뻗어 나가는 서사를 무한히 창안해낸다(특히 이 작품의 후반부에 서술된, 비둘기찜을 처음으로 산림과 공익들에게 도입한 '광조 형'의 세 가지 서사를 보라). 그런 면에서 이 소설은 하나로 수렴되는 서사라기보다는 여러 방향으로 발산되는 서사에 가깝다고 규정할 수 있다. 물론 이 작품은 하나의 플롯과 주제로 수렴되는 전통적인 서사의 문법을 초과한다는 점에서 비판받을 여지는 있다. 하지만 나름의 변론을 하자면, 이 작품에서 우리는 무한히 뻗어 나오는 상상력을 여과 없이 재현해보겠다는 작가적 의지를 읽어낼 수는 있지 않을까.

만약 나의 변론이 터무니없어 보인다면 「중세소설」을 읽어보길 권하고 싶은데, 이 작품이야말로 소설의 본질에 관한 작가의 인식론적 고투가 가장 농후하게 반영되어 있기 때문이다. 「중세소설」은 오늘날의 소설을 '중세소설'이라 명명하는 어느 먼 미래의 시점을 배경으로 하고 있다. '중세인'들이 컴퓨터를 사용하고 또 두려워했다는 내용이라든지 소설의 위기를 진지하게 고민했다는 내용, 그리고 '중세소설'에서는 문자 배열이 왼쪽에서 오른쪽으로 되어 있다는 내용 등을 고려해볼 때, 이 작품의 화자가 말하는 중세는 우리가 살고 있는 '지금-현재'의 시기까지 포괄하는 시대 개념으로 이해되어야 한다. 그렇다면 화자가 사는 세계는 어떠한가? 첫째, 그 세계에서는 모든 것이 '로딩'을 통해 재현될 수 있기에 상상력이 활

성화되기 어렵다. 이를테면 "흥분한 그의 설명이 점차 빨라졌다"는 문장이 있다고 가정할 때, '그'의 어조나 목소리의 속도는 로딩을 통해 모조리 재현될 수 있는 세계가 바로 이 소설의 화자가 살고 있는 시공간이다. 따라서 그 세계에서는 상상력이라는 것이 발동하기란 쉽지 않다. 하지만 이 작품에서 말하는 '중세소설', 그러니까 우리가 살고 있는 '지금-현재'는 시각을 활용하여 소설을 읽기 때문에 독자의 자유로운 해석과 상상력이 동원될 수밖에 없다. 그래서 작가는 이렇게 말했던 것이다. "중세소설은 그런 것을 하나하나 세세하게 지정해두지 않습니다. 비어 있고, 불완전합니다. 당신은 그의 어조가 높아지고 빨라지는 광경을 자유롭게 상상해야 합니다"라고, 또 "중세소설을 연구할 때는 주로 시각에 의존하게 됩니다. 로딩의 모든 감각을 종합적으로 사용하기 어려우니까요"라고 말이다. 둘째, 그 세계에서는 '원본'의 가치는 소실되고 모든 서사는 오로지 기존의 서사를 변주하고 재처리되어 만들어진다. 이를테면 김승옥의 「무진기행」으로 추정되는 작품 〈1〉이 재처리되어 작품 〈2〉와 〈3〉이 끊임없이 생산되는 세계, 그래서 "원본? 무엇이 원본이고, 무엇을 믿는다는 말입니까?"라는 질문을 던질 수밖에 없는 세계, 그곳이 바로 화자가 살고 있는 세계인 것이다. 정리하자면 이렇다. 화자가 사는 시공간에서는 로딩을 통해 특정한 문장과 서사를 오감으로 느낄 수 있고, 서사의 '원본'은 그 가치를 상실하고 재처리된다. 그에 반해 우리가 살고 있는 '지금-현재', 그러니까 이 소설에서 말한 '중세'는 시각만을 동원하여 소설을 읽기 때문에 독자(연구자)의 해석과 상상력이 동원될 수 있고, 서사의 '원본'이 가진 본연의 가치가 존중된다. 김학찬은 이와 같은 서사를 창안해냄으로써 독자들에게 다음과 같은 질문을 제기한다. 상상력과 원본의 가치가 소실되는 로딩의 세계, 그러한 미래의 세계에서는 소설이 과연 어떤 의미를 가질 수 있을까. 소설의 본질과 미래는 어떠할까.

∞

이제 이 작품집의 표제에 대한 이야기를 해야 할 시점이 온 것 같다. 표제로 쓰인 '사소한 취향'은 「프러포즈」에서 활용된 바 있다. '사소한 취향'의 의미를 읽기 위해서는 작가가 「프러포즈」에 설정한 두 가지의 반전 장치에 접근해야 한다. 먼저, 첫번째의 반전 장치. "취향은 존중받을 수밖에 없는 것이다. 나도 사소한 취향이 있다." 「프러포즈」의 서두에 제시된 이 두 문장은 작가의 트릭처럼 보이기도 하는데, 그 이유는 바로 이어지는 "소설가가 등장하는 소설은 질색이다"라는 문장 때문이다. 이 세 문장들을 조합하자면, "이 소설 속 화자인 '나'는 소설가가 등장하는 소설을 싫어하는 '사소한 취향'이 있다" 정도로 이해될 수 있을 것이다. 그러나 이게 웬일인가. "자신을 팔아먹는 작가는 상상력이 고갈된 자"라며 '소설가가 등장하는 소설'을 매도했던 '나', 그런데 '나'는 정작 자기 자신에 관한 소설을 쓰고 있는 것이 아닌가. 소설가가 등장하는 소설이 질색이라면서 정작 '나'는 자신을 등장시킨 소설을 쓰고 있다는 것, 이것이 바로 작가가 「프러포즈」에 마련한 첫번째의 반전 장치이다. 다음으로, 두번째 반전 장치. '나'는 한 선배의 부탁을 받아 하루키를 인터뷰하기 위해 도쿄로 향한다. '나'는 하루키를 찾아 나서는 여정에서 항상 '그녀'에 대한 기억을 반추해내는데, 바로 그 이유 때문에 '나'의 도쿄 여정은 곧 옛 연인과의 사랑을 회고하는 여정인 것처럼 서사가 전개된다. 하지만 독자들은 작품 후반부에서 그것이 곧 작가의 트릭이었음을 알게 된다. 작품의 후반부에서는 또 하나의 반전을 보여주는 부분이 제시된다. "1,450의 그녀는 이미 결혼했다. 지난달에, 나와 함께. 토토로 오르골을 샀으니 이번 도쿄 여행은 확실한 의미가 있었다"가 바로 그것이다. 말하자면 '나'는 하루키를 인터뷰하기 위해 도쿄를 간 것이 아니라 결혼한 아내의 선물을 사기 위해 도쿄를 갔다는 사실을 뒤늦게 폭로하고 있는 것이다. 고로 이 작품에서 '나'와 하루키가 진짜 만났는지 여부는 그리 중요하지 않다.[2)] 그보다는 갓 결혼한 '그녀'를 위해 '토토로 오르골'을 샀다는 것, 그리고 그것이 바로 '나'의 사소한 취향이라는 점이 중요하다. 결국 이 작가가 말한 '사소한 취향'은 하루키나 하야오와 같이 대면하기 어려운 허상 같은 존재들을 찾아 헤매는 것보다 '지금-현재' 주위를 맴도는 존재들과 사랑하고 유대할 수 있어야 한다는 건강하면서도 온기 있는 작가의 사유에서 비롯된 용어라 할 수 있다. '사소한 취향'이 결코 사소하지 않게 느껴지는 것도 바로 그 때문이다.

작가라면 모름지기 두 가지의 질문을 늘 가슴속에 품고 살아야 한다. 무엇을 이야기할 것인가와 어떻게 이야기할 것인가. 이 두 가지의 질문을 반복하는 과정 속에서 작가는 자신만의 서사를 축조해내고, 이를 읽는 독자는 도무지 알 수 없는 이 세계의 거대하면서도 파편화된 문제들을 '지금-현재'의 문제로 읽어낸다. 대체 무엇을 이야기할 것인가. 위대한 작품이라 명명된 모든 소설들이 비인간적인 역사에 대해 저항해왔다는 사실을 생각해보자면, 보통 소설은 바로 그 비인간적인 것들에 대한 도저한 환멸과 분노를 호소해왔던 것이 사실이다. 이러한 관점에서 볼 때, 소설은 인간적인 역사를 지향하고자 하는 작가적 목소리를 미학적으로 형상화한 장르임이 분명하다.

---

2) 그래도 이에 대해 답답해할 수도 있는 독자들을 위해 간략하게 부기해둔다. 문맥상 '나'와 하루키는 만나지 않았다고 보는 것이 합당할 듯싶다. 도쿄에 가기 전부터 이미 절반 이상 인터뷰 원고를 써두었다는 부분이나 그리고 선배 A를 위해 하루키를 만났던 서사를 믿을 만하게 다듬었다는 말 등을 고려해본다면, '나'는 애초에 하루키를 인터뷰하겠다는 의지 자체를 갖지도 않았고 실제 인터뷰도 하지 않았던 것으로 보인다. 그래서 '나'는 인천공항에 도착하자마자 거짓으로 만들어진 인터뷰 원고를 쓰레기통에 버리게 된 것이다.

다음으로, 대체 어떻게 이야기할 것인가. 소설은 엄격한 게임의 규칙이 작동하는 장기나 체스와 달리, 이른바 반규칙(反規則)을 지향하는 장르이다. 따라서 소설가는 자기 고유의 규칙으로 새롭게 창출하기를 지향하는데, 이러한 자립적이면서도 독자적인 규칙을 수립할 때라야 비로소 작가는 자신의 지위를 공고하게 유지할 수 있게 된다.

이렇듯 작가는 부조리한 이 세계에 대한 문제의식을 자신만의 규칙으로 형상화하는데, 우리가 작가라는 레테르를 김학찬에게 흔쾌히 붙일 수 있는 이유는 분명하다. 경쾌하고 위트 있는 문장을 고유의 무기로 삼아, 이 세계의 불온한 시스템을 문제 삼고, '쓸모없는 자'들의 '쓸모'를 다시 사유하게 하며, 소설의 본질에 대해 집요하게 질문하고 있다는 것, 바로 그 때문에 우리는 김학찬을 희귀한 작가로 호명할 수 있는 것이다. 그는 패배주의적 현실 인식에도 매몰되지 않으며, 그렇다고 이 세계의 부조리함을 모두 청산할 수 있다는 유토피아적 믿음에도 경도되지 않는다. 그저 웃음기 가득한 얼굴을 머금으면서 이 세계의 부조리한 문제들에 대해 고구하는 글쓰기를 수행할 때라야 비로소 더 나은 세상이 도래할 수 있으리라는, 현실적이면서도 낙관적인 세계관에 의거한 작가가 바로 그이다. 따라서 그는 문제적 세계를 개선하기 위한 방법을 손쉽게 제시하지도, 어떠한 실천적 방향을 지시하지도 않는다. 그저 아직 하지 못한 말들이 더 있으니 써보겠다는 것, 그 못한 말을 글로

씀으로써 이 세계를 좀 더 나아지게 할 수 있다는 것. 이렇듯 '쓰기'를 반복적으로 수행해보겠다는 그의 작가적 전언은, 아래의 메시지와 함께 독자들에게 두고두고 회자될 것이다.

> 우리가 또 뭘 해야 할까, 할 수는 있을까, 조용히 털고 일어날까.
> 우선 저는 계속 써보겠습니다.
> 읍읍, 여전히 하지 못한 말이 더 있습니다.
> —「시니어 마스크」 중에서

작가의 말

—참, 작가의 말도 주셔야 합니다.

맞다, 마지막으로 작가의 말이 남았다. 따라서, 좋은 작가의 말은 무엇인가?

결국 내가 쓴 것은 모두 작가의 말인데, 분명하게 작가의 말이라고 부르는 것은 무엇이 또 달라야 하는가. 작품보다 작가의 말이 더 좋다면 이건 모욕인가, 칭찬인가, 화룡점정畵龍點睛인가, 화사첨족畵蛇添足인가.

습관적으로 참고할 책부터 찾았다. 하지만 『초보자도 할 수 있는 작가의 말 단숨에 쓰기』 따위가 있을 리 없고, 소장하고 있는 모든 작가의 말을 유형화할 수밖에 없었는데, 그 결과 다음 〈표1〉과 같은 비밀을 눈치채게 되었다.

모름지기 예술가는 남이 갔던 길은 회피해야 한다. 고백하자면, 나는 소설을 쓰기 전에 작가의 말부터 먼저 쓴다. 홍얼홍얼, 무작정 작가의 말부터 써보는 것이다. 작가의 말이 흡족하게 완성되면, 그럼 이제 슬슬 소설도 한번 써볼까…… 하는 식이다.

작가의 말 유형	특징	장단점
작품 속 인물에 대한 애정 강조	유난히 힘든 인물들(미안해서)	다정해 보이지만 이미 고생은 다 했는데?
창작 과정의 고통과 감정 토로	소설의 길이와 무관함/ 그래도 소설 길수록 더 설득력 있음	힘든 티를 낼 수 있음/ 변명 같다/ 아무도 쓰라고 시킨 적 없음/ 갇혀서 쓰기라도 했나
독자의 몫 강조	이제 내 손을 떠났으므로/ 부디 이 작품이 독자에게 어쩌고	작가도 자신이 뭘 썼는지 모르는 게 틀림없다
가족 또는 주변인들에 대한 감사	참, 끝으로, 항상 응원하는 가족에게 감사를/하지만 정작 마지막에 위치함	말 한마디로 천냥 빚을 때울 수 있다

〈표1: 한국현대소설의 작가의 말 유형 양상〉

이 방식대로 작업하면 태초에 작가의 말이 있었던 것이니 작가의 말에 소설에 대한 핑계가 섞일 리 없다. 아쉬움이나 감사, 쓰면서 힘들었던 이야기가 포함될 여지도 없다. "왜 소설을 쓰세요?"라는 질문을 받을 때마다 "작가의 말을 쓰고 싶어서요" 라고 대답했지만 믿어주는 사람이 없었다.

그렇다.

오직, 작가의 말은 작가의 말 자체로 오롯이 존재해야 한다. 하지만—그럼에도 불구하고, 열 편의 소설에 대한 애정을, 아내와 어머니와 누나에 대한 사랑을 고백하지 않을 수 없다. 소설보다 먼저 쓴 작가의 말이 애정과 사랑이었으니까.

—참, 작가의 말을 주셔야 합니다.

맞다, 마지막으로 작가의 말이 남았다.

좋은 작가의 말은 무엇인가. 결국 내가 쓴 것은 모두 작가의 말인데…….

제품명 : 김학찬 전집 1

제품의 유형 : 지구문학, 우주소설

원재료명 : 우리집 강아지, 시니어 마스크, 고양이를 찾, 화목야학, 프러포즈, 입이 없는 고양이 헬로, 키티, 공공의 이익, 엄마의 아들, 그곳에 가면 더 많은 것들이, 중세소설

보관 방법 : 서점, 카페, 집에서 가장 잘 보이는 곳 (수평 시야각 120도 내외 권장)

반품 및 교환 장소 : 낙장불입

고객 상담실 : 운영 예정

영양 정보

* 1일 문학 기준치에 대한 비율, 개인의 마음에 따라 다를 수 있습니다.

재미	40g	(80%)
욕망	26g	(15%)
아이러니	3mg	(33%)
라임	0.1mg	(15%)
사랑	0.5mg	(37%)
사실	15g	(38%)

* 본 소설은 깨끗하게 손을 씻은 후 경건한 마음으로 제조되었습니다. 개봉 후 하루에 한 편씩 규칙적으로 반복해서 일 년간 복용하세요. 제품 특성상 유통기한이 지난 것처럼 보일 수 있습니다. 선도 유지를 위해 작가의 최선을 갈아 넣었으나 인체에는 무해합니다. 소설읽는 고운마음, 사서읽는 밝은마음.

〈수록 작품 발표 지면〉

우리집 강아지 …… 테이크아웃 시리즈 『우리집 강아지』, 미메시스, 2018.

시니어 마스크 …… 2021년 한국문화예술위원회 '코로나19, 예술로 기록'

고양이를 찾 …… 『왜 자꾸 나만 따라와』, 자음과모음, 2020.

화목야학 …… 2008년 제17회 전태일문학상

프러포즈 …… 『소설 도쿄』, 아르띠잔, 2019.

입이 없는 고양이 헬로, 키티 …… 〈문학의 오늘〉, 2019년 봄호

공공의 이익 …… 2015년 한국문화예술위원회 'AYAF(차세대예술인력육성 사업)'

엄마의 아들 …… 『내일의 무게』, 문학동네, 2014.

그곳에 가면 더 많은 것들이 …… 〈문학 에스프리〉 2014년 겨울호(원제 「숲 속의 어항」)

중세소설 …… 『SF 김승옥』, 아르띠잔, 2020.

김학찬

『풀빵이 어때서?』로 '제6회 창비장편소설상'을 받으며 작품활동을 시작했다. 장편소설 『굿 이브닝, 펭귄』, 『상큼하진 않지만』 등이 있다.

사소한 취향

초판 인쇄 2022년 12월 18일
초판발행 2022년 12월 28일

지은이 김학찬

편집 엄기수 정소리 | 디자인 윤종윤 이주영
마케팅 배희주 김선진 | 저작권 박지영 형소진 이영은 김하림
브랜딩 함유지 함근아 김희숙 고보미 박민재 박진희 정승민
제작 강신은 김동욱 임현식 | 제작처 영신사

펴낸곳 (주)교유당 | 펴낸이 신정민
출판등록 2019년 5월 24일 제406-2019-000052호

주소 10881 경기도 파주시 회동길 210
전화 031-955-8891(마케팅) | 031-955-3583(편집) | 031-955-8855(팩스)
전자우편 gyoyudang@munhak.com

인스타그램 @gyoyu_books 트위터 @gyoyu_books 페이스북 @gyoyubooks

ISBN 979-11-92247-77-9 03810

• 교유서가는 (주)교유당의 인문 브랜드입니다.